FRIEDERIKE SCHMÖE

Fliehganzleis

Kea Laverdes zweiter Fall

GMEINER *Original*

Personen und Handlung sind frei erfunden.
Ähnlichkeiten mit lebenden oder toten Personen
sind rein zufällig und nicht beabsichtigt.

Besuchen Sie uns im Internet:
www.gmeiner-verlag.de

Im Ehnried 5, 88605 Meßkirch
Telefon 07575/2095-0
info@gmeiner-verlag.de

2. Auflage 2009

Lektorat: Claudia Senghaas, Kirchardt
Herstellung / Korrekturen: Katja Ernst / Susanne Tachlinski
Umschlaggestaltung: U.O.R.G. Lutz Eberle, Stuttgart
unter Verwendung eines Fotos von: © Karl-Heinz Liebisch / PIXELIO
Druck: Fuldaer Verlagsanstalt, Fulda
Printed in Germany
ISBN 978-3-8392-1012-3

Meinem Freund
Tengis Karbelaschwili
dem Freiheitsliebenden
mit dem großen Herzen

ჩემს მეგობარს
თენგიზ კარბელაშვილს
თავისუფლების მოტრფიალესა
და დიდსულოვან ადამიანს

in memoriam

Visa para un sueño
Eran las cinco de la mañana
Un seminarista un obrero
Con mil papeles de solvencia
Que no le dan pa' ser sinceros

Eran las siete de la mañana
Y uno por uno al matadero
Pues cada cual tiene su precio
Buscando visa para un sueño.

(...) Buscando visa para un sueño (...)

Visum für einen Traum
Es war genau fünf Uhr morgens
Ein Student und ein Arbeiter
Mit Tausenden Führungszeugnissen
Die man allein fürs Bravsein nicht bekommt.

Es war genau um sieben Uhr morgens
Und nacheinander ging's zur Schlachtbank
Denn jeder hat seinen Preis
Wenn er ein Visum will für einen Traum

(...) Ich brauch ein Visum für einen Traum (...)

Song von Juan Luis Guerra, Dominikanische Republik
u. a. interpretiert von Grupo Sal, Tübingen

JULI 1968

Prolog

Katja ging langsam am Ufer entlang. Das Schilf wiegte sich im Wind. Es raschelte leise und gleichmäßig. Wer sie aus der Ferne sah, würde annehmen, dass sie sich für ein paar Minuten aus dem Lagerbetrieb davonstehlen wollte. Ihre Rattenschwänze baumelten traurig über den Ohren. Sie bewegte sich schwerfällig vorwärts, als schleppte sie dicke Erdklumpen an ihren Schuhen mit sich herum. Dabei hatte es seit Tagen nicht geregnet.

Der Dicke hatte ihr befohlen, das Ruder zu finden. ›Egal wo, egal, wie lange es dauert, aber komm mir ohne das Ruder nicht zurück!‹ Katja seufzte. Ihre Eltern bestanden darauf, dass sie mit den Jungen Pionieren ins Ferienlager fuhr. Sie wusste genau, dass in ihrer Familie andere Maßstäbe galten als zum Beispiel beim Dicken. Seinen Sohn, den mochte Katja, obwohl er älter war. Sie war ja erst neun, und der Junge schon mindestens 14. Er hätte ihr bestimmt beim Suchen geholfen, aber sein Vater hatte jede Hilfsbereitschaft schnell vereitelt. ›Lasst Katja mal alleine gehen. Das Ruder gehört euch allen, und wer dafür verantwortlich ist, dass es verlustig geht, der muss sich eben darum kümmern, es wiederzukriegen.‹

Katja holte lang und tief Atem, um nicht zu weinen. Sie versuchte, an ihre Mutter zu denken. Sie sollte stolz sein, wenn Katja zurückkam und von ihren Ferien erzählte. Sich fröhlich zu geben, während man am liebsten geheult hätte, war nicht einfach. Dabei war es schön hier. Viel schöner als zu Hause. Hier war die Luft jeden Morgen erfüllt vom Salz des Meeres. Mit den Rädern fuhren sie fast täglich die paar Kilometer zur Küste und badeten im Meer. Katja verstand sich gut mit den anderen. Außer mit dem Dicken.

Das blaugraue Wasser kräuselte sich im Wind. Drüben beim Lager ragte ein gebrechlicher Holzsteg in den See hinein. Das Wasser des Stromes sammelte sich hier im Rücken der Insel in einem riesigen Becken und bildete Buchten und Winkel. Katja ging zu ihrem Lieblingsplatz, wo sie unbeobachtet ins Wasser steigen konnte. Sie war eine gute Schwimmerin. Das Ruder würde sie schon auftreiben. Wahrscheinlich war es irgendwo in den Binsen hängen geblieben. Es war aus Holz, es konnte ja nicht untergehen!

Langsam wurde es kühl. Katja schauderte. Am Himmel trieben Quellwolken dicht an dicht. Sie schoben sich übereinander, bauschten sich auf, verschmolzen und trennten sich voneinander. Die Binsen legten sich in den Windböen flach, als wollten sie sich gegenseitig ins Wasser drücken. Von fern hörte Katja eine Frau ihren Namen rufen. Aber sie dachte gar nicht daran, zurückzugehen. Im Lager galten nur die Befehle des Dicken, und der würde nicht gelten lassen, dass Katja wegen ein bisschen Wind die Suche nach dem blöden Ruder abbrach.

Sie hatte die Stelle erreicht, wo das Schilf nur spärlich stand. Rasch ging sie ein paar Schritte in den See. Er fiel flach ab. Der Boden war sandig, das Wasser kalt. Katja fröstelte. Wenn sie auch nur ein paar Sekunden zögerte, würde sie sich nie überwinden. Der nächste Windstoß trieb ihr einen Schauder über die Haut. Sie atmete tief ein und ließ sich ins Wasser gleiten.

Minuten später entdeckte sie das Ruder weit draußen auf dem Balmer See. Mit dem Wind war es leicht, sich hinaustreiben zu lassen. Dann verschluckte die Dunkelheit des hereinbrechenden Unwetters den Schatten des Ruders auf dem Wasser. Katja schwamm dem dunklen Streifen auf den sich kräuselnden Wellen hinterher. Aber da war kein Ruder. Katjas Kopf glitt tiefer ins Wasser. Ihre Arme und Beine wurden schwer vor Anstrengung und lahm vor Kälte.

Als der Regen losbrach, übertönten Wind und Wasser Katjas Hilferufe. Drüben im Lager sah sie Lichter umhergeistern. Vielleicht suchen sie nach mir, vielleicht nicht, dachte Katja. Zuerst war sie fast rasend vor Angst, aber je mehr sie unterkühlte, desto weniger machte ihr das alles etwas aus. Sie dachte an ihre Mutter. Dann dachte sie an nichts mehr.

Ihre Leiche wurde wenige Stunden später im Schilf gefunden.

AUGUST 2008

1

Im späten August wurden die Farben klarer, die Konturen schärfer, und die Hell-Dunkel-Kontraste traten deutlicher hervor.

Ich saß am Mittwochnachmittag im Schatten des Schlosses Rothenstayn und musterte kritisch die vom Schweiß gewellten Notizzettel auf meinem Schoß. Die Gräfin goss mir Eistee ein. Das leise Sprudeln des Brunnens hinter mir entspannte mich.

»Noch ein Stück Himbeerkuchen?«

»Ja, gern.« Ich sah Larissa Gräfin Rothenstayn zu, wie sie ein paar Wespen verscheuchte: das Mienenspiel ausdrucksstark, fast kauzig, jede ihrer Bewegungen souverän. Die vielen Fältchen in ihrem Gesicht ein Fundament ihrer Schönheit, die auch das sackartige marineblaue Kleid und die ausgetretenen Gartenschuhe aus Gummi nicht verhunzten. Bestimmt hatte sie als Ärztin in ihrer aktiven Zeit Vertrauen und Ruhe ausgestrahlt. Eine Gynäkologin wie sie wünschte sich jede Frau. Wir alle kreisten um den mütterlichen Pol. Ob wir wollten oder nicht.

Die Gräfin hatte mich als ihre Ghostwriterin engagiert. Seit vier Tagen wohnte ich in dem unterfränkischen Schloss, gute 30 Kilometer von Würzburg entfernt, und führte ein Interview nach dem anderen mit Larissa. Daraus sollte ihre Lebensgeschichte in Buchform werden. Fürs gräfliche Archiv, wie sie mir lachend erklärt hatte. Üblicherweise pflegte ich nicht bei meinen Kunden zu wohnen, und ich achtete darauf, einen gewissen zeitlichen Abstand zwischen den Interviewterminen einzuhalten. So konnte ich selbst mich besinnen und Distanz zu den Lebensgeschichten gewinnen, die man vor mir ausbreitete. Auch die Kunden hatten dadurch Gelegenheit zum Nachdenken. Bei Larissa machte ich es anders. Die Gräfin hatte es eilig mit ihrem Buch, wusste der Himmel, weshalb, aber es schien, als bräche ihre Sehnsucht, die Abenteuer und Traumata ihres Lebens einfach abzuschütteln, stündlich stärker hervor.

Inzwischen besaß ich einen ganz guten Überblick über das Leben dieser molligen, durch und durch lebensfrohen und tatkräftigen Adeligen. Ich begann bereits damit, einzelne Zeitabschnitte genauer auszuleuchten. Als Ghostwriterin ging es mir nicht darum, so viele Kleinigkeiten wie möglich aufzulesen. Vielmehr suchte ich nach Motiven, um die ich den Stoff eines individuellen Lebens gruppieren konnte. Ich hatte schon Autobiografien für Leute verfasst, bei denen es mir schwerfiel, auch nur ein einziges Motiv herauszustellen. Unter den Auftraggebern einer Ghostwriterin waren überdurchschnittlich viele ehrgeizige Menschen. Solche Leute langweilten nicht nur mich, sondern auch potenzielle Leser. Was sollte ich Spannendes über jemanden schreiben, dessen höchstes Ziel darin bestand, viel Geld zu verdienen oder Vorstandsvorsitzender bei einer Bank zu werden?

Bei Larissa Gräfin Rothenstayn jedoch stolperte ich in jedem Gespräch über neue, prächtige Motive. Infolgedessen hatte ich auch noch keine Leitlinie festgelegt, die mich von Kapitel zu Kapitel führen konnte. Das Angebot an Aufregendem war einfach zu reichhaltig.

»Lieben Sie Ihren Beruf?«, fragte die Gräfin unvermittelt. »Ich habe den Eindruck, Sie lieben ihn. Sie haben ja alle Voraussetzungen dafür: Sie sind unnachgiebig. Und Sie gehen sicher nicht den Weg des geringsten Widerstandes.«

»Ich war früher Reisejournalistin. Dass ich im Ghostwriting gelandet bin, war eher eine unvorhersehbare Kehrtwendung.« Es stimmte nicht ganz, war aber auch nicht gelogen.

»Es muss unendlich spannend sein, verschiedene Leben auszuleuchten«, sagte Larissa.

»Ja.«

Meine nackten Füße kühlten sich an den Terrassenfliesen. Ich legte den Kopf in den Nacken und sog das gleißende Blau des Spätsommerhimmels auf. Hummeln und Wespen summten um uns herum und beanspruchten ihren Anteil am Himbeerkuchen. Die pralle Natur des Parks verlangte die Terrasse zurück: Sonnenblumen, Stockrosen, Astern, Dahlien blühten um uns herum. Sträucher streckten die schweren Zweige nach uns aus. Gerade vier Stühle und ein kleiner Gartentisch fanden noch Platz. Gestern Morgen hatte Larissa der Üppigkeit mit der Heckenschere Einhalt geboten.

»Das ist ein Paradies«, sagte ich, ohne es gewollt zu haben.

»Nicht wahr?«, lächelte die Gräfin. Eine kleine Lücke zwischen dem linken Vorderzahn und dem Zahn daneben machte ihr Lachen interessant. »Sie verstehen, warum ich hierher kommen musste? Ich kannte das Schloss doch nur von Bildern! Mein ganzes Leben lang. Und mit 30 hat man ein Lebensalter erreicht, in dem man noch einmal etwas ändern will. Die Knochen strotzen vor Kraft, der Wille auch …«

Ich trank rasch einen Schluck Eistee, um zu verbergen, dass ich mich unangenehm berührt fühlte. Ich war 39. Also, fast 40. Na gut, in nicht ganz einem halben Jahr. Nach einer XXL-Portion Chaos in den vergangenen gut drei Jahren wähnte ich mich mittlerweile auf dem richtigen Weg für den Ankerplatz des Lebens. Womöglich war ich ein wenig spät dran. In meinem Alter hatte Larissa ihr größtes Abenteuer, die Flucht aus der DDR, längst hinter sich. Sie wünschte sich, ihre Autobiografie unter dem Titel ›Eine Adelige in der DDR‹ zu vermarkten. Auch in Sachen Marketing vertraute sie ganz auf mich und meine Kontakte in der Branche. Ich war mir nicht sicher, ob diese Masche viele Käufer locken würde. Effizienter schien es mir, ein dramatisches Detail ihres Lebens in den Blick zu rücken. Am besten die Umstände ihrer misslungenen Flucht 1973. Sie sollte in einem Versteck an Bord eines umgebauten LKW über die Transitautobahn in den Westen ausgeschleust werden. Doch darüber hatten wir noch gar nicht gesprochen. Meine Kundin verstand das Geheimnis, ihre Zuhörer neugierig zu machen. Sie streifte den Kern der Geschichte, ohne ihn vollständig auszureizen. Wie ein guter Liebhaber, der den Höhepunkt so lange wie möglich hinauszuzögern wusste.

Sie deutete auf mein Aufnahmegerät. »Schalten Sie den Rekorder eine Weile aus. Ich brauche eine Pause.«

Mir ging es nicht anders. Ich klickte auf ›Stop‹.

»Warum nehmen Sie nicht mein Rad und unternehmen eine kleine Tour an den Main? Wer weiß, wie lange das Wetter noch hält.« Sie strich sich das verschwitzte graue Haar zurück, das dringend einen Friseurbesuch brauchte.

Sie wollte mich loswerden. Ich verstand sie. Wer einem Ghostwriter sein Leben schilderte, kriegte schnell ein paar Dosen zu viel vom eigenen Selbst ab. Ein Beleg dafür, dass man sich selbst nur schwer erträgt, dachte ich grinsend, während ich eine halbe Stunde später auf dem gräflichen Mountainbike durch den Park hinunter ins Dorf Rothenstayn rollte.

2

Ein trauriger Augusttag. Der 28. Herbstlich, zu kühl, ohne Sonne. Laub, das sich zu färben begann. Larissa hatte recht behalten. Der Wetterumschwung bescherte uns einen Vorgeschmack auf die kommenden acht Monate.

»Gräfin?«

Meine Stimme hallte in dem großen, leeren Speiseraum. Normalerweise saß Larissa schon früh am Morgen in ihrem giftgrünen Sessel, guckte Frühstücksfernsehen und genoss ihren Tee.

»Gräfin?«

Larissa bestand nicht auf dieser Anrede, aber ich fand sie praktischer als ›Frau von Rothenstayn‹. Kurz, knapp, ironisch. Passend zu Larissas Persönlichkeit.

Das Schloss zeigte sich im düsteren Morgenlicht wenig anheimelnd. Da nur wenige Räume benutzt wurden, verstärkte sich der Eindruck eines Auslaufmodells. Eines Gebäudes, das Energie und Arbeit erforderte, ohne Leben auszustrahlen. Larissa bewohnte ausschließlich das Parterre. Die Räume in den oberen Stockwerken glichen Ausstellungsflächen, vollgestopft mit Möbeln, die unter staubigen Laken die Tage kommen und gehen ließen. Sogar die Treppen, die hinaufführten, wirkten abweisend, als ertrügen die ausgetretenen Stufen keine auf ihnen herumtrampelnden Füße mehr. Das einst schön gedrechselte Holzgeländer war von Schädlingen zerfressen.

Der lange Gang im Parterre schwamm in Düsternis. Ich machte Licht. Sah in die Küche. Keine Gräfin.

Die Arme um den Oberkörper geschlungen, eilte ich den dunklen Flur zurück zu meinem Zimmer. Es lag ganz am Ende des Erdgeschosses mit Blick auf die Rückseite des Grundstücks. War mit viel Liebe renoviert worden, der Parkettboden mit Öl eingelassen, die Wände strahlten in warmem Sonnengelb. Das dezent in Rosa gehaltene Bad versteckte sich hinter einer Tapetentür. Unschlüssig stand ich vor dem Waschbecken, nestelte an meinem Pferdeschwanz. Gestern Abend war überraschend Besuch aufgetaucht. Wir hatten das letzte Interview des Tages abgebrochen. Vielleicht war Larissas Gast noch im Haus?

Ich wusste nicht, was ich tun sollte. Die Gräfin in ihrem Schlafzimmer zu stören, kam nicht infrage.

Ich griff nach meinem Fleecepulli und machte mich auf in den Garten.

Normalerweise führten wir das erste Interview des

Tages beim Frühstück. Ich bekam meinen schwarzen Kaffee, die Gräfin ihren Earl Grey. Fröhlich fragte sie mich dann: »Wo sind wir gestern stehen geblieben?« Oder: »Was habe ich Ihnen eigentlich als Letztes weisgemacht?« Ich half ihr auf die Sprünge, und sie erzählte weiter von ihrem Leben, als hätte es nie eine Unterbrechung gegeben. Für eine Ghostwriterin war Larissa Gräfin Rothenstayn eine leicht zu handhabende Kundin.

Ich trat durch die Terrassentür, die den Speiseraum mit dem Park verband, ins Freie. Selbst die üppigen Blumenrabatten riefen keine sommerlichen Gefühle mehr hervor. Erst gestern hatten wir hier neben dem Brunnen auf den Gartenstühlen gesessen und geschwatzt. Über Nacht hatte die Jahreszeit gewechselt. Die Wolken ließen kein Loch zum Durchgucken. Alles schien grau, Himmel, Bäume, die schlichte, schmucklose Sandsteinfassade des Schlosses. Ich ging schneller, unter den Fichten hindurch, weg von der gepflasterten Auffahrt, die ins Dorf führte. Dort war ich gestern Abend entlanggegangen, mit Verdi in den Ohren. Abgeschottet von der wirklichen Welt.

Nah am Schloss war der Rasen ordentlich gemäht, die Beete wie mit dem Lineal ausgerichtet. Weiter weg durfte sich der Wildwuchs entfalten. Brombeerranken und hüfthohe Brennnesseln schirmten den Dschungel vom Schloss ab. Die Gräfin liebte es naturnah. Sie war stolz auf die vielen Holunderbüsche, deren Zweige schwer von den prallen Dolden herabhingen, die wilden Himbeeren, das Wespennest im alten Kirschbaum, die Nuss- und Birnbäume, die, vor Jahrzehnten angepflanzt, in diesem Spätsommer ebenfalls reiche Ernte versprachen.

Am liebsten verbrachte ich meine Pausen und freien

Minuten am Bach, der das Grundstück gut 500 Meter hinter dem Anwesen auf der Grenzlinie zwischen dem Schloss und dem Wald der Gemeinde Rothenstayn begleitete und schließlich durch eine buckelige Wiese dem Ort zuströmte. Es hatte in der Nacht geregnet, und ich hörte das Rauschen des Wassers, noch bevor ich es sah. Hier standen Rotbuchen dicht an dicht. Haselbüsche, Holunder, Schlehenbüsche und Sträucher voller Mehlbeeren. Vorgestern hatte ich einen Durchschlupf entdeckt, um zum Bach zu gelangen, ohne mir die Kleider zu zerfetzen oder mit Kletten bestückt ins Schloss zurückzukommen. Zwischen zwei Schlehenbüschen lagerte ein Haufen moosiges, nasses Feuerholz, das vielleicht ein paar Kinder, die zum Spielen auf das Grundstück gekommen waren, dort vergessen hatten. Ich hatte es beiseitegeräumt und mir so einen Weg zum Wasser gebahnt.

Heute sah der Durchschlupf anders aus als sonst. Schlehenzweige waren abgerissen, der Boden mit Blättern und halbreifen Früchten übersät. In der feuchten Erde entdeckte ich Abdrücke. Als habe jemand etwas sehr Schweres durch die Hecke gezerrt.

Rasch bog ich die Zweige zurück.

Ich sah einen Gartenschuh und Jeansstoff. Zwängte mich an den Büschen vorbei.

»Gräfin?«

Sie lag am Bachufer, und ich dachte, sie wäre tot. Sie regte sich nicht. Ihr Gesicht war voller Blut, auch die Bluse, das Haar, die Erde, auf der sie lag. Ihre Augen waren geschlossen, die Lider verklebt vom Blut. Ich kniete mich neben sie, mit den Füßen im Bach, und rief ihren Namen. Presste meine Finger an ihren Hals. Hielt eine

Hand vor ihren Mund. Spürte einen hauchzarten Luftzug. Die ganze linke Seite ihres Schädels schien aufgerissen, eingedrückt, zerschmettert.

Das Rauschen des Wassers dröhnte in meinen Ohren. Aber ich hörte auch noch etwas anderes. Jenseits des Baches. Später konnte ich niemandem erklären, was, und so glaubte mir keiner oder hielt meine Hinweise für die Halluzinationen einer überspannten Frau, die sich dem entscheidenden 40. Geburtstag näherte. Mein Kopf flog herum. Ich blickte über den Bach. An dieser Stelle maß er gerade mal zwei Meter in der Breite. Das gegenüberliegende Ufer stand, genauso wie das Schlossgrundstück, voller Bäume und Sträucher.

Jemand lief weg. Durch den Gemeindewald nach Westen. Ich spürte es mehr, als dass ich es hörte. Dann lag der Wald still, und auch der Bach schien zu verstummen. In der plötzlichen Stille klang Larissas Stöhnen gespenstisch.

»Gräfin!«, schrie ich sie an. »Ich hole Hilfe. Ich habe mein Handy nicht dabei. Ich laufe. Ich …« Dann sagte mir eine sehr ruhige, sehr vernünftige Stimme, die aus meinem Kopf heraus sprach, ich sollte die wenigen Minuten, die noch blieben, um Larissa zu retten, nicht damit vertun, herumzubrüllen und Belanglosigkeiten zu verbreiten. Bei Bewusstlosigkeit: Seitenlage, fuhr die Stimme fort. Ich hievte Larissas schweren Körper herum und achtete darauf, dass ihr Kopf auf der unverletzten Seite lag.

Dann sprang ich auf und rannte.

3

»Sie haben also nichts gesehen, nichts gehört?«

Die Herrschaften von der Polizei, eine Frau in meinem Alter und ein etwas jüngerer Mann, saßen mir gegenüber im Speiseraum. Zwischen uns stand der breite Ahornholztisch mit den Kerzenständern von Ikea.

»Ich bin im Schlosspark gewesen. Mit dem MP3-Spieler in den Ohren. Habe Verdi gehört.« Das klang so dämlich, das würden sie mir nicht glauben, obwohl es der Wahrheit entsprach. Aber keiner von beiden fragte nach.

»Frau Laverde – wer war der Besuch letzte Nacht?«

»Ich habe keine Ahnung.« Müde schloss ich die Augen, um mir die Situation ins Gedächtnis zu rufen. »Wir saßen hier, im Speiseraum. Die Gräfin hatte ein Feuer angezündet. Wir sprachen über 1973. Das Jahr ihres ersten Fluchtversuchs aus der DDR.« Die Kommissare starrten mich an, keiner machte sich Notizen. Das irritierte mich. Ich kannte die Unzuverlässigkeit meines Gedächtnisses. Berichteten meine Kunden über ihr Leben, brauchte ich neben der Audioaufnahme auch meine Mitschrift, um mich an das zwischen den Zeilen Mitschwingende zu erinnern.

»Es klingelte«, fuhr ich fort. »Irgendwann zwischen acht und halb neun. Es wurde gerade dunkel. Die Gräfin wunderte sich über den späten Besuch. Sie ging öffnen. Ich hörte Stimmen von draußen, konnte aber nicht verstehen, was gesagt wurde.«

Plötzlich stand vor meinen Augen der gestrige Abend so deutlich, als säße ich im Kinosessel und blickte auf eine Leinwand.

»Die Gräfin kam zurück. Allein. Ein wenig nervös. Sie sagte, jemand sei zu Besuch gekommen, es wäre wichtig, und sie würden sich vorne im Grünen Salon unterhalten.«

»Woran erkannten Sie, dass die Gräfin nervös war?«, wollte die Kommissarin wissen, die sich mit Martha Gelbach vorgestellt hatte. Sie trug das dunkle Haar sehr kurz, in ihren Ohrläppchen steckten winzige Perlen. Ein paar feine weiße Strähnen im Pony gaben ihrer Frisur die besondere Note. Auch ich hatte schwarzes Haar, doch die Alterstönung aus dem Farbtopf von Mutter Natur war mir bisher erspart geblieben.

»An ihrer Stimme. Ihre Stimme war höher als gewöhnlich.«

»Was haben Sie dann gemacht? Nachdem Ihr Interview mit Frau Rothenstayn so plötzlich unterbrochen war?«

»Das ist nicht so unüblich. Bei den meisten meiner Interviews gibt es Störungen. Kinder tun sich weh, weinen, das Telefon klingelt oder Bofrost liefert Hähnchenschenkel. Manchmal vergisst man auch die Zeit, der Kunde muss plötzlich weg, hat einen Zahnarzttermin. Dann heißt es, schnell das Gespräch zu beenden. Ich notiere mir, wo genau wir stehen geblieben sind. Welche Fragen im Raum standen. Solche Dinge sind wichtig, um den Faden beim nächsten Mal wieder aufzunehmen.«

»Haben Sie das gestern auch getan?«

»Sicher.«

»Und danach sind Sie in den Park gegangen?«

»Ja. Ich mag eine Stelle am Bach, wo der Besitz der Gräfin an Gemeindegebiet stößt. Ungefähr dort, wo ich sie gefunden habe.« Ich schluckte. »Da saß ich eine Weile, bis es stockdunkel war, und drehte dann eine große Runde zur Straße runter.«

»Wie kamen Sie zurück ins Schloss?«

»Zu Fuß!«, sagte ich erstaunt.

»Das meine ich nicht.« Die Kommissarin sah auf ihre Hände. »Durch welche Tür?«

»Durch die Terrassentür. Ich hatte sie offen gelassen.«

»Wann genau?«

Oje, das wurde schwierig.

»Ich denke mal, ich war eine gute Stunde weg. Ich hörte eine Aufnahme von La Traviata.« Überflüssigerweise fügte ich hinzu: »Die Nacht war so schön. Ich wollte nicht reingehen.«

»Hätten Sie ein Auto bemerkt, das die Auffahrt hinaufgckommen wäre? Oder eine Person?«

»Nein. Der Schlosspark ist riesig. Der gräfliche Besitz hat locker zwei, drei Hektar Fläche.«

»Wo liegt Ihr Zimmer?«

»Im Erdgeschoss, ganz am Ende des Korridors.«

»Es könnte sein, dass wir Ihre Aufzeichnungen einsehen möchten. Ich würde Ihnen dann Bescheid geben.«

Ich hob die Schultern. Sie durften nicht einfach meine Unterlagen konfiszieren. Selbst wenn sie mit einem richterlichen Beschluss anrückten, würden sie nichts finden, was mit einem Überfall oder Mordanschlag zusammenhing. Nichts hatte gestern Abend darauf hingewiesen.

»Was dagegen, wenn ich den Kamin anschüre?«, fragte ich. Mir war kalt. An Tagen ohne Sonne schienen sich die Schlossmauern von der Körperwärme ihrer Bewohner zu nähren. Martha Gelbach half mir, die kalte

Asche von der Feuerstelle zu kehren. Meine Hände hatten alle Feinmotorik verloren. Ich bewegte meine Finger wie zehn kleine Zombies, die an einen stotternden Großcomputer angeschlossen waren. Ich hatte die halbe Nacht Musik gehört, war mit Stöpseln in den Ohren eingeschlafen. Ich Idiotin. Ich hatte nichts hören können.

»Sagen Sie, Frau Laverde: Die Haustür, war die heute Morgen zugeschlossen?«

»Ich weiß nicht, ich bin durch die Terrassentür in den Garten.« Ich wies hinter mich.

»Sie haben die Blutspur also nicht gesehen?«

»Welche Blutspur?«

»Jemand muss die Gräfin im Haus zusammengeschlagen und dann hinausgeschleift haben. Im Vestibül ist Blut auf dem Steinboden.«

»Wie gesagt, ich bin durch die Terrassentür raus«, wiederholte ich. Mein Körper fühlte sich an, als bestünde er aus Mürbeteig.

Kommissarin Gelbach machte einen warmherzigen, freundlichen Eindruck, als sie mich nun eingehend betrachtete. Ihre Gesichtszüge waren weich, mit feinen Fältchen, aber ohne die in viele reifere Gesichter eingegrabene Lustlosigkeit. Ihren wasserblauen Augen entging nichts. Hellwach beobachtete sie jeden meiner Schritte, als ich zur Anrichte ging, die Obstschale nahm und zum Tisch hinübertrug. Das Feuer loderte auf und warf orangefarbene Muster an die Wand.

»Bedienen Sie sich«, sagte ich matt. Ich ging zu dem altmodischen Spülbecken hinüber und wusch mir die Hände.

»Sie haben den Besuch gestern Abend nicht gesehen?« Die Kommissarin nahm sich einen Apfel.

Ich schüttelte den Kopf. Begegnete ihrem Blick in dem trüben Spiegelglas. Die Dame ließ wirklich nicht locker.

»Aber Sie schätzen, dass es ein Mann war?«

»Ich habe die beiden draußen im Gang sprechen hören. Wie gesagt: Ich konnte nicht verstehen, was sie sagten, aber ich habe eine weibliche und eine männliche Stimme gehört. Und da die weibliche der Gräfin gehörte …«

»Könnten zwei Personen gekommen sein?«

Darüber hatte ich noch nicht nachgedacht.

»Eventuell schon. Die Gräfin sagte: ›Ich habe Besuch bekommen, brechen wir für heute ab.‹«

»Sie hatte es eilig, Ihnen Bescheid zu geben und sofort wieder zu ihrem Besuch zurückzugehen?«

Ich nickte. »Theoretisch könnten auch zwei Personen gekommen sein. Ich weiß es nicht.«

»Wie viele Stimmen haben Sie gehört?«

»Zwei. Die der Gräfin. Und die andere.«

»Sind Sie sicher, dass die weibliche Stimme die der Gräfin war?«

Ich zögerte, was die beiden Kriminalisten sofort registrierten.

»Ja. Es war Larissas Stimme.«

Die beiden wechselten einen Blick. Ich wusste selbst, was sie dachten: Manchmal traf unser Gehirn für uns irgendwelche Annahmen, die wir dann gelten ließen, auch wenn sie gar nicht zutrafen. Aber sie erschienen uns so selbstverständlich, dass wir sie nicht infrage stellten.

»Sie haben keinen Wagen gehört?«, fragte Martha Gelbach nach.

Ich schüttelte den Kopf. Das alles klang unglaubwürdig. Ich würde mir selbst diese Geschichte nicht abkaufen, wenn ich nicht genau wüsste, dass sie der Wahrheit entsprach.

»Wohin hat sich die Gräfin mit dem Gast zurückgezogen?«

»In den Grünen Salon. Vorne, gleich die erste Tür rechts von der Eingangshalle kommend.« Das Zimmer, das von meinem am weitesten entfernt ist, fügte ich im Stillen hinzu. Ich brauchte eine Rechtfertigung für meine Taubheit.

»Welche Verwandten sollen wir verständigen?« Gert Rotloh, der Assistent von Martha Gelbach, machte zum ersten Mal den Mund auf. Vielleicht war er auch nicht ihr Assistent, aber einer, der auf der Treppe lauerte, um seine Vorgesetzte im entscheidenden Moment beiseite zu schieben. Entschlossen genug war er. Sein dunkelblondes Haar wich über der Stirn bereits zurück. Die markante Nase warf im Schein des Feuers Schatten auf seine Wangen.

Nun war ich auf sicherem Terrain.

»Es gibt eine Cousine. Milena Rothenstayn. Sie lebt in Hamburg und ist die nächste Verwandte der Gräfin.«

Rotlohs Stift kratzte über das Papier. Er benutzte einen abgekauten grünen Bleistift von Faber-Castell. Ich liebte diese Bleistifte und besaß zu Hause ein ganzes Arsenal davon.

»HB?«, fragte ich ihn.

Er starrte mich an, als sei ich vor seinen Augen ausgetickt.

»Ich benutze auch diese Bleistifte. Stärke HB.«

»Ach so.« Sein verbissenes, schmales Gesicht verzog

sich zu einem Grinsen. »Ich bevorzuge B 2. Die weicheren.«

»Was wissen Sie über Larissa Rothenstayns Bekanntschaften? Steht sie jemandem im Dorf nahe? Wer sind ihre Freunde?«, ging Martha Gelbach dazwischen.

»Ich habe keinen Schimmer«, gab ich zu. »Wir haben darüber nicht gesprochen. Sie denken vielleicht, einem Ghostwriter erzählen die Leute alles, als würden sie einen Rundumschlag machen. Aber wir erfahren meist nur sehr spezifische Dinge. Je nachdem, warum jemand sich überhaupt einen Ghost sucht. Es geht nie um das ganze Leben. Es geht um bestimmte Aspekte der eigenen Biografie.«

Erst jetzt fiel mir auf, dass Larissa in keinem Interview über Freunde gesprochen hatte. Nur ihren Onkel Wolfgang und seine Frau, die Eltern ihrer Cousine Milena, hatte sie kurz erwähnt. Unsere Gespräche waren seltsam namenlos gewesen.

»Haben Sie auch noch eine plausiblere Version?«, fragte Rotloh kalt.

»Wie bitte?«

»Sie sind die einzige Zeugin, die den angeblichen Besuch gehört haben will. Sie waren am Tatort. Sie haben die Verletzte gefunden, mit der Sie ein Geschäftsverhältnis haben. Und dann gehen Sie genüsslich mit der Traviata im Ohr durch den Park, während Ihre Auftraggeberin hier niedergeschlagen wird?«

Ich traute meinen Ohren nicht.

»Aber – warum sollte ich Larissa einen Knüppel auf den Kopf schlagen?«

»Interessant. Einen Knüppel also?«

»Verdammt«, mir platzte der Kragen, »Knüppel, Baseballschläger, was weiß ich!«

»Wo haben Sie den Knüppel versteckt?«

»Ich habe keinen Knüppel versteckt.«

»Einen Baseballschläger?«, fragte Rotloh und sah mich unverwandt an. Der Mann hätte zum Geheimdienst gehen sollen.

»Ich habe Larissa nichts getan. Sie ist meine Brötchengeberin. Warum sollte ich sie ausschalten wollen, mitten in einem Projekt?«

Rotloh kratzte Dreck unter seinen Fingernägeln hervor.

»Es ist ein kriminalistischer Erfahrungswert, dass im Business immer ein Grund zu finden ist, warum der A den B ausschaltet.«

Der Mann hatte sie nicht mehr alle. Hilfesuchend sah ich zu Martha Gelbach. Sie betrachtete mich interessiert. Nicht unfreundlich.

»Passen Sie mal auf«, sagte ich, mühsam meinen Zorn unterdrückend. »Ich habe dieses blöde grüne Zimmer nicht mal betreten. Habe nur reingeschaut, als Larissa mich im Schloss herumgeführt hat. Und ich habe noch nie auf einen Menschen eingeschlagen!«

Ich wollte noch eine Menge mehr sagen, spürte aber, dass ich damit kein Land gewinnen würde.

»Schon gut. Sie stehen nicht unter Verdacht«, sagte Martha Gelbach und bat mich um meine Handynummer und die Heimatadresse. Dann drückte sie mir ihre Visitenkarte in die Hand.

»Gehört Ihnen der rote Alfa Spider vor der Tür?«

Ich nickte.

»Toller Wagen. Privat fahre ich auch einen. Einen neuen.« Sie lächelte mich an. »Entspannen Sie sich ein wenig. Aber bleiben Sie bitte noch vor Ort. Wir melden uns bei Ihnen.«

»Kommt sie durch?«

Meine Angst spiegelte sich in den wasserblauen Augen der Kommissarin.

»Wir haben noch keine Nachricht. Die Gräfin wurde in die Neurochirurgische Poliklinik nach Würzburg gebracht. Sie wird rund um die Uhr von uns bewacht.«

Wir sprachen alle von ›der Gräfin‹, als wären wir ihr Hofstaat.

»Konnten Sie mit ihr reden?«, fragte ich.

»Sie ist nicht vernehmungsfähig. Sobald ich etwas Definitives höre, gebe ich Ihnen Bescheid.«

Was sollte ›etwas Definitives‹ schon sein, wenn nicht der Tod? Ich fröstelte.

»Noch etwas: Die Presse wird sich mit Schmackes auf diese Geschichte stürzen«, fügte Kommissarin Gelbach hinzu. »Im Moment halten meine Kollegen die Zufahrt zum Schloss für Schaulustige gesperrt. Aber früher oder später werden die Presseleute aufkreuzen. Seien Sie vorbereitet.«

In dieser Angelegenheit brauchte ich keine Instruktionen. Ich würde keine Silbe von mir geben. Informationen jeder Art waren kostbar, und Menschen, die über Informationen verfügten, taten gut daran, sie gezielt und nach eigener Maßgabe einzusetzen.

»Das schaffe ich«, sagte ich nur.

Martha Gelbach drückte mir voller Mitgefühl die Hand, aber sie war in Gedanken schon bei der nächsten

Aufgabe, die sie zu bewältigen hatte. Ich sah sie gemeinsam mit Gert Rotloh im Grünen Salon verschwinden, wo die Spurensicherung seit Stunden nach Kopfschuppen von Larissas nächtlichem Besuch fahndete.

4

Polizeihauptkommissar Nero Keller klappte sein Notebook auf und aktivierte das E-Mail-Programm. Für seine Dozententätigkeit war er mit der modernsten und feinsten Technik ausgestattet worden, die das bayerische Landeskriminalamt sich leisten konnte. Wieder einmal klickte er die E-Mail an, die Kea Laverde ihm vor einer guten Woche geschrieben hatte. Sie wollte eine Weile in Unterfranken auf einem Schloss verbringen, wo sie die Autobiografie einer Gräfin zu Papier zu bringen plante.

Obwohl er Kea schon seit einem Dreivierteljahr kannte, hatte er immer noch kaum einen Einblick in ihre Arbeit als Ghostwriterin. Er verstand einfach nicht, was Menschen dazu verleiten konnte, einer fremden Person ihre intimsten Geheimnisse zu erzählen. Noch mehr als seine Distanz zu Keas beruflicher Tätigkeit beunruhigte den Kommissar, dass in ihrer Beziehung nichts voranging. Nero Keller hatte sich schon kurz nach ihrem Kennenlernen in der Vorweihnachtszeit des vergangenen Jahres eingestanden, dass er sich zu der Frau mit dem ungewöhnlichen Namen hingezogen fühlte. Mehr, als ihm anfangs recht gewesen war. Er hatte ihr beim Renovieren eines Teiles ihres desolaten Hauses südwestlich von München geholfen. Nicht, weil er auf eine erotische Entlohnung aus gewesen wäre. Das passte nicht zu ihm. Er hatte Kea unterstützt, weil er sie mochte und gern mit ihr zusammen war.

Nun blieb es logischerweise nicht aus, dass er sich fragte, ob mehr daraus werden könnte. Aber Kea hielt ihn auf Abstand. Sie hatte ihm das Du noch nicht angeboten, und er war zu altmodisch, um als Erster damit zu kommen. Sie trafen sich ab und zu bei ihm in seiner Schwabinger Wohnung, gingen von dort ins Kino oder in die Oper. Anschließend trennten sich ihre Wege. Kea machten kulturelle Abende großen Spaß, aber sie meldete sich selten von selbst bei ihm. Wenn er sie einlud oder einen Theaterbesuch vorschlug, war sie jedoch schnell dafür zu haben. Ihn zermürbte die Frage, ob sie mit anderen Männern ins Bett schlüpfte. Natürlich ging ihn das nichts an. Kea nahm ab und zu mal einen Mann aus einer Kneipe mit nach Hause. Nur für eine Nacht. Zumindest hatte sie das so gehalten, als Nero sie kennenlernte. Er grübelte, ob sie das immer noch tat. Gerne hätte er Keas üppige, runde Formen für sich gehabt. Er mochte Frauen mit weiblichen Konturen.

Er schlug auf die Schreibtischplatte. Seit Wochen war er seinem Vorgesetzten damit in den Ohren gelegen, durch Bayern reisen zu dürfen, um seine Kollegen in den Präsidien und Polizeidirektionen weiterzubilden. Internetkriminalität war sein Spezialgebiet. Er befasste sich schwerpunktmäßig mit dem Aufdecken von verwischten Spuren im World Wide Web. Aus seinen Erfahrungen bei der Mordkommission in Oberbayern wusste er, dass genau hier die

Defizite bei den Kollegen lagen, die an der kriminalistischen Front arbeiteten. Man kannte sich mit Schusswaffen aus und beherrschte nötigenfalls den Jargon der Rechtsmediziner. Aber sobald das Blut im Internet sprudelte, schreckten die Leute von den Bildschirmen zurück. Die meisten fühlten sich von der Technologie überfordert. Endlich hatte das auch sein Chef, Polizeioberrat Woncka, eingesehen. Daraufhin war es eine Sache von Tagen gewesen, bis man Nero zitiert und auf Reisen geschickt hatte. Nun tingelte er durch die bayerischen Regierungsbezirke, um seinen Kollegen vor Ort von seinem Wissen abzugeben. Im Augenblick befand er sich in Würzburg. Im Polizeipräsidium in der Frankfurter Straße hatte man ihm ein winziges, staubiges Büro zugewiesen, in dem er sich auf die Fortbildung vorbereitete, die er am Nachmittag leiten sollte.

Nero las Keas Mail ausführlich, bevor er sie schloss und sich seinen Seminarunterlagen widmete. Er hatte nicht zu hoffen gewagt, dass ihm das Unterrichten so viel Spaß machen würde. Vielleicht lag es an seinem enormen Wissen. Es war am Übersprudeln. Er gab gerne davon ab. Die Kontakte zu den Kollegen vermittelten ihm Kraft. Nach vielen Stunden Unterricht war er zwar ausgelaugt. Aber er fühlte sich auch erfrischt, als hätten die neugierigen, erwartungsfrohen Gesichter der Kursteilnehmer ihm Energie gegeben, das nächste Seminar in Angriff zu nehmen. Dieses Gefühl stimmte ihn zufrieden und zuversichtlich und war nicht zu vergleichen mit der bleiernen Erschöpfung, die sich im Zuge von Ermittlungen auf ihn legte.

Vor seinem seit Jahren ungeputzten Fenster zogen graue Wolken vorbei. Nero war nicht besonders am Wetter interessiert. Gespräche über Regen oder Sonne langweilten ihn. Deshalb beachtete er auch das Gewitter nicht, das gegen 12 Uhr über die Stadt hereinbrach. Bis sein Handy schellte.

»Keller?«

»Hier spricht Kea.«

»Hallo.« Sofort wurde Nero nervös. Es kam selten vor, dass Kea von sich aus anrief. Er freute sich, ihre Stimme zu hören, und sah das schwarze, lange Haar vor sich, die strahlenden dunklen Augen, die ein bisschen zu weit auseinander standen, darüber die schön geschwungenen Brauen. »Wie geht's?«

»Nicht besonders.« Kurze Stille. »Ich bräuchte mal einen Tipp von Ihnen.«

Neros Stoffwechsel schaltete einen Gang höher. Kea Laverde war keine, die um Hilfe rief. Schweiß perlte auf seiner Stirn. Er stand auf, um das Fenster zu öffnen, und erschrak über den Donnerschlag, der über Stadt und Fluss hinwegrollte.

»Nicht am Telefon«, tönte Keas Stimme aus dem Handy. »Haben Sie am Wochenende Zeit?«

»Ich bin gerade in Würzburg. Um 15 Uhr halte ich ein Seminar. Wollten Sie nicht auf einem Schloss in Unterfranken sein? Sind Sie in der Nähe? Könnten wir zusammen zu Mittag essen?«

»Haben Sie Ihr Auto parat?«

»Schon.« Nero war alarmiert.

»Treffen wir uns in Dettelbach. Ich kenne dort eine kleine Heckenwirtschaft.« Sie beschrieb ihm den Weg. »Finden Sie das?«

»Natürlich.« Nero sah auf die Uhr. Es war fast 20 nach zwölf.

5

Ich hockte einfach nur da und glotzte auf die Zitronenscheibe, die in meinem Mineralwasser umherschwamm. Dicke, fleischige Kerne lösten sich daraus und dümpelten gegen den Glasrand. Die Stunde der Wahrheit nahte. Ich konnte Nero Keller nicht länger ausweichen. Zwar hatte ich mein Bestes gegeben, mein Herz nicht zu verschenken, aber er beschäftigte mich in meinen Gedanken eben doch. Deswegen vergaß ich auch nie, ihm vor einer Reise zu einem Kunden, selbst wenn sie nur wenige Tage dauerte, eine Mail oder SMS zu schicken. Es war, als wollte ich Spuren hinterlassen für den Herrn aller Hacker, den Spürhund des Internets, den Indianer in der WWW-Prärie.

Meine beste Freundin Juliane Lompart ließ mich schon lange nicht mehr in Ruhe damit: Es wäre Zeit, Tacheles zu reden. ›Du kannst einen Mann nicht so am ausgestreckten Arm verhungern lassen‹, pflegte sie mich zu tadeln. Juliane, die immerhin schon 77 Jahre alt war, beherrschte die Klaviatur der Beziehungen aus dem Effeff. Sie stand in Kontakt mit Nero, fest entschlossen, mich unter die Haube zu bringen.

Ich stimmte Juliane theoretisch sogar zu. Männer waren zu schade, um sie verwelken zu lassen. Nur mit der Praxis haperte es. Aus Gründen, die für mich selbst im Dunkeln blieben, schaffte ich es einfach nicht, Nero Keller zu signalisieren, dass ich ihn behalten wollte. Nicht nur als Nothelfer oder guten Kumpel. Ich war nicht einmal imstande, mir selbst einzugestehen, dass ich mehr von ihm wollte. Lieber schob ich vor, dass Nero ein Pedant war, der mehr als alles seine Ordnung vergötterte. Ich selbst war eine Chaotin in sämtlichen Angelegenheiten, die nicht mit der Arbeit zu tun hatten. Wie sollte ich mit einem wie Nero zusammenpassen? Bei allem Respekt vor Gefühlen!

Es war kurz nach eins, und das Gewitter, das von Westen gekommen war, zog weiter. Von der Markise tropfte der Regen. Die Sonne brach durch. Ich setzte meine Sonnenbrille auf. Ich hatte nicht damit gerechnet, Nero sofort treffen zu können. Zwar wusste ich, dass er derzeit durch Bayern tourte, aber es war dennoch ein Wink des Schicksals, dass er sich ausgerechnet die paar Kilometer weiter in Würzburg aufhielt. Jetzt klopfte mein Herz in Vorfreude, ihn zu sehen.

Er stürmte in den Biergarten wie der Kopf eines Stoßtrupps bei der Einnahme eines feindlichen Gebietes. Das mochte ich am liebsten an ihm: diese unbedingte Einsatzbereitschaft. Nero Keller war keiner, der zögerte, wenn es zu handeln galt. Er erinnerte mich manchmal an Zorro. Dabei war sein Äußeres gar nicht so verwegen: braunes Strubbelhaar, italienischer Bart, spießige Klamotten. In seinem Inneren aber schrillte ein beständiger Alarm. Es muss mit dem Mord an seiner Frau zu tun haben, dachte ich. Sie war vor seinen Augen bei einem Raubüberfall in einem Supermarkt erschossen worden. Vielleicht bevorzugte er deswegen seine neue Tätigkeit als Dozent. Sie lenkte ihn von der Misere der echten Welt ab.

»Hallo!«, rief er und kam an meinen Tisch. Er trug Jeans, ein kurzärmeliges weißes Hemd und eine Krawatte.

Ich stand auf. Wir begrüßten uns mit Handschlag. Hätten wir eine Umarmung gewagt, wäre es wahrscheinlich um uns geschehen gewesen. Mit einer ungeduldigen Handbewegung winkte er die Bedienung heran und bestellte eine Cola.

»Was gibt es?«, kam er zur Sache, kaum dass er mir gegenüber Platz genommen hatte.

Ich berichtete. Von der Gräfin, meinem Auftrag, dem geheimnisvollen Besuch, der gestern Abend unser Interview unterbrochen hatte. Von meinem Weg zum Bach heute Morgen. Nero knetete seine Hände und sah mich unverwandt an. Seine braunen Augen waren dunkel wie Torf. Ich verlor mich darin, wenn ich zu lange hineinblickte. Deshalb wandte ich den Blick ab und starrte zur Markise hinauf, deren orangerote Blumen auf grünem Grund ein bizarres Muster auf unseren Tisch warf.

»Wollen Sie was essen?«, schnauzte die Bedienung, als sie Neros Cola auf den Tisch stellte.

Wir bestellten Schnitzel. Ich schob meine Daumen in den Hosenbund und schwieg. Ich wusste nicht mehr, was ich von Nero eigentlich gewollt hatte. Informationen? Mitleid? Schützenhilfe?

»Alles wird davon abhängen, wie die Spurenlage aussieht. Die Polizei fertigt einen Tatortbefundbericht an. Darin wird zunächst festgehalten, was nachweisbar ist. Bei solchen extremen Kopfverletzungen muss die Gräfin viel Blut verloren haben. Ist Ihnen im Schloss etwas aufgefallen?«

»Ich habe nicht drauf geachtet. Aber die Kommissarin meinte, es gebe eine Blutspur vom Grünen Salon zur Haustür.«

»Dann wurde sie wohl nicht am Fundort niedergeschlagen, sondern im Haus. Es könnte auch noch Blut in der Erde versickert sein, an der Stelle, wo sie schließlich lag«, fuhr Nero fort. »Ich habe beim Wetterdienst nachgefragt. Heute Nacht hat es gegen vier zu regnen begonnen, die Erde war nass, da fällt Blut nicht unbedingt gleich auf. Vor allem, wenn man damit beschäftigt ist, ein Leben zu retten.«

»Ich habe sie in die stabile Seitenlage gedreht und bin ins Haus gerannt, um zu telefonieren, weil ich mein Handy nicht dabei hatte.«

»Sie haben alles richtig gemacht.«

Ich sagte nichts.

»Wer bearbeitet den Fall?«, fragte Nero.

»Eine Martha Gelbach und ihr Adjutant, eine komische Figur.« Mir war nicht gut. Als bräche sich der Schrecken erst jetzt Bahn, löste der Geruch aus der Restaurantküche plötzlich Übelkeit in mir aus. Dabei hatte ich einen kerngesunden Appetit. Was man mir ansah. Ein paar Kilo zu viel, aber alles saß an der richtigen Stelle. Wann immer ich an mein Gewicht dachte, bewertete ich sogleich die Proportionen. Das hatte Juliane mir beigebracht. Kindchen, wo ist das Problem, pflegte sie zu sagen, wenn ich selbstkritisch vor dem Spiegel stand. Entscheidend ist die Ausstrahlung.

»Die kamen auf den Trichter, mich zu verdächtigen.«

Nero zog die Augenbrauen hoch.

»Das hätte ich auch getan«, sagte er schließlich. »Aber sie werden nicht ernsthaft annehmen, dass Sie die Gräfin niedergeschlagen haben.«

»Warum nicht?«

»Es fehlt ein Motiv. Sie werden suchen und nichts finden, aber vermutlich an anderer Stelle ein paar Kratzer auf dem Lack finden. Man entdeckt immer was.«

»Werden die Beamten mich informieren?«, brachte ich heraus.

Die Kellnerin kam und knallte zwei Teller Schnitzel mit Pommes auf den Tisch.

»Ketchup?«

»Gern«, sagte Nero und lächelte sie an. »Sie werden sich auf alle Fälle wieder melden. Und dann dürfte es Ihnen ja nicht schwerfallen, die Herrschaften ein bisschen auszufragen. Erkundigen Sie sich nach dem Tatablauf. Der ist entscheidend. Wenn der eindeutig feststeht, ist ein wichtiges Zwischenziel erreicht. Im Übrigen werden sich auch an der Kleidung der Gräfin Spuren finden. Man lässt sich nicht einfach so einen Knüppel über den Schädel schlagen. Menschen wollen leben! Sie wehren sich. Zu liebenswürdig«, sagte Nero zu der Bedienung, die mit einem verkniffenen Lächeln zwei abgepackte Ketchup-Portionen neben unsere Teller warf. »Außerdem wird man Handy- und Telefonverbindungen des Opfers auf Auffälligkeiten überprüfen. Hat man die Tatwaffe gefunden?«

»Mir hat keiner was gesagt.«

Wir machten uns über das Essen her. Der Anflug von Übelkeit war verschwunden. Ich dankte dem Herrgott für meine gesunde Grundkonstitution.

»Wie soll die Polizei den Mann finden, der Larissa gestern besucht hat? Der wahrscheinlich der Täter ist?«, erkundigte ich mich, als ich die letzten Pommes mit den Fingern durch das Ketchup zog und verspeiste.

»Man wird sich im Dorf umhören. Ob es jemanden gab, mit dem Larissa nicht gut stand. Ob jemand gesehen wurde, ein Fremder, den keiner kennt. Vielleicht gibt es eine Pension, sicherlich eine Wirtschaft. Wer fremd ist, muss irgendwo übernachten und essen.«

»In Rothenstayn gibt es ein kleines Restaurant mit Fremdenzimmern.«

»Sehen Sie.«

»Wahrscheinlich miete ich mich für zwei, drei Tage dort ein. Ich habe keinen Nerv, allein im Schloss zu wohnen.«

»Das halte ich für eine gute Idee.« Nero schob seinen blankgeputzten Teller weg und sah mich an. Ich wusste nie, was er wahrnahm, wenn er mich mit seinem Blick genau auf diese Art durchbohrte. Mein Gesicht, den Rest Lippenstift, den Pferdeschwanz, das Baumwollshirt in XXL? Normalerweise wählte ich Klamotten und Make-up für ein Treffen mit Nero sehr sorgfältig aus, aber heute hatte ich keinen Gedanken darauf verschwendet. Der Kälte und Stille des Schlosses entfliehend, war ich einfach losgefahren.

»Haben Sie Anlass zu glauben, dass der Gast der Gräfin – und nehmen wir der Einfachheit halber mal an, dass er der Täter ist – von Ihrer Anwesenheit im Schloss weiß?«

Es überlief mich heiß und kalt. Die Angst, die ich so lange in Schach gehalten hatte, kroch aus sämtlichen Winkeln meines Körpers. Ich spürte, wie ich blass wurde, als stürzte alles Blut aus meinem Gesicht.

»Mein Wagen stand vor der Tür. Starnberger Kennzeichen.«

Nero knetete seine Lippen. In seinem Mundwinkel klebte ein Ketchup-Rest.

»Aber ich weiß nicht, ob die Gräfin ihm von mir erzählt hat. Ich weiß ja gar nicht, wer das war, zum Teufel!«

»Jemand, dem sie jedenfalls nicht so sehr misstraute, dass sie ihn einfach aus dem Schloss geworfen hätte.«

»Nein. Aber sie war nervös, als sie ins Speisezimmer kam, um mir mitzuteilen, dass unser Gespräch für heute beendet wäre.«

»Er konnte sich also denken, dass noch jemand im Schloss war. Außer seinem Opfer.«

»Je nachdem, wie gut er die Gräfin kennt. Denn«, ich zögerte, »sie könnte durchaus noch anderswo einen Wohnsitz haben. Im Landkreis Starnberg vielleicht. Und dass sie kurz in den Speiseraum zurückging, muss nicht bedeuten, dass sie dort jemanden sitzen hatte.«

Aber vielleicht, dachte ich, war der Angreifer nach vollbrachter Tat durch das Schloss gegeistert. Hatte in alle Zimmer geschaut, um die Besitzerin des Alfa Spider zu finden. Mich zu finden. Mir kroch Gänsehaut über den Rücken. Wie lange war der Mörder im Schloss geblieben? War er durch den Park gegangen, um nach mir zu suchen? Warum dachte ich das Wort ›Mörder‹? Larissa war noch nicht tot. Tot. Ich spürte die elektromagnetischen Wellen durch meinen Kopf jagen, sich verzweigen und verschalten, meine Denke in Brand setzen.

Nero sah auf seine Uhr.

»Ich muss los. Mein Seminar beginnt um 15 Uhr, und der Verkehr …«

»Was machen Sie am Wochenende?«, fragte ich.

»Morgen bin ich in Schweinfurt.« Nero zögerte. »Wo genau liegt Rothenstayn?«

Ich schob ihm die Visitenkarte der Gräfin hin.

»Die A 3 weiter Richtung Nürnberg, dann die Ausfahrt Wiesentheid und ein Stück durch die Pampa. Rothenstayn ist angeschrieben.« In einem Anflug von Wahnsinn fügte ich hinzu: »Soll ich Ihnen im Dorfhotel ein Zimmer buchen?«

»Das«, antwortete Nero Keller mit einem ganz kleinen Lächeln, »wäre eine ausgesprochen gute Sache.« Er zeigte an seine Wange. »Sie haben Ketchup hier.«

6

Auf der Rückfahrt hielt ich in Rothenstayn vor dem Dorfhotel Zum Goldenen Löwen. Die Nachmittagssonne brachte die Sandsteinfassade zum Leuchten, und die goldene Schrift blitzte, dass es in den Augen wehtat. An der Straße saßen Gäste an putzig dekorierten Tischen und umklammerten Bier- und Weingläser. Kein Tisch war mehr frei.

»Tut mir leid, wir sind ausgebucht«, sagte die Dame, die aus dem Restaurant zur Rezeption geeilt kam.

»Bis wann?« Ich hoffte, wenigstens Nero hier unterbringen zu können.

»Das ganze Wochenende. Ab Montag könnte ich reservieren. Augenblick.« Ihr Telefon schrillte. Gehetzt nahm sie den Hörer, murmelte ein paar Worte und legte auf.

»Ich weiß nicht, ob ich das Zimmer dann noch brauche.«

»Sie wohnen im Schloss, nicht wahr?«

Ich war selber ein neugieriger Mensch, aber bei anderen

Menschen hielt ich Neugier für eine nervtötende Eigenschaft. Betont langsam nahm ich einen Flyer zur Hand, der die Qualitäten des Goldenen Löwen pries, und sagte:

»Schönen Tag noch.«

Ich hatte dem Hotel gegenüber geparkt und ging zu meinem Auto, als ein junger Typ in Regenjacke mir nachlief. Er schwitzte. Sein Kopf war komplett kahl, obwohl der Mann kaum 30 Jahre alt sein konnte.

»Ben Berger. Von der Mainpost. Sie wohnen doch im Schloss?«

Es ging also schon los.

Ich stützte die Ellenbogen auf das Dach.

»Was wollen Sie wissen?«

»Stimmt es, dass die Gräfin einen Ghostwriter hat?«

Ich schwieg.

»Oder eben eine Ghostwriterin? Sind Sie ihre Ghostwriterin?«

»...«

»Warum sagen Sie nichts?«

»Sie zählen fein säuberlich auf, was Sie wissen wollen. Ich überlege, worauf ich antworten kann.«

Reporter von Provinzblättern quatschten die Leute einfach an, und die meisten sprudelten los. Entweder, weil sie sich geehrt fühlten, von den Zeitungsmenschen angehört zu werden, oder weil sie unter Druck standen. Druck brachte Menschen zum Reden. Jeder brauchte sein Ventil.

»Sie wohnen doch im Schloss, nicht wahr? Was haben Sie von dem Überfall mitbekommen?« Er zückte einen Stift.

»War das alles?«

»Wie gut kennen Sie die Gräfin? Wann genau wurde sie überfallen? Wie war das, als Sie sie fanden? Und wo?«

Ich öffnete die Fahrertür und ließ mich auf den Sitz fallen.

»Ich werde drüber nachdenken. Jetzt entschuldigen Sie mich.«

Grinsend beobachtete ich den verdutzten Lokalreporter im Rückspiegel, der mir nachsah, bis ich um die Ecke bog.

7

Vor dem Schloss parkte ein Audi mit Blaulicht auf dem Dach. Die Haustür stand halb offen.

»Hallo?«, rief ich in das Dunkel der Eingangshalle.

»Frau Laverde?« Kommissarin Gelbach kam mir entgegen und blieb auf der Schwelle stehen. »Gut, dass Sie kommen.«

»Gibt es was Neues?«

»Wir haben einen Anruf aus der Klinik bekommen. Der Zustand der Gräfin ist stabil. Sie hat eine Chance durchzukommen.«

Das mochte heißen: eine Chance, am Leben zu bleiben. Aber zu welchem Preis, mit welchen Einschränkungen, das blieb im Dunkeln.

»Ich lag selbst einmal lange im Krankenhaus. Mit sehr schweren Verletzungen«, murmelte ich. Es ging Martha

Gelbach nichts an, aber die Worte platzten von selbst aus mir heraus. So viel zum Thema Druck.

Ich war im Jahr 2005 bei einem Bombenanschlag in Scharm al-Scheich schwer verletzt worden. Die zerschundene rechte Seite meines Körpers erzählte meine Erlebnisse drastischer, als ich es je hätte tun können. Man hatte mir ein neues Hüftgelenk eingesetzt, die Risse und klaffenden Wunden an Bauch und Oberschenkel vernäht und später auch das Knie operiert. Mit einer Sepsis schwebte ich wochenlang zwischen Leben und Tod. Nun ging es der Gräfin nicht anders. Kopfverletzungen schienen mir nur noch teuflischer. Im Kopf war das ganze Leben verstaut. Jede noch so kleine Zerstörung ließ sich weniger leicht heilen als eine zerschossene Hüfte.

Martha Gelbach sah mich freundlich an. »Frau von Rothenstayn ist in diesem Zimmer hier niedergeschlagen worden.« Die Kommissarin wies durch die Eingangshalle auf die Tür zum Grünen Salon. Sie war versiegelt. »Jede Menge Blut zeugt davon. Dann hat ihr Angreifer sie durch die Haustür geschleift und in den Park gezerrt. Sehen Sie die Schleifspuren?«

Ein Teil des Vestibüls war mit rot-weißen Bändern abgesperrt. Auf dem Steinboden sah ich dunkle Schlieren.

»Die Gräfin wurde schon durch den ersten Schlag ausgeknockt«, fuhr Martha Gelbach fort. »Ihre Verletzung ist auf einen einzigen, mit äußerster Kraft ausgeführten Hieb zurückzuführen.«

»Womit hat er sie niedergeschlagen?«

»Wir haben noch keine Tatwaffe. Haben Sie gute Nerven?«

Ich starrte die Kommissarin verblüfft an.

»Umso besser. Kommen Sie.« Martha Gelbach hob das Absperrband ein Stück an und schlüpfte darunter durch. Ich kam ihr nach. Sie schlitzte das Siegel auf und öffnete die Tür zum Grünen Salon. Die Gräfin nannte ihn wegen der grün gestrichenen Wände so. Er war einfach ein Wohnraum, der nie benutzt wurde. Alles wirkte steril, wie im Möbelhaus: Ecksofa, Anrichte, Stehlampe. Als habe jemand diese Möbel bestellt und dann keine Verwendung für sie gehabt.

Gänzlich unsteril wirkte jedoch das Blut am Boden. Larissa hatte so viel Blut verloren, dass Reste davon immer noch feucht waren. Sogar an den Wänden sah ich dunkle Spritzer. Es roch nach Metall und gleichzeitig irgendwie süß. Ein Sessel war verschoben und stand mit der Lehne zum Couchtisch weisend.

»Kennen Sie dieses Zimmer in seinem Normalzustand?«

»Die Gräfin hat mich am Sonntag durch das Schloss geführt. Ich habe hier kurz die Nase reingesteckt.«

»Ist heute etwas anders als am Sonntag?«

»Das Blut war nicht da, und der Sessel«, ich deutete mit dem Finger darauf, »stand so, wie Sessel normalerweise stehen: mit der Sitzfläche zum Tisch.«

»Sonst?«

Ich ließ den Blick schweifen. Zwei Ölbilder hingen dem Fenster gegenüber, düstere Herbstmotive, die dem Grün der Wände noch mehr Strahlkraft gaben. Ein kleiner Kalender war direkt neben der Tür an die Wand genagelt. ›Sonnenapotheke Rothenstayn‹ stand darauf und zeigte für August ein buntes Blumenaquarell.

»Stand etwas auf dem Büffet, als Sie am Sonntag hier hereinsahen?«

»Ich glaube nicht …«

»Denken Sie nach.«

Ich schloss die Augen für ein paar Sekunden. Aber zu genau wusste ich, wie wenig man sich an Dekorationsstücke erinnerte. Was nicht auffällig genug war, empfand das Gehirn als nebensächlich.

»Ich glaube nicht«, wiederholte ich, »aber es kann sein, dass dort etwas stand.«

»Ungewöhnlich, so ein leergefegtes Büffet«, sagte Martha Gelbach. »Für mich schreit diese Fläche geradezu danach, etwas aufzustellen. Um dieser Seite des Raumes ein Zentrum zu geben.«

»Ich schätze, Larissa macht sich nichts aus Nippes.«

Martha Gelbach schob mich aus dem Zimmer.

»Wir haben außerdem einen 100-Euro-Schein auf dem Boden gefunden. Halb unter der Anrichte. Als sei er … von selbst dort hingeflattert.«

»Ich wollte vorhin ein Zimmer im Dorfhotel mieten«, erzählte ich, »aber es ist alles belegt.«

»In der Gegend finden zurzeit viele Weinfeste statt.«

»Gibt es ein Problem, wenn ich im Schloss bleibe?«

»Ich wüsste nicht. Wenn Sie schlafen können …«

Eine Nacht hatte ich alleine zu überstehen. Dann kam Nero. Ich konnte Larissa nicht fragen, aber wie ich sie einschätzte, würde sie nichts gegen die Anwesenheit eines Mannes in ihren Mauern haben. Unerwartet erschien mir die Aussicht romantisch, mit Nero übers Wochenende im Schloss zu wohnen.

»Haben Sie sonst noch etwas gefunden?«, fragte ich. »Wer auch immer das war – er muss doch mehr hinterlassen haben als ein paar Schleifspuren!«

Martha Gelbach sah durch mich hindurch.

»Wir arbeiten dran.«

»Ist er gekommen, um zu töten?«

»Möglich.«

»Wenn er gekommen ist, um zu töten«, spann ich den Gedanken weiter, »warum ist er ausgerechnet gestern Abend aufgetaucht?«

»Das wüsste man gern«, sagte Martha Gelbach. »Ich habe mit der Cousine der Gräfin telefoniert. Milena Rothenstayn kommt in den nächsten Tagen. Sicher wird sie auch im Schloss wohnen wollen.«

So viel also zu meinem romantischen Wochenende mit Nero. Ich setzte mein Pokerface auf.

»Sie kennen Milena Rothenstayn nicht?«, fragte sie.

»Nein.«

»Schließen Sie gut ab heute Abend und lassen Sie niemanden herein. Meine Nummer haben Sie? Wenn Ihnen etwas einfällt, wenn etwas passiert … rufen Sie an.«

Sie verabschiedete sich und ging zu dem Audi mit dem Blaulicht. Wendete auf dem Kies und hupte kurz, als sie über die Auffahrt durch den Park davonfuhr.

8

Die Wolken hatten sich verzogen, und ich genoss ein paar Stunden im Garten. Mit einer Schüssel bewaffnet, streifte ich durch den Park. Der westliche Teil zum Bach hin war mit Plastikbändern abgesperrt, deshalb ging ich zum Birnbaum auf der Ostseite und sammelte dort reife Birnen ein. Von den Tomatensträuchern pflückte ich die weichen, roten Früchte. In der Küche überprüfte ich die Vorräte der Gräfin. Morgen früh würde ich zum Einkaufen fahren, schließlich wollte ich nicht schmarotzen und ihr die Konserven wegessen. Dann fiel mir ein, dass noch gar nicht sicher war, ob Larissa je wieder in ihrem Schloss leben würde. Sie könnte in einem lebenslangen Wachkoma gefangen sein, gelähmt bleiben oder vergessen haben, wer sie war. Mir kamen die Tränen. Ich stand in der Küche, meine Hände grün und gelb vom Saft der Tomatenpflanzen, und weinte. Doch weil meine Schluchzer in dem leeren Schloss mich ängstigten, riss ich mich rasch zusammen, wusch meine Hände und ging in den ersten Stock.

Als ich am vergangenen Sonntagabend angekommen war, hatte die Gräfin mir das ganze Anwesen gezeigt. Außer ihrem Schlaf- und Badezimmer, der Küche, dem Speiseraum und dem Grünen Salon, lag auch eines der Gästezimmer im Parterre. Dort wohnte ich im Augenblick. Im ersten Stock gab es mehrere Schlafzimmer. Eines davon ging zur Terrasse. Dort wollte ich Nero einquartieren. Das Bad lag auf demselben Korridor gegenüber. Wo Larissas Cousine schlafen würde, darüber machte ich mir keine Gedanken. Ich schuf lieber Tatsachen.

Das Zimmer meiner Wahl besaß blaue Tapeten und naturfarbene Möbel. Es wirkte skandinavisch, hell, freundlich und gefällig. Wie im ganzen Schloss gab es auch hier keine Teppiche. Laut Gräfin waren die Teppiche, die sie bei ihrer Ankunft im Schloss vorgefunden hatte, die reinsten Milbennester gewesen. Sie hatte sich nicht mit Reinigungskosten belastet, sondern einfach alle weggeworfen, die Parkettböden abgeschliffen und geölt. Ich zog die Überdecke vom Bett und machte mich auf die Suche nach Bettwäsche.

Eine halbe Stunde später hatte ich alles vorbereitet, sogar Staub gewischt. Ich entwickelte allmählich solide Qualitäten als Hausfrau. Es war kurz vor acht. Draußen wurde es dämmrig.

Im Speiseraum schaltete ich den Fernseher an. Obwohl Larissa mehr als genug Möglichkeiten hatte, es sich gemütlich zu machen, verbrachte sie die meiste Zeit hier am Kamin, in ihrem giftgrünen Sessel. Die Tagesschau brachte die Krise in Georgien als Aufmacher. Die Pressewelt war glücklich, nach dem Ende der Olympiade in China ein Nachfolgethema zu haben. Ich wusste, wie die Medien tickten, schließlich hatte ich einen großen Teil meines Arbeitslebens dort investiert. Den guten Geistern sei Dank, dass diese Zeit vorbei war. Obwohl ich vor allem für die Printmedien gearbeitet hatte, war mir der ganze Betrieb wie eine gigantische Seifenblase vorgekommen. Seine Protagonisten befanden sich ständig in Hetze nach neuen, luftgefüllten Versprechungen. Sogar der Reisejournalismus, der eine Weile meine Heimat gewesen war, agierte nach dem Motto, dass Nachrichten schnell verderbliche Waren darstellten, die unverzüglich unter die

Konsumenten gebracht werden mussten. Zur Not zu Schleuderpreisen. Ich schaltete den Fernseher aus, als mein Handy klingelte.

»Nero Keller. Wie geht es Ihnen?«

»Geht so. Ich hoffe, der Angreifer kommt nicht zurück und räumt die einzige Zeugin aus dem Weg.«

»Ich dachte, Sie wollten in eine Pension …«

»Pustekuchen. Alles belegt. Ihre Kollegin hier meinte, es läge an den Weinfesten.«

»Du liebe Zeit!«

Wir schwiegen, bis der Druck zu groß wurde. Ich sagte: »Diese Nacht komme ich schon durch. Bis morgen«, und legte auf.

Eine Weile blieb ich im Dunkeln sitzen. Dann stürzte ich durch das Erdgeschoss, schloss die Haustür ab und kurbelte die alten, verzogenen Rollläden herunter. Im Gang ließ ich das Licht brennen. Ich ging in mein Zimmer, duschte, fönte mein Haar, setzte mich aufs Bett und lauschte den Geräuschen des Schlosses.

9

Mein Zuhause war ein nicht besonders schicker Bungalow in den Hügeln südwestlich von München, ohne Nachbarn. Wenn ich von meinen beiden Haustieren, den Graugänsen Waterloo und Austerlitz, einmal absah. Dort verbrachte ich beinahe jede Nacht alleine.

Ich wusste mich zu beschäftigen. Sah fern, tuschte Haikus auf japanische Papierbogen, kümmerte mich um eine der tausend Minibaustellen rund um meinen Besitz, hörte Musik und gönnte mir ein Glas Rotwein. Oder ich schrieb.

Im Schloss Rothenstayn saß ich unschlüssig auf dem Bett. Mein superflaches Notebook lag aufgeklappt vor mir auf der Decke. Ein schneeweißes Word-Dokument glänzte auf dem Bildschirm.

Ich wusste nicht, was tun.

Mit Larissas Geschichte beginnen?

Das Schloss lebte. Dielen knackten, undefinierbare Geräusche füllten meine Ohren. Der Furcht keine Nahrung geben, Kea, dachte ich und nahm das Notebook auf den Schoß. Daheim schrieb ich nie im Bett. Aber hier konnte ich eine Ausnahme machen. Oder sollte ich lieber im Speiseraum vor dem Kamin sitzen und ein paar Seiten schreiben? Würde ich überhaupt noch die Autobiografie der Gräfin verfassen?

»Geh von der günstigsten Annahme aus«, befahl ich mir. »Sie überlebt und wird wieder gesund.«

Meine eigene Stimme mutete mir fremd an. Schon wieder kamen mir die Tränen. Nach dem Anschlag auf dem Sinai war ich dem Tod so nahe gewesen, dass ich nun jedes Mal, wenn ich mit dem Sterben anderer konfrontiert wurde, einknickte.

Ich tippte ›Larissa Gräfin Rothenstayn‹ und speicherte das Dokument in einem neuen Ordner. Besser, ich schrieb drei Seiten. Immerhin hatte die Gräfin mir schon 50 Prozent des Honorars als Vorschuss überwiesen. Wie es üblich war.

Menschen, die professionell schrieben, so wie ich, durften nicht auf Intuition oder gute Gefühle warten, um mit der Arbeit zu beginnen. Hauptberufliche Autoren brauchten einfach einen Anfang, mit oder ohne Muse. Sie mussten etwas zu Papier bringen, ob es nun gut oder katastrophal war. Später konnte man alles noch ändern und verbessern. Wer nicht anfing, hatte nichts zu korrigieren. Normalerweise half mir eine Tasse starker, schwarzer Kaffee oder ein Glas Wein dabei, mich aufzuraffen und loszulegen. Aber nun verschwammen die wenigen Buchstaben vor meinen tränenblinden Augen.

Ich klappte das Notebook zu, hörte, wie es sich dezent in den Standby-Modus schaltete, und legte mich hin.

Schlafen konnte ich nicht. Das Schloss wisperte mir seine Geschichten ins Ohr. Als ich neben der schwer verletzten Gräfin stand, hatte ich Zweige knacken hören. Einen Menschen, der weglief. Hatte ich Frau Gelbach davon erzählt? Ich wusste es nicht mehr.

Die Nacht fraß mich mit ihren Reißzähnen. Gegen eins plante ich, meine wichtigsten Sachen zusammenzupacken, zu meinem Alfa zu laufen und einfach in die Nacht hinauszufahren, auf eine Autobahn, irgendwohin. Jeder Ort schien mir einladender als das leere Schloss, in dem niemand atmete außer mir selbst.

Die Verzweiflung kam lautlos. Mein Herz, meine Lungen, mein Magen krampften sich zusammen, wurden ganz klein und hart. Mir war übel, ich kämpfte um Atemluft. Beruhigte mich, wenn ich aufstehen und umhergehen konnte. Obwohl ich wie ein Löwe im Käfig nur ein paar Meter in jede Richtung ging. Gleichzeitig sehnte ich mich nach Schlaf. Die Erschöpfung steigerte sich minütlich. Doch wenn ich mich hinlegte und die Augen schloss, fand ich keine Ruhe.

Ich spielte mit dem Gedanken, Nero anzurufen. Oder Ben Berger. Journalisten waren es gewohnt, ihren Schlaf zu opfern, um an Informationen zu kommen. Stattdessen flüchtete ich mich zu Mozart. Anders als Verdi wirkte der immer.

10

Nero Keller hatte schlecht geschlafen. Das Würzburger Ibis-Hotel war flankiert von mehreren breiten Durchgangsstraßen. Neros Zimmer ging zur Stadtautobahn, an der auch die Züge entlangrasten. Beim Frühstück am Freitagmorgen rieb er sich müde den Bart. Er schickte eine SMS an Kea mit der Bitte, sich zu melden.

Hauptkommissar Keller war ein überaus korrekter Mensch. Wer ihn nicht mochte, würde ihn als Pedanten bezeichnen. Er liebte Ordnung und war peinlich genau darauf bedacht, seine Arbeitsunterlagen und alles Private sorgfältig sortiert zu haben. In einen Ermittlungsfall um einen versuchten Mord zu geraten, gefiel ihm nicht. Er wusste, wie Kripoleute tickten, schließlich war er selbst einer. Wenn er das Wochenende mit Kea verbrachte, und er wünschte sich im Augenblick nichts mehr als das, würde er in Kontakt mit seinen Kollegen von der Mordkommission kommen. Und die Aussicht, unter Beobachtung eines Externen zu stehen, behagte keinem Kripo-Beamten. Ihm selbst würde es nicht anders gehen.

Während Nero sein Ei köpfte, entwickelte er eine Strategie. Auf einem Notizzettel machte er sich ein paar Vermerke, dann rief er Martha Gelbach an.

MAI 1973

Der Tag beginnt ungewöhnlich warm für Mai. Leipzig liegt bereits früh im Jahr unter einer graubraunen Dunstglocke. Vor dem Völkerschlachtdenkmal tummeln sich Besuchergruppen.

Larissa ist mit der Straßenbahn hergefahren. Das Kleid klebt ihr am Körper. Sie ärgert sich, die Strickjacke mitgenommen zu haben, und mustert genervt die Schuhe an ihren Füßen. Klobige, braune Auswüchse, die an den Zehen reiben. Larissa liebt Schuhe. In ihren Jugendjahren keine schönen Schuhe besessen zu haben, selbst heute kaum ein vernünftiges Paar aufzutreiben, hat eine Kerbe in ihrer Seele hinterlassen. Schuhe bedeuten ihr mehr als nur Schutz und Mode für die Füße. Schuhe geben dem eigenen Standpunkt besser Ausdruck als ein Kleid oder ein Schmuckstück. Sie stehen für Festigkeit und Sicherheit. Außerdem für Freiheit, denn in ihnen kann sie so viele Schritte gehen, wie sie nur will. Sofern sie nicht an irgendeine Grenze stößt. Was in diesem Land vergleichsweise rasch geschieht.

Larissa tupft sich mit einem Herrentaschentuch den Schweiß vom Gesicht und geht auf das Monument zu, das ihr selbst im hellen Sonnenlicht düster vorkommt. Schon von Weitem sieht sie die kriegerische Gestalt des Erzengels Michael, der über dem Eingang wacht. Sein Spiegelbild schwebt in dem breiten Wasserbecken. Über allem wölbt sich ein schmutziger Himmel.

Es beginnt dramatisch, denkt Larissa. Ein Engel, Hitze zum Sterben und Smetana.

Die Notenbücher wiegen nicht schwer, aber der billige Einband wellt sich bereits in ihren schweißnassen Händen. Sie ist zu früh, deshalb lässt sie sich Zeit und schlendert an dem Becken entlang. Eine alte Dame hockt auf dem Rand und kühlt ihre Füße. Larissa lächelt ihr zu und überlegt, ob sie sich solche Freundlichkeiten noch leisten kann. Niemand soll sich an sie erinnern. Nicht hier, nicht am Völkerschlachtdenkmal. Sie will nicht im Gedächtnis auch nur irgendeines Menschen bleiben, der sich heute hier aufhält. Die alte Dame jedoch erwidert ihr Lächeln, schüchtern fast, als fürchte sie, Larissa könne Ärger machen, weil sie ihre geschwollenen Füße in das volkseigene Wasserbecken taucht.

Erinnert man sich an freundliche Menschen leichter als an schmollende Gesichter?

Trotz des herrlichen Frühsommertages spürt Larissa die Mutlosigkeit, die über allem liegt. Über dieser schmutzigen Stadt, dem zerstörten Umland, den Industrieanlagen, die man von der Plattform oben auf dem Denkmal sehen kann. Larissa erreicht das Ende des Beckens und legt den Kopf in den Nacken, um an dem imposanten Bau emporzuschauen.

Ein junger Mann taucht neben ihr auf. Sein Haar ist etwas zu lang für einen ordentlichen Werktätigen. Er trägt es hinter die Ohren gekämmt. Weiches, glattes, blondes Haar. Beim Rasieren hat er sich in die Wange geschnitten. Sein zartes Gesicht, seine schlanke Gestalt kommen Larissa androgyn vor. Er trägt eine silberne Kette mit einem kleinen Kreuz daran. Das ist schon eine Aussage. Eine halbwegs mutige.

»Sie lieben Musik?«, fragt er und zeigt freundlich auf

die Noten, die sie vor einem guten halben Jahr in Prag gekauft hat.

»Mehr noch. Ich vergöttere sie«, antwortet Larissa. Sie beobachtet seine Augen sehr genau. Grüne, strahlende Augen. Weibliche Augen. Ist er ein Mann?, fragt sich Larissa. Ist er wirklich ein Mann?

»Seit Monaten suche ich eine gute Klavierlehrerin«, sagt er. »Meine bisherige lässt mich nur Etüden üben. Etüden rauf und runter. Langweiliger geht's nicht.«

Rede und Gegenrede.

Ihrer beider Blicke halten einander fest.

Egal ob Mann oder Frau, er *ist* es. Er ist ihr Verbindungsmann. Gerrit hat den Text Hunderte von Malen mit ihr geübt. Larissas Herz beschleunigt. Der Schweiß läuft ihr die Schläfen entlang und tropft auf den Kragen ihres Kleides, ohne dass sie es beachtet. Vor ihr öffnet sich eine Tür, der Ausgang, den sie sucht seit … sie weiß nicht, seit wann. Noch liegt im Dunkeln, was sie dahinter vorfinden wird, aber dieses zarte Zwitterwesen erscheint ihr plötzlich wie ein besonders zauberhafter Schmetterling. Ein Bote aus einer anderen Welt.

»Heutzutage sollte man den Klavierschülern schon ein paar andere Herausforderungen angedeihen lassen«, murmelt sie und spürt einen sachten Schwindel über sich hinweggleiten wie einen Schleier, der sich in der warmen Luft schnell auflöst. »Etüden machen schnell müde.«

Sie setzen sich auf die Stufen, die zum Becken führen. Larissa hat Fotos dabei. Nur so. Zur Tarnung.

»Ich bin Alex«, sagt das Mann-Frau-Wesen.

»Larissa.« Ihr Herz schlägt, schlägt, schlägt. Es findet seinen gewohnten Rhythmus nicht mehr.

Sie besehen sich die Fotos, die Alex nichts sagen, und plaudern darüber wie alte Freunde. Wer sie beobachtet, sieht einen jungen Mann und eine etwas ältere Frau, in ein Gespräch vertieft. Vielleicht Tante und Neffe, die über die letzte Geburtstagsfeier im Familienkreis lästern. Ganz sacht berühren sich ihre Schultern. Das ist schon zu viel. Larissa ist verloren.

Niemand jedoch beobachtet sie. Die Menschen um sie herum sehen nur flüchtig über sie hinweg.

»Es läuft mit einem LKW«, sagt Alex plötzlich und deutet dabei auf ein Foto. »Zustieg an der Autobahn. Nachts, zwischen Berlin und Grenze.«

Larissa greift in ihre Tasche und entnimmt ihr eine Dose mit selbstgebackenen Keksen, von denen sie Alex anbietet. Trotz des wolkenlosen Himmels läuft ein Schauder durch ihren Körper.

Alex greift mit langen, zarten Fingern nach einem Keks. Larissa nimmt sich auch einen. Sie blicken auf das spiegelnde Wasser. Kein Wind kräuselt die Oberfläche. Sie ist ganz still und glatt.

»Was sind Ihre Beweggründe?«, fragt er.

Eine zerrissene Familie kann sie nicht anführen. Ihre Eltern sind tot, ihr Onkel Wolfgang lebt mit Frau und Tochter in Leipzig. Wirtschaftliche Gründe hat sie nicht. Sie lebt gut von ihrem Gehalt, hat eine gute Ausbildung erhalten, ihr Studium hat ihr Freude gemacht.

»Die vielen kleinen Gängelungen. Der Mitmach-Zwang.«

»Das klingt schwach.«

Larissa sieht diesen unglaublichen Mann von der Seite an.

»Ich wurde schon einige Male befragt.« Schaudernd denkt sie an die Gespräche. Immer mit anderen Fluchthelfern. Sie wollten feststellen, ob ihr Fluchtwunsch wirklich echt ist. Oder ob sie ein Spitzel ist.

»Wir fühlen allen unseren … auf den Zahn.«

Allen unseren Flüchtlingen, das will er sagen, aber er schweigt und nimmt noch einen Keks.

Larissa will nicht über das Familiengut in Franken sprechen. Das muss er nicht wissen. Sie will es in Besitz nehmen, die Vergangenheit ihrer Familie aufleben lassen, sich einfühlen in eine Geschichte, die ein Teil ihrer selbst ist. Das sind Gedanken, die hat man erst jenseits der 30. Wie soll sie das dem Mann neben sich erklären, der in aller Unschuld Kekse knabbert? Erwartet er eine ausführliche Analyse aller politischen Zumutungen und Strapazen? Kennt er die nicht selbst? Sie ist nicht politisch. Politik ist ihr egal, sie will ihre persönliche Freiheit, sich selbst entscheiden können, wie sie lebt. Versucht, es dem jungen Mann zu erklären. Führt ihre Gedanken aus. Er hört zu und sieht dabei auf das Wasser, in dem sich der Himmel spiegelt.

»Sind Sie sicher, dass Sie den nervlichen Belastungen gewachsen sind?«, fragt er schließlich. »Es besteht immer die Gefahr einer Verhaftung. Sie müssen unter Umständen lange auf Ihre Tour warten. Das zehrt an den Nerven.«

»Damit komme ich klar.«

»Sie dürfen mit niemandem über das alles sprechen. Niemand darf den Hauch einer Ahnung haben, was Sie planen.«

»Wann?«, fragt Larissa, stellt die Dose auf die Stufen

und legt die Fotos auf den Deckel. Alex nimmt ihr die Noten aus der Hand und blättert darin.

»September, spätestens Oktober. Sie bekommen Bescheid. Jemand wird sich mit Ihnen in Verbindung setzen.«

»Kennen Sie Leute an der Grenze?«

»Darüber spreche ich nicht.« Alex streckt sich. »Haben Sie den Schuldschein?«

Sie deutet auf das Notenheft und fragt: »Sie spielen wirklich Klavier, nicht wahr?«

Alex zuckt die Schultern. »Sie bekommen Nachricht«, sagt er und steht auf. »Danke für die Kekse.«

Auch Larissa erhebt sich. Sie schütteln einander die Hand. Herzlich, mit einem Lächeln.

11

Ich hatte ungefähr 20 Minuten geschlafen, war endlich in jenem erholsamen Reich des Vergessens angekommen, als etwas auf meinen Kopf schlug. Im Viervierteltakt.

Steppschuhe, die die Signalmelodie ›Tap Dance‹ meines Handys parodierten.

»Hallo?«, murmelte ich und hustete.

»Gelbach hier. Haben Sie noch geschlafen?«

»Wie kommen Sie darauf!«

»Die Gräfin hat ein paar gute Minuten. Sie möchte Sie sehen, Frau Laverde. Können Sie in die neurochirurgische Poliklinik kommen?«

Ich konnte. Mit einem halben Honigbrötchen und einer Tasse Kaffee im Magen rauschte ich über die B 22 nach Würzburg. Im Laufschritt eilte ich durch das Treppenhaus. Neurotisch, wie ich war, mied ich den Lift. Keuchend blieb ich vor der Intensivstation stehen und klingelte, sagte brav meinen Namen, wurde eingelassen.

Krankenhäuser machten mich fertig. Zu viele Monate hatte ich in ihnen vegetiert. Zwar hatte man mir dort geholfen, aber letztlich war ich doch der Meinung, dass Kliniken einen Menschen nicht gesund machten. Sie stellten in dramatischen Angelegenheiten das Leben sicher. Um die Gesundheit musste man sich dann selber kümmern.

Der Polizist, der auf Larissa aufpasste, besah sich gründlich meinen Perso, bevor er mich in das Abteil lotste, in dem Larissa um ihr Leben kämpfte.

Ihr Kopf steckte in einem Turban aus Mull, aus dem mehrere Schläuche ragten. Ihre Augen waren geschlossen und umrandet von Hämatomen. Der Monitor neben dem Bett zeigte an, dass ihr Herz schlug und ihr Gehirn seine Arbeit verrichtete.

»Gräfin?«, fragte ich zaghaft und berührte sacht ihre auf dem Laken ruhende Hand. »Ich bin es. Kea Laverde.«

Ich war von Berufs wegen an lange Pausen gewöhnt. Oft brauchten meine Kunden Zeit, um sich zu sammeln und zu entscheiden, in welche Richtung sie ein Interview lenken wollten. Manche entschlossen sich erst nach langem Schweigen, ein Geheimnis preiszugeben, von dem sie bis zum Gespräch mit mir noch nicht gewusst hatten, dass es überhaupt existierte.

Also wartete ich einfach. Ich ließ meine Hand auf Larissas Fingern liegen und sah an ihrem zerstörten Schädel vorbei an die Wand.

»Finden Sie Katjas Mörder«, murmelte die Gräfin nach vielen Minuten.

Ich schoss in die Höhe wie ein Geysir. »Wer ist Katja?« Auch an konkrete Nachfragen war ich gewöhnt, und das war ein Glück, denn in meinem Kopf summierten sich in einer Millisekunde ganze Latten von Fragen. Wer war Katja? Wieso ›Mörder‹? Wie stand Katja zu Larissa?

»Finden Sie Katjas Mörder.«

»War *er* der Besucher?«

Es kam keine Antwort. Ich wartete. Fragte noch einmal.

»Gräfin, war der Mann, der Sie am Mittwochabend aufsuchte, Katjas Mörder?«

Aus eigener Erfahrung wusste ich, dass in einem Zustand zwischen Himmel und Erde so etwas wie Zeit nicht existierte. Ich drängte Larissa daher nicht weiter. Ein Pfleger kam herein und prüfte die Apparaturen neben dem Monitor. Er warf mir einen scheelen Blick zu, sagte kein Wort und verschwand lautlos.

Vielleicht war das Zucken in Larissas Gesicht ein Lächeln, vielleicht spielte auch nur ein Nerv verrückt.

Wieder geschah über lange Zeit nichts. Dann, mit einem Mal, schlugen die Messgeräte Kapriolen. Weißkittel stürmten herbei, schubsten mich zur Seite und stürzten sich auf die Gräfin. Ich schlich auf den Gang.

Der Polizist saß auf einem Hocker und las Zeitung.

»Hat sie etwas gesagt?«, fragte er, aber es schien ihn nicht sonderlich zu interessieren.

Ich schüttelte den Kopf.

»Schade, wenn ein Leben so zu Ende geht. Finden Sie nicht? Seit ich hier sitze, rennen die Pfleger alle zwei, drei Stunden zu ihr rein. Großer Aufruhr, sie denken, sie stirbt, dann kommen sie raus und alles ist wieder im Lot. Die Dame ist zäh.«

Ich verließ die Station. Vor den Aufzügen wartete Martha Gelbach auf mich.

»Was hat sie gesagt?«

Ich lehnte mich neben dem Lift an die Wand. Plötzlich öffnete sich der Boden zu meinen Füßen. Vielleicht war es Erleichterung, dass ich nicht selbst dort liegen musste, vielleicht auch der Schock, Larissa zwischen Leben und Tod zu wissen. Vielleicht der Geruch nach kaltem Essen und Desinfektionsmittel, der Erinnerungen beschwor.

»Frau Laverde?«, boxte sich die Kommissarin in mein Bewusstsein zurück. »Larissa Rothenstayn ist unsere wichtigste Zeugin. Wenn sie Ihnen etwas gesagt hat, was unsere Ermittlungen betrifft – und in der gegenwärtigen Phase kann das alles sein –, sind Sie verpflichtet, mir das weiterzugeben.«

»Finden Sie Katjas Mörder.«

»Bitte?«

»Mehr hat sie nicht gesagt. ›Finden Sie Katjas Mörder.‹«

»Wer ist Katja?«

»Keinen Schimmer!«

Martha Gelbach betrachtete mich skeptisch.

»Sind Sie sicher, dass keine Katja in den Gesprächen mit Larissa …« Sie schwieg. »Na, ruhen Sie sich erst mal aus. Ich melde mich.«

Sie ließ mich stehen, wo ich war, und trat in den Lift. Das leise ›Ding‹, als die Tür sich schloss, blieb in meinen Ohren kleben. Ich schüttelte meinen Kopf. Um die Geräusche loszuwerden und vor allem die Angst, die mein Inneres in Besitz nahm. Als die Fahrstuhltüren sich erneut öffneten, schnellte ich in die Wirklichkeit zurück. Martha Gelbach hielt die Hand in die Lichtschranke.

»Frau Laverde, bitte bewahren Sie Dritten gegenüber Stillschweigen, was diese Katja betrifft. Egal, wer das ist.«

»Ja, ja«, gab ich zurück, während ich das Treppenhaus ansteuerte.

12

Das Seminar lief gut. Nero entspannte sich merklich. Die Schweinfurter Kollegen hatten einen Medienraum eingerichtet und ausreichend Rechner vernetzt, damit er mit den Kursteilnehmern nicht nur in der Theorie nach schwarzen Löchern im Internet suchen konnte. In der Pause verließ er den Seminarraum und ging mit einigen Leuten vor das Gebäude. Ein paar rauchten. Es war windig. Die Leinen an den Fahnenmasten an der Zufahrt flatterten leise. Nero schaltete sein Handy ein und empfing eine Nachricht von seinem Kollegen Markus Freiflug aus dem LKA in München.

Während Nero die Rückruftaste drückte, entfernte er sich ein Stück von den anderen.

Hauptkommissar Markus Freiflug teilte sich mit Nero ein Büro im LKA, nachdem beide im vergangenen halben Jahr innerhalb des Gebäudes permanent umgezogen waren. Das Team, allesamt Spezialisten für Internetkriminalität, bestand aus fünf Mitarbeitern und wurde seit Monaten immer wieder umgeordnet.

›Viel Wirbel und wenig Wind‹, pflegte Freiflug zu sagen. ›Unsere Chefs überfällt die Arbeitswut. Sie betäuben sich mit Aktivismus, um zu kaschieren, wie wenig wir bewirken.‹ Der junge Kollege mit dem saftigen Münchner Akzent, der mit Pferdeschwanz, Nickelbrille und nachlässiger Kleidung eher wie ein militanter Startbahn-West-Gegner als wie ein Beamter wirkte, hatte sich aufgrund seiner Ernsthaftigkeit und seiner enormen Fähigkeiten in Informatik einen herausragenden Stand in der Ermittlergruppe aufgebaut.

»Nero hier«, antwortete Nero, als Freiflug sich nach dem zweiten Klingeln meldete. »Du hast angerufen? Gibt's was Wichtiges?«

»Ich bin mir nicht sicher«, kam Freiflug sofort zur Sache. »Wir kriegen hier seit Anfang der Woche ominöse Mails und können sie nicht zuordnen.«

Nero zog eine Schachtel Pueblo aus seiner Jacketttasche. Er klemmte das Handy zwischen Ohr und Kinn fest.

»Will heißen?«

»Ich lese dir vor: ›Verehrte Ordnungshüter und Staatsbeamte in einer parlamentarischen Demokratie! Sorgt endlich für Gerechtigkeit! Wir ertragen nicht länger, dass ehemalige SED-Bonzen in der neuen Parteienlandschaft mitmischen und die Verhältnisse umkehren, indem sie sich der Toleranz und der Rechtsstaatlichkeit bedienen, die sie früher mit Füßen traten. Die Argonauten Herbert Belters.‹«

»Das ist alles?« Fieberhaft überlegte Nero, ob er irgendeine Information mit dem Namen Herbert Belter verband.

»Herbert Belter war Student in Leipzig, hat Flugblätter gegen die Diktatur verteilt und wurde im Oktober 1950 verhaftet und ein halbes Jahr später hingerichtet«, sagte Freiflug.

»Wie …«

»Wie die Geschwister Scholl einige Jahre zuvor, ja, da gibt es gewisse Parallelitäten. Die DDR übergab Belter den Sowjets, obwohl dies der Verfassung der DDR widersprach und Ulbricht, damals Staatsratsvorsitzender, wenige Wochen zuvor noch versichert hatte, kein Deutscher würde an die Besatzungsmacht ausgeliefert. Belter wurde am 28. April 1951 in Moskau durch Genickschuss getötet.« Freiflug raschelte mit seinen Papieren. »Seine sterblichen Überreste hat man auf dem Friedhof Donskoje verscharrt. Wir kennen den Absender dieser E-Mail nicht und kommen auch beim Rückverfolgen der Daten auf keinen grünen Zweig, weil der Absender sich mit dem Verwischen von Spuren im Netz offenbar mindestens so gut auskennt wie wir.«

»Was meinst du, sind das Antikommunisten? Eine bekannte Gruppe? Eine Gruppe von SED-Opfern?« Nero ließ sein Feuerzeug ein paarmal klicken. »Verdammter Wind.«

»Die Mail wurde am Montag an alle Landeskriminalämter in Deutschland verschickt. Am Dienstag folgte eine weitere. ›Wir werden für die Rechte jener kämpfen, die noch heute unter den Folgen der SED-Diktatur leiden und bis ins Jahr 2008 keine Unterstützung, keine Entschädigung, keine öffentliche Anerkennung erfahren haben. Wir verfügen über eine Liste von Kadern, deren Rentenbezüge in der Bundesrepublik ein Schlag ins Gesicht aller Opfer sind.‹«, zitierte Markus Freiflug.

»Womit die Unterzeichner ja nicht unbedingt unrecht haben.«

»Nein, aber es ist eine Sache, diese Meinung öffentlich oder publizistisch zu vertreten, und eine andere, sie den Ermittlern der Landeskriminalämter in anonymen Mails unter die Nase zu reiben.«

»Was sagen denn unsere Kollegen in der Abteilung IV dazu?« Nero bezog sich auf die Mitarbeiter im LKA, die sich mit radikalpolitischen, insbesondere terroristischen Bedrohungen herumschlugen.

»Denen ist nichts bekannt. Opferverbände kündigen in der Regel keine Gewaltakte an, weil sie keine planen. Die Kollegen haben da ganz andere Probleme auf dem Herzen.«

»Und Woncka?«, erkundigte Nero sich nach dem Polizeioberrat, der sich im vergangenen Winter besonders dafür starkgemacht hatte, Nero ins LKA zu holen, um das Team der forensischen Informations- und Kommunikationstechnik zu unterstützen.

»Hält die Sache nicht für relevant. Wir haben hier eine Menge Kompost auf unseren Schreibtischen. Fängt allmählich zu stinken an«, regte Markus Freiflug sich auf. »Da bleibt absolut keine Zeit für Ex-Sozis. Aber irgendwie habe ich ein komisches Gefühl.« Im Hintergrund klingelte ein Telefon. »Sorry, da muss ich ran. Ich melde mich wieder.«

»Tschüss!« Nero drückte auf die Aus-Taste und zündete sich endlich seine Zigarette an.

13

Als am Freitag, dem 29. August 2008, gegen 15 Uhr das Telefon klingelte, verspürte Simona Mannheim eine eigentümliche Vorahnung. Sie war eine gestandene Frau von 72 Jahren, der der Glaube an die Macht der Intuition noch nicht abhanden gekommen war. Während sie einige Sekunden vor dem schrillenden Telefon stand, schien es ihr, als hülle ein eiskalter Hauch ihren Körper ein.

»Mannheim.«

»Es ist schiefgegangen!«

Simona schwieg. Die Stimme am anderen Ende der Leitung war ihr vertraut, nach Wochen des Planens, Hoffens, Zweifelns. Aber sie fürchtete diese Stimme auch. Weil Endgültigkeit Angst machte.

»Hast du gehört?«

»Ja«, antwortete Simona. »Wo bist du?«

Das Gespräch wurde unterbrochen. Simona legte das Telefon weg und ging in den Garten.

Sie würde sich selbst kümmern müssen.

14

Zurück auf dem Schloss, erdrückte mich die Einsamkeit. Es roch muffig und nach Metall, und ich bildete mir ein, es sei der Tod, der in den Ritzen lauerte. Ich riss alle Türen und Fenster auf, atmete tief durch.

Jeder Schritt schmerzte. Die Leere des alten Gemäuers brüllte in meinen Ohren. Vollkommen erschöpft hockte ich mich im Speiseraum auf einen Stuhl, zog die Beine an und umklammerte meine Knie.

Furcht besetzte meinen Körper. Ich begann zu zittern. Brennender Durst verätzte meine Kehle, in meinem Kopf dröhnte eine Schwadron Flugzeuge. Meine Lider waren geschwollen. Ich hätte literweise trinken können.

Damals, nach dem Anschlag, als ich mich wochenlang nach der Sepsis nicht erholte, gab man mir Antidepressiva. Cocktails, die dafür sorgten, dass meine Stimmung nicht in den Keller rutschte. In der inneren Gummizelle war ich zu müde für Ängste, zu schlapp, um einen klaren Gedanken zu fassen. Über Monate schrieb ich kaum.

Das konnte ich mir heute nicht mehr leisten. Ich war Geschäftsfrau und lebte davon, dass ich etwas Vernünftiges zu Papier brachte.

Tabletten, Wunderpillen. Chemische gute Laune. Ein Zustand, den ich noch mehr fürchtete als den Tod.

Mühsam rappelte ich mich auf, taumelte zum Spülbecken und goss mir Wasser in ein Glas. Typischerweise löschte es meinen Durst nicht. Der saß tiefer, brannte wie Säure. Zum Weinen war mein Körper zu trocken. Mein

Stoffwechsel beschleunigte, und ich stürzte zur Toilette. Larissas Anblick hatte die Erinnerung an mein eigenes Elend wieder aufblitzen lassen. Es gab die Theorie, dass traumatische Erlebnisse im Gehirn winzige Läsionen hinterließen. Diese Verletzungen sorgten dafür, dass Menschen in bestimmten, einer früheren Schocksituation ähnlichen Lagen mit demselben destruktiven Denkmuster reagierten. Insofern war meine plötzliche Panik erklärbar. Doch was waren schon Erklärungen!

Ich besah mein Gesicht im Spiegel. Spaltete einen Teil meiner Persönlichkeit ab, wie ein Mechaniker, der einen Hebel umlegte. Betrachtete mich und dachte nach über mich, rational, wie es meine Stärke war, wenn ich gerade nicht durchzuknallen drohte. Aber in mir steckte auch diese andere Kea, die kurz vor dem Nervenzusammenbruch stand. Die zerrieben wurde zwischen dem Schrecken, Larissa halb tot gefunden zu haben, sie im Krankenhaus gesprochen zu haben, wo sie sterben würde, und meinen eigenen, zersetzenden Erinnerungen an die Kraft, die ich hatte aufbringen müssen, um dem Tod von der Schippe zu springen. Damals in Ägypten, mit zerrissenen Gliedern und offenen Wunden.

Ich musste schreiben. Mich schreibend vergewissern, dass alles gut war, dass ich lebte, dass die Welt sich weiterdrehte, die Jahreszeiten in der richtigen Reihenfolge wechselten. Musste schreiben, um die Angst im Zaum zu halten. Um mit Hilfe der Motorik meiner rechten Hand aus dieser zerstörerischen Panik herauszukommen. Schreiben, bis mir der Stift aus der Hand fiel und ich so endlich Ruhe fände für eine oder zwei Stunden.

Ich ging in die Küche, wo ich Kaffee aufsetzte und mich auf einen Stuhl kauerte, während die Kaffeemaschine blubberte. Meine Zähne klapperten.

In diesem Zustand fand mich Nero.

»Hallo?«, hörte ich ihn rufen. »Ist jemand da? Frau Laverde?«

Ich hob den Kopf und krächzte: »In der Küche.«

Er hatte mich nicht hören können. Ich konnte mich selbst nicht hören.

»Kea?«

Nero Keller stand in der Küchentür, in Jeans, weißem Hemd und Krawatte. Schon altvertraut. Seine Augen leuchteten wie sonnenbeschienene Bronze.

»Kea! Was ist los?«

Er forderte eine Antwort. Und merkte doch zugleich, dass ich keine zu geben in der Lage war.

Mein Verstand verlangte von mir, den Mann ordentlich zu begrüßen und Konversation zu machen. Aber ich konnte nicht. Der Abgrund, in dem meine Seele sich verkrochen hatte, war zu tief. Meine Selbstdisziplin reichte nicht aus, um ein paar Oberflächlichkeiten in Gang zu setzen. Diesmal nicht.

Ich wollte aufstehen, aber der Stuhl kippte um und ich mit ihm, oder umgekehrt, jedenfalls landete ich auf dem Boden. Über mir fauchte die Kaffeemaschine. Der stechende Schmerz in meinem lädierten rechten Knie gab mir den Rest. Ich hörte mich selbst schreien. Wie eine Hündin, die ihre Jungen verloren hat. Wie der Wind in der Arktis, der vor Einsamkeit heult.

15

»Tango negro«, sagte Nero.

»Wie bitte?«

»Schwarzer Tango, bittersüß und traurig und schön. Voller Widersprüchlichkeiten. So wie Sie.«

»Danke.«

Wir hockten beide auf dem Boden, lehnten am Kühlschrank. Ich hatte mindestens eine halbe Stunde geweint. Jetzt fühlte ich mich entspannt und ruhig. Ich fror nicht mehr. Wärme und eine angenehme Müdigkeit durchfluteten meinen Körper. Peinlich war die ganze Sache trotzdem.

»Entschuldigen Sie«, sagte ich daher.

»Wissen Sie, wie die Psychologen das nennen?«

»Was?«

»Ihren Zustand. Sie nennen ihn einen isolativen Konflikt. Ein dramatisches Ereignis, das Sie unverarbeitet in Ihrer Seele herumschleppen, verselbstständigt sich. Es bricht aufgrund eines ähnlichen Schockerlebnisses wieder hervor und reißt alle Schutzmauern ein.«

Ich zog die Beine an. Eben war mir Neros Schulter wie der wunderbarste Platz auf Erden vorgekommen. Jetzt wäre ich am liebsten ein Stück von ihm abgerückt.

»Es ist normal, dass der Angriff von damals an Ihnen zehrt. Sie haben nie mit jemandem darüber gesprochen, oder?«

»Doch. Mit meinem Bruder.« Das stimmte nicht ganz. Am Anfang, als Janne mich in der Klinik regelmäßig besucht, mich mit vernünftigem Essen versorgt hatte … ja, damals hatte ich mit ihm über die Albträume und die Ängste der Nacht geredet. Aber später, als ich entlassen war, als geheilt galt, hatte ich nur noch den Wunsch verspürt, alles zu vergessen.

»Sie machen das Meiste mit sich selbst aus«, stellte Nero fest. »Das ist die Kehrseite von Kühnheit und Unnachgiebigkeit.« Er stand auf, goss Kaffee in zwei Tassen und reichte mir eine. Er wusste inzwischen genau, dass ich den Kaffee schwarz trank. Das gefiel mir.

»Warum tauschen Sie sich nicht mit jemandem aus? Wenn Sie Ihr Trauma immer nur alleine wälzen, wird es unauflösbar und begleitet Sie Ihr ganzes Leben.«

Na, vielen Dank, Herr Kommissar, für die Belehrung. Ich nippte an meinem Kaffee.

»Sie geben sich selbst die Schuld an dem, was passiert ist. Fragen sich, ob Sie das nicht hätten verhindern können. Aber natürlich konnten Sie den Anschlag nicht beeinflussen. Sie waren einfach zur falschen Zeit am falschen Ort.«

Ich erstarrte. Tatsächlich war ich damals ganz begeistert von der Idee gewesen, im Hard Rock Café den Geburtstag meines damaligen Freundes Mario zu feiern. Genau dort war die Bombe später hochgegangen. Mario hatte nichts abgekriegt. Er hatte zum Zeitpunkt der Explosion ein paar Leute ins Hotel begleitet. Glück für ihn, Pech für mich. Ich Idiotin. Ich Riesendepp. Ich Unglücksrabe.

»Sie hatten keinen Einfluss auf die Ereignisse!«, sagte Nero.

»Nein«, antwortete ich brav. »Ich war nur das dumme Opfer.«

»Damals ja. Aber mittlerweile sind Sie kein Opfer mehr. Sie haben Ihr Leben wieder in die Hand genommen. Richten Sie Ihre innere Kraft zur Abwechslung einmal nicht gegen sich selbst!«

Matt vom Weinen und dem ganzen Auf und Ab meiner Gefühle, seufzte ich lang und anhaltend. Für Predigten war meine Freundin Juliane zuständig. Mit ihren 77 durfte sie nerven. Nero sollte sich da lieber nicht zu weit aus dem Fenster lehnen.

»Ich wollte damit sagen«, erklärte Nero und ließ sich wieder an meiner Seite auf den Boden sinken, wobei ein paar Tropfen Kaffee auf seine Jeans schwappten, »wenn Sie sich entscheiden, Ihre Probleme nicht alleine zu lösen, dann stehe ich zur Verfügung.«

16

Wir schlenderten die Auffahrt hinunter. Wieder hatte die Jahreszeit gewechselt. Der Sommer war zurück und schenkte einen warmen, in sattes Orange getauchten Abend her. Die Bewegung und die Natur würden mir neue Kraft geben. Nero fand das offenbar auch. Alle paar Meter blieb er stehen und erklärte mir einen Stängel oder ein Blatt.

»Ich wusste nicht, dass Sie einen grünen Daumen haben.«

»Das ist eher theoretisches Wissen.«

»Wenn man in der Stadt lebt, so wie Sie, ohne Garten, ist es mit der Umsetzung ja auch nicht einfach.«

»Ich habe mit Frau Gelbach telefoniert.«

»Habe ich mir schon gedacht.«

Er sah mich amüsiert an. »Wir kennen uns seit einer Fortbildung vor zwei Jahren. Sie ist eine kompetente Kollegin. Und sehr nett.«

Ich schwieg und dachte, was jede Frau in meinem Seelenzustand gedacht hätte.

»Was ich an Sie weitergebe, ist ausschließlich für Ihre Ohren bestimmt«, betonte Nero.

»Klar.«

Er sah mich durchdringend an, während ich mit dem Schuh an dem Moos herumkratzte, das zwischen den unebenen Pflastersteinen nistete.

»Sie sind aus dem Schneider. Die Kriminaltechnik hat alles an Spuren aufgegabelt, was das Schloss hergibt. Kea Laverdes DNA ist überall, nur nicht im gräflichen Schlafzimmer und im Grünen Salon.«

»Meine DNA?«

»Speichelreste, ein Haar, dies und das.«

Ich war erleichtert und schockiert zugleich.

»30 Sekunden sprechen hinterlässt ausreichend DNA, um herauszufinden, wo ein bestimmter Mensch sich aufgehalten hat.«

»Aber ich habe denen doch nichts von mir gegeben«, protestierte ich.

»Quatsch. Die Kollegen haben das ganze Schloss auf den Kopf gestellt! Ihr Zimmer ebenfalls. Zahnbürste, Kamm, Haarklammern … da fanden sie, was sie brauchten.«

»Ist das legal?«

»Darum geht's jetzt nicht. Sie sind jedenfalls vom Haken. Die Ermittlungen nehmen Fahrt auf. Zunächst haben wir drei Zeugenaussagen aus dem Ort.«

Ich hielt den Atem an.

»Es klingt besser, als es ist. Ein Zeuge will am späten Abend des 27. 8. einen Mann gesehen haben. Zwischen 60 und 70 Jahren alt. Übergewichtig, volles graues Haar, glattrasiert. Keiner aus dem Dorf, keiner aus einem der Nachbarorte.«

»Hört sich fundiert an.«

»Es gibt mittlerweile eine Phantomzeichnung, mit der die Kollegen von Pontius zu Pilatus laufen.«

»Ein Auswärtiger, der kam, um zu morden!«

»Ob eine Mordabsicht vorliegt, ist ja noch nicht belegt«, wandte Nero ein.

»Ich bitte Sie!« Wir erreichten das schmiedeeiserne Tor. Hier traf der gräfliche Besitz auf die Staatsstraße, die an der Nordseite des Anwesens eine scharfe Kurve bildete und ins Dorf führte. Ein Feldweg bog von der Straße ab und schlängelte sich an Larissas Grundstück entlang ins Grüne. Dorthin lotste ich Nero.

»Der zweite Zeuge hat eine Frau gesehen. Sehr schlank. Mittleren Alters. In Rothenstayn und Umgebung unbekannt. Allerdings sollen sich diese beiden Personen zur selben Zeit am selben Ort aufgehalten haben. Einzeln, nicht miteinander. Für ein Phantombild erwiesen sich die Angaben des zweiten Zeugen als unzureichend. Er hat die Person nur aus großer Entfernung gesehen.«

Rechts von uns erstreckten sich Stoppelfelder, links der verwilderte Schlosspark. Der Weg führte einen Hügel hinauf. Gras wucherte auf beiden Seiten und griff nach unseren Hosenbeinen.

»Zeuge Nummer eins ist sich sicher, den Dicken außerhalb des Dorfes in östlicher Richtung gesehen zu haben.

Und zwar um 18.15 Uhr. Er erinnert sich, dass die Kirchenglocke in Rothenstayn genau einmal schlug. Bei Zeuge Nummer zwei ist das nicht anders. Dieselbe Stelle, dieselbe Uhrzeit.«

»Dann kann was nicht stimmen. Einer der beiden Zeugen muss sich täuschen.«

»Die Hotelanmeldungen aus dem Goldenen Löwen geben nichts her. Auf keine der Personen, die im fraglichen Zeitraum dort zu Gast waren, passt die Beschreibung. Übrigens auch nicht auf die Gäste in den Privatquartieren.« Nero lachte leise auf. »Entweder haben die Männer kein volles Haar, obwohl sie beleibt sind, oder die Damen sind alles andere als knabenhaft.«

»Diese Bemerkung hätten Sie sich sparen können.« Langsam kam ich wieder in Fahrt.

»Der dritte Zeuge«, fuhr Nero unbeeindruckt fort, »hat Mittwochnacht einen Kleinwagen durchs Dorf rasen sehen, Marke unbekannt. Vom Kennzeichen weiß er nur, dass die Chiffre für die Stadt drei Buchstaben enthielt und der erste ein ›H‹ war.«

»HAS«, sagte ich. »Haßfurt. Liegt nicht weit von hier.«

»Nun, mag sein. Es gibt aber noch andere Möglichkeiten. HAL, HAM, HBN …«

»Farbe des Wagens?«

»Der Zeuge kann sich nicht erinnern. Er gab zu, in der Nacht getrunken zu haben.«

»Also war er sturzbesoffen und hat ›H‹ gesehen, wo ›M‹ oder ›B‹ stand.«

»Möglich.« Nero machte eine Pause. Ich wusste, dass er es liebte, seine Gedanken zusammenhängend zu äußern, bevor seine Zuhörer etwas einbrachten. »Wie Sie wahrscheinlich wissen, nehmen Menschen sehr selektiv wahr.«

»Ach nee.« Wir erreichten eine Pferdekoppel. Ich lehnte mich gegen den Holzzaun und lockte einen hübschen Rappen.

»Die Auswertung der Telefonverbindungen über die letzten drei Monate hinweg hat nichts ergeben. Die Gräfin besitzt nicht einmal ein Handy.«

»Ich war heute Morgen bei ihr. Sie wollte mich sehen. Und sagte nur einen einzigen Satz. ›Finden Sie Katjas Mörder‹.«

»Haben Sie …«

»Ja. Ihre Kollegin hat mich vor der Station abgepasst und genau diesen Satz aus mir herausgeleiert.«

Das Pferd trabte auf uns zu.

»Aber Sie wissen nicht, wer Katja ist?«

»Nein.« Ich ließ das Pferd an meinen Fingern schnuppern. »Nicht die Bohne. Übrigens: Die Zeugen könnten jeweils eine andere Person gesehen haben. Dann gäbe es zwei Fremde.«

»Vielleicht. Dennoch unlogisch, wenn die Zeit- und Ortsangaben korrekt sind.«

»Ja, *wenn*!«

»Wir wissen es einfach nicht. Kea?«

»Hm?« Ich wagte nicht, ihm ins Gesicht zu sehen. Lieber streichelte ich die sternförmige Blesse des Pferdes. Sein Fell war ganz warm und wunderbar rau.

»Wollen wir nicht endlich dieses dumme ›Sie‹ sein lassen?«

Der Rappe knabberte an meinem T-Shirt. Schau dem Kerl wenigstens in die Augen! Der Befehl musste einige

Hundert Kilometer Luftlinie zurückgelegt haben. Ganz bestimmt hatte Juliane ihn getrommelt. Ich spürte es einfach. Nur leider hatte ich ein großes Problem. Ich konnte nicht. Ich konnte meinen Kopf nicht drehen und in Neros Torfaugen blicken. Die Hand in der Mähne des Rappen verkrallt, stand ich da und atmete den süßen Pferdegeruch.

Neros Hände umfassten meine Schultern. Sanft drehte er mich zu sich.

Der Rest ist Geschichte.

17

Wenn ein Mann mich befriedigte, war ich für Stunden mit mir und der Welt im Reinen. Ich lag auf dem Bett und genoss meine üppige Nacktheit. Neros Hand ruhte auf meinem Schenkel. Hatte alle Narben, Dellen und Verwachsungen, das ganze Flickwerk meiner rechten Körperseite, mit seinen kräftigen Fingern erkundet. Der härteste und intimste Moment, den ich mit einem neuen Mann haben konnte.

»Rauchst du noch die gesunden Zigaretten ohne Zusatzstoffe?«, fragte ich.

Er stand auf und kam mit der Schachtel zurück. Wir rauchten beide. Das Fenster stand weit offen. Draußen wurde es dunkel. Die Wärme des Tages blieb in der Luft hängen. Vielleicht war dies eine der letzten lauen Sommernächte. An manchen Bäumen verfärbte sich schon das Laub, in den Abendstunden machte sich der süße Geruch reifer Früchte breit.

Wir hatten uns Zeit gelassen.

Ich hatte mit Nero geschlafen und meine Fantasie rechts überholt. Manchmal hatte ich mir genau diese Szenerie ausgemalt: wir beide rauchend im Bett. Ich rauchte wenig, aber nach dem Sex beschleunigte eine Zigarette mein Hochgefühl. Während ich mich aufsetzte und nach dem Aschenbecher griff, spürte ich Neros Blick auf meinem Körper. Das mochte ich. Männer, die mich lange ansahen, vor allem danach, bekamen Pluspunkte. Ich musste lächeln. Du denkst wie jemand, der Rabattmarken sammelt, Kea, dachte ich.

»Worüber lachst du?«

»Über Rabattmarken.«

»Mir entgeht der Sinn des Ganzen.«

Ich kroch unter die Decke. »Nicht wichtig.«

Er schlüpfte zu mir. Unsere warmen Körper fanden automatisch zueinander. Der Zigarettengeruch mischte sich mit den Düften aus dem Garten. Allerdings blieb uns keine Zeit mehr, unsere Absichten in die Tat umzusetzen. Denn Neros Handy klingelte.

»Keller.« Er reagierte knapp, sagte ›ja‹, ›nein‹, ›ja‹, lächelte mir dabei zu und legte auf.

»So ist das also«, sagte ich, »in der Beziehung zu einem Bullen.«

Er strich mir durchs Haar.

»Das war Kollegin Gelbach.«

»Und?«

»Sie haben die Tatwaffe gefunden.«

»Im Dunkeln?«

»Vor einer knappen Stunde. Es ging ein Anruf ein. Ein Spaziergänger hat sich gewundert, warum ein gusseiserner Kerzenleuchter im Bach liegt. Martha Gelbach gehört zur schnellen Truppe. Die fackelt nicht lang. Du müsstest dir das Corpus Delicti mal ansehen, Kea.«

»Jetzt?«

»Ja. Jetzt.«

18

Der Kerzenleuchter war nicht weit von der Stelle gefunden worden, wo Larissa schwer verletzt gelegen hatte. Am Grund des Bachbettes, wo das Gewässer schon über Gemeindegebiet verlief. Das Flüsschen war ja nicht tief, und ein Spaziergänger hatte schon am späten Nachmittag den Leuchter im Wasser gesehen, sich aber erst Stunden später einen Reim darauf gemacht und die Polizei angerufen.

Ich konnte keine Angaben dazu machen, ob ich das hässliche Teil im Grünen Salon gesehen hatte oder nicht. So sehr Martha Gelbach mir auf den Zahn fühlte, der faustdicke, etwa 20 Zentimeter hohe Ständer mit kapitellartigen Verdickungen oben und unten blieb mir fremd. Beim Anblick der scharfen Kanten gruselte es mich. Wer diese Keule auf den Kopf seines Opfers niedersausen ließ, musste nicht besonders viel Kraft aufwenden, um die Schädeldecke bersten zu lassen.

»Das ist so klischeehaft«, sagte ich später, als Nero und ich mit einer Flasche Wein auf der Terrasse saßen und Kerzen mit Zitronenduft gegen die Mücken anzündeten. »Gräfin mit eigenem Kerzenleuchter attackiert.«

»Die Spuren, die zu der Fundstelle am Bach führen, sind ziemlich eindeutig. Dort klebt Blut an Grashalmen, und obwohl der Leuchter nach den 48 Stunden im Wasser so gut wie generalgereinigt ist, müssen wir davon ausgehen, die Tatwaffe in Händen zu halten«, erklärte Nero. »Der medizinische Befund wird nicht lange auf sich warten lassen. Es wird überprüft, ob die Verletzungen der Gräfin zu dem Leuchter passen.«

Er redete mal wieder in seinem Kommissarsstil.

Der Täter hatte, soweit war man sich einig, Larissa im Grünen Salon niedergeschlagen und sie anschließend aus dem Schloss geschleift, direkt zu der Stelle, wo ich sie gefunden hatte. Dann war er zurück in den Salon gelaufen, hatte den Kerzenleuchter geschnappt, um damit wieder durch den Schlosspark zu laufen, an anderer Stelle über den Bach zu springen, noch ein Stück über Gemeindegebiet durch den Wald zu eilen und dann den Kerzenleuchter im Wasser zu versenken. Ich starrte in die Kerzenflammen und lauschte dem Sirren der Mücken. In meinen Aufzeichnungen gab es keine Katja. Warum hatte Larissa ausgerechnet mir gesagt, ich solle Katjas Mörder finden? Warum ihrer Ghostwriterin, nicht der Polizei? Traute sie denen nicht? Oder war sie der Meinung, nur mir die passenden Informationen mitgegeben zu haben, sodass ich Erfolg haben würde?

»Was soll ich tun?«, murmelte ich. Meine Frage richtete sich an die Nacht, die über uns wachte. Mein Herz schlug heftig. Wieder zog die Panik herbei. »Wie soll ich den Mörder dieser Katja finden?«

»Martha Gelbach ist an der Sache dran. Ihre Leute fahnden nach einer Katja im Umkreis der Familie.«

»Das wird schwierig, wenn sie nicht zur Familie gehört. Gehörte. Sie muss ja wohl tot sein, wenn ich ihren Mörder finden soll.«

»Frau Gelbach nimmt natürlich an, und das würde ich an ihrer Stelle auch tun, dass Katjas Mörder auch Larissas Angreifer ist oder mit diesem in Kontakt steht. Es ist eine wichtige Spur. Die einzige im Augenblick.«

»Warum sagte Larissa dann nicht: ›XY war es‹, sondern: ›Finden Sie Katjas Mörder‹?«

»In Larissas Zustand sollte man ihre Wortwahl nicht auf die Goldwaage legen.«

Er hatte recht. Und wieder nicht. Wer zwischen Leben und Tod schwebte, konnte seine wenige Energie nicht aufreiben, um elegante Formulierungen zustande zu kriegen. Andererseits wurde ein Mensch im Korridor zum Nirwana bisweilen von Kräften gelenkt, die auch das eigene Sprachvermögen bestimmten. Insofern traute ich Larissa zu, dass sie ihre Worte ganz bewusst gewählt hatte. Aber ich wollte nicht streiten. Ich wollte gar nichts. Ich wollte mit Nero ins Bett. Die Kerzen ausbrennen lassen, den Wein leertrinken. Mich an ihn schmiegen und einschlafen. Später, verstand sich.

19

»Eines möchte ich klarstellen«, sagte Milena Rothenstayn am Samstagmorgen und warf energisch das dicke, in einen akkuraten Pagenschnitt gezwungene blonde Haar zurück. »Wenn meine Cousine nicht überlebt, dann schreiben Sie in *meinem* Auftrag weiter.«

Wir saßen im Speiseraum und frühstückten. Draußen kroch unerwartet Nebel um das Schloss. Nero hatte in seiner praktischen Art für frische Brötchen und einen Vorrat an Wurst und Käse gesorgt.

»Ich bin die ganze Nacht durchgefahren. Konnte sowieso nicht mehr schlafen. Also bin ich aufgestanden, habe meinen Krempel eingepackt und bin los.«

Milena war durch und durch eine jüngere Ausgabe der Gräfin. Wahrscheinlich in meinem Alter, legte sie dasselbe Temperament aufs Parkett wie ihre Cousine.

»Wow, Larissa hat endlich diesen kitschigen Sessel angeschafft!« Milena wies auf das giftgrüne Monster. Ihre laute und energische Stimme besaß einen metallischen Unterton. »Der stand als Ladenhüter in einem Billigladen herum. Sie hatte zuerst Skrupel, das Teil in ihr stilvolles Schloss zu stellen, aber ich fand, Stilbrüche wären gesund. Da hat sie zugeschlagen.«

Ich sah Milena verblüfft an.

»Was ist?«, fragte sie.

»Das ist ein wunderbares Detail. *Der* Aufhänger!«

»Bitte?«

»Als Ghostwriterin suche ich nach Einzelheiten, die

die Hauptfigur einer Autobiografie menschlich rüberkommen lassen. Der Sessel ist ideal.«

»Wobei es nicht um den Sessel selbst geht, sondern um die Geschichte, die meine Cousine und den Sessel verbindet«, erkannte Milena. Ihre Saphiraugen funkelten.

»Eben!« Aus den Augenwinkeln sah ich Nero lächeln.

Milena goss sich Kaffee ein und schüttete mindestens ebenso viel Milch in die Tasse. Wie von selbst griff ich nach meinem Aufnahmegerät, das, seit ich Larissa gefunden hatte, nutzlos auf dem Tisch herumlag.

»Ich habe Larissas Patientenverfügung«, sagte Milena. »Sie hat sich viele Gedanken gemacht, als alleinstehende Frau ohne Kinder, wie sie ihr Ende gestaltet. Sie möchte nicht künstlich am Leben erhalten werden. Es wäre nicht in Larissas Sinn, als Troll zu überleben.«

Sie wird wahrscheinlich nicht überleben, dachte ich. Wollte es Milena aber nicht sagen. Nicht jetzt. Ich wollte mich nicht wieder meiner eigenen Panik stellen.

In der Nacht hatte ich wunderbar geschlafen. Dank Neros warmem Körper neben meinem war ich zum ersten Mal seit langem wieder aufgehoben gewesen im Leben. Das Dunkel der Nacht hatte keine Gruselmonster gespiegelt. Ich war bereit, aus der neuen Krise zu lernen. Doch die Ruhe war trügerisch, denn schon meldete sich wieder ein zartes Prickeln in meinem Magen. Ich ertränkte es im Kaffee.

Nero erläuterte Milena die bisherigen Schritte in den Ermittlungen.

»Frau Gelbach hat mich schon angerufen.« Milena trank ihren Kaffee, stürzte sich auf ein Brötchen und bestrich es dick mit Leberwurst. Ihre Gesichtszüge erinnerten mich an Larissa, vor allem die leicht schräg stehenden Augen und die schmale Nase. Nur dass Larissas Augen nicht so durchdringend, beinahe grell blau waren. Milenas Gesichtshaut war hell, unterlegt von blassen Sommersprossen, die sich in einer schmalen Linie von einer Schläfe zur anderen zogen. Sie trug ein Herrenhemd, einen luftigen Schal und abgewetzte Jeans. Die Kombination sah aus wie in aller Eile aus dem Schrank gerissen. Und war vermutlich sehr sorgfältig zusammengestellt.

»Wissen Sie«, sagte sie eifrig, »ich habe nachgedacht, warum jemand ausgerechnet im Spätsommer 2008 ins Schloss eindringt und Larissa niederschlägt. Warum jetzt? Kam er mit der Absicht, sie zu töten? Oder ergab sich das, wie sich eben manches von selbst ergibt? Hat dieser Mann seinen Besuch lange geplant? Wer könnte es gewesen sein?« Milena leckte sich Leberwurst von den Fingern und gab sich die Antwort selbst. »Jemand, mit dem sie ein Gespräch führen wollte. Für den sie sich Zeit nahm. Deshalb sagte sie Ihnen, das Interview sei für den Abend beendet. Larissa wollte nicht nur eine halbe Stunde mit ihm plaudern.«

»Klingt plausibel.« Der Angriff auf ihre Cousine schien Milena jedenfalls nicht den Appetit zu verderben.

»Wie viel hat Larissa Ihnen von damals erzählt?«

»Damals?«

»Ihr erstes Leben. In der Diktatur.«

»Sie hat mir die Eckdaten genannt«, antwortete ich. »Ihre Arbeit in der Klinik in Leipzig, ihre Abneigung gegen den SED-Staat.« Mir ging auf, dass ich die Gräfin kaum kannte. Wenige Tage hatten wir geteilt. Ein paar Gespräche. Obwohl ich sie mochte, ihre Gastfreundschaft und Warmherzigkeit genossen hatte, war sie mir fremd geblieben. Ich hatte zu viele Fragen in meinem Notizblock, auf die ich die Antworten noch nicht notiert hatte.

»Hat sie schon über ihre Flucht gesprochen?«

Ich schüttelte den Kopf. Das Spannendste fehlte.

»Ich war noch ein Kind«, murmelte Milena.

Nero saß still da. Er ließ mich fragen, und Milena schien dankbar um ein Ventil, durch das ihre Erinnerungen abziehen konnten. Sie lebte mit der Hoffnung, alles könne ins Lot kommen. Hatte keine Vorstellung von der Schwere der Verletzungen. Ich stellte das Aufnahmegerät an.

»Eines Tags im August oder September 1973 kam Larissa zu uns. Sie hatte einen Topf mit Brombeeren im Arm und klingelte Sturm. Die Beeren waren zerdrückt, manche schon schimmelig. Ich las in der Küche die Beeren aus und verschlang die, die noch essbar waren, während die Erwachsenen im Wohnzimmer redeten.«

Mein Rekorder lief. Milena streifte das schmale, silberne Kästchen mit dem Blick und fuhr fort: »Sie wurden immer lauter. Was sie sagten, weiß ich heute nicht mehr, aber Larissa rief nur immer wieder: ›Ich gehe allein! Ich gehe allein!‹ Heute weiß ich, sie wollte in den Westen. Aber damals verstand ich das nicht.« Milena verzog das Gesicht, während sie sich Kaffee nachgoss. »Ich lauschte an der Tür, und ich hörte, wie meine Mutter auf meinen Vater einredete. Meine Mutter war eine überaus vorsichtige Person. Sie hasste die SED, aber sie wollte weder sich noch die Ihren in Gefahr bringen. Lieber arrangierte sie sich mit zusammengebissenen Zähnen. Ganz anders als Larissa. Später, nach der Wende, erzählte sie, sie habe eine

Warnung erhalten. Angeblich von einem alten Freund, der in Verbindung zu einer Fluchthelfergruppe stand. Ein gewisser Gerrit Binder.«

Ich notierte den Namen. »Von dem hat Larissa mir bislang nichts erzählt.«

»Kann schon sein. Gerrit hat später geheiratet, und ich glaube, das hat Larissa nicht so leicht weggesteckt. Sie hatte sich wohl Hoffnungen gemacht, obwohl sie immer so tat, als sei er nur ein Kumpel und als käme eine Beziehung überhaupt nicht infrage. Keine Ahnung, wo er mittlerweile wohnt oder ob er überhaupt noch lebt.«

Überall Krisen. Ich erlebte nicht zum ersten Mal, dass Kunden ein wichtiges Detail verschwiegen, weil damit schmerzhafte Gefühle verbunden waren.

»Und an jenem Abend? Als Sie an der Tür lauschten?«, bohrte ich weiter.

»Da war nicht mehr viel. Ich hörte meine Mutter sagen: ›Wenn sie dich erwischen, ist es aus. Die sperren dich weg. Du kommst 15 Jahre lang nicht raus.‹« Milena nahm einen Schluck Kaffee. »Das war das erste Mal in meinem Leben, dass ich nackte Angst verspürte. Im Spätsommer. Wetter wie jetzt. 1973. Ich war fünf.« Ihr Blick wanderte zu Nero. Rutschte an ihm entlang von der Nase bis zu den Zehen. Stille machte sich breit.

Schließlich sagte ich: »Als Kind denken wir immer, die Eltern kümmern sich schon um alles und halten das Böse auf Abstand.«

»Meine Eltern sind vor fünf Jahren bei einem Unfall ums Leben gekommen. Obwohl ich schon erwachsen war, bedeutete ihr Tod die größte Zäsur meines Lebens.« Milena sah unschlüssig in ihre Tasse. »Die Familie von

Rothenstayn lässt sich bis ins Jahr 1100 zurückverfolgen. Ein Stammbaum wie ein Echolot. Oder wie ein Klumpfuß. Ich bin nun die Letzte meiner Art.«

»Sie haben keine Kinder?«

»Ich habe nie den richtigen Mann gefunden.« Milena sah wieder Nero an und ich tat, als würde ich es nicht bemerken.

20

Nero und ich streiften durch den Schlosspark. Obwohl feiner Nebel durch die Bäume kroch, fühlten wir uns draußen wohler als im Schloss. Wenn die Sonne fehlte, strahlte der alte Bau eine Feindseligkeit aus, der ich mich nicht gewachsen fühlte.

Martha Gelbach hatte angerufen. Larissas Zustand verschlechterte sich. Sie war nicht mehr bei Bewusstsein. Ihre Organe drohten zu versagen. Große Mengen Wasser waren aus ihrem Bauch und ihrer Lunge gesaugt worden. Nachdem mich Nero und Milena abgelenkt hatten, schien nun die Phase gekommen, in der die Erkenntnis voll zuschlug, dass es für die Gräfin keine Hoffnung gab. Ich durfte leben, sie nicht. Krise total.

»Wie kam es, dass Larissa in der DDR aufwuchs?«, fragte Nero. »Ich meine, ein altes fränkisches Adelsgeschlecht …«

»Larissas Eltern erlebten das Kriegsende in Berlin.

Ihre Mutter Annelore war eine Adelige aus Pommern. Landadel, Leute mit einem Stammbaum. Wilhelm Graf Rothenstayn war kriegsversehrt. Hatte schon 1939 eine Hand im Feld verloren und kurierte seine Verletzung in einem Lazarett aus, wo Annelore in der Küche aushalf. So lernten die beiden sich kennen.« Ich rekapitulierte Larissas Darstellung. »Graf Rothenstayn war ein überzeugter Nazi gewesen. Im Dezember 1939 heirateten er und Annelore. Larissa kam ein Jahr später zur Welt.«

Wir standen am Bach, nicht weit von der Stelle, wo ich die Gräfin gefunden hatte.

»Die Familie befand sich in Berlin, als das ›Tausendjährige Reich‹ zusammenbrach. Der Graf, der an der rechten Flanke der Ideologien gekämpft hatte, geriet in Kontakt mit dem Sozialismus, bekehrte sich und wurde ein Roter. Und nannte sich fortan nur noch Wilhelm Roth.«

»Manche Menschen brauchen klare Gedankengebäude«, kommentierte Nero.

»Genau.« Ich hockte mich auf die Fersen und hielt die Hand in den Bach. »So kam es, dass Larissa in der späteren DDR groß wurde.«

»Ich kann es nicht machen«, sagte Nero. »Aber es könnte interessant sein, diesen Gerrit Binder aufzutreiben.«

Ich schöpfte Wasser und ließ es zurück in die Bachschnellen tröpfeln.

»Übrigens forscht Kollegin Gelbach mittlerweile nach einem Mordfall ›Katja‹.«

»Da ist was dran.«

»Du bist sicher, nur *eine* fremde Stimme gehört zu haben?«

Ich nickte.

»Und das war ein Mann?«

Ich zögerte. Nero fiel es sofort auf.

»Ihr macht mich alle ganz kirre!«, schimpfte ich. »Es *war* ein Mann!«

»Wie klang diese Stimme?«

»Schwer zu sagen. Ich hörte jemanden sprechen, ohne zu verstehen, worum es ging.« Allmählich wiederholte ich mich so oft, dass mir die ganzen Ereignisse wie ein Modekatalog vorkamen, den ich dank tausendfachen Durchblätterns auswendig kannte.

»Wie klang die Stimme? Hell? Dunkel? Laut oder eher leise? Schrill? Drängend? Freundlich? Hektisch?«

Ich richtete mich auf. »Nervös. Nein. Aber auch nicht ruhig. Irgendwas dazwischen. Eher hell als dunkel. Weder besonders laut noch besonders leise. Auch nicht hektisch.« Ich schloss die Augen, um mich zu erinnern, aber das Plätschern des Baches störte. »Wie finde ich diesen Gerrit Binder, Nero?«

JULI 1973

Auch in Zeiten der Mutlosigkeit denken die Leute ans Heiraten. Wahrscheinlich gerade in diesen Zeiten, überlegt Larissa. Sie heiraten und bekommen Kinder, weil es sonst nichts anderes zu tun gibt. Sie leben in Nischen und bestellen, wenn sie Glück haben, irgendwo einen Garten. Auf diese Weise gibt es in einer auf Lebenszeit verplanten Gesellschaft ein paar eigene Pläne und private Absichten.

Larissa Gräfin Rothenstayn, die sich, seit sie denken kann, Larissa Roth nennt, weiß, dass sie keinen Kontakt zu Alex halten darf. Sie hat keine Ahnung, wo er wohnt oder wie er wirklich heißt. Ihr persönliches Leben beschränkt sich auf die Arbeit im Krankenhaus, auf Spaziergänge, auf den einen oder anderen Kinofilm. Ein paar Freundschaften, platonisch, oberflächlich. Ansonsten bewegt sie sich in ihrem genormten Umfeld.

Aber dann findet Utes Hochzeit statt, und der Zufall, der die Welt lenkt, beschert Larissa eine Überraschung.

Ute ist eine Kollegin, eine Ärztin aus der Inneren. Larissa hat keine große Lust, aber sie will auch nicht absagen. Am Arbeitsplatz eine sympathische und normale Kollegin abzugeben, gehört zu ihrer Tarnung. Sie darf auf keinen Fall Unmut oder Aufmerksamkeit erregen, deshalb zwingt sie sich an einem warmen Julitag in ihr blaues Kostüm, steckt ihr Geschenk, eine handgetöpferte Vase, in eine Einkaufstasche und fährt in die Innenstadt.

Die Gesellschaft wartet vor dem Standesamt. Alle sind guter Laune. Larissa kommt mit anderen Kollegen ins

Gespräch. Kurze Zeit später tritt das frisch gebackene Ehepaar heraus, und Jubel bricht aus. Larissa applaudiert wie die anderen, bis ihre Bewegungen mit einem Mal einfrieren. Hinter dem Bräutigam kommt Alex. Im Anzug. Männlich gekleidet und dennoch sehr weiblich. Zu zart für einen dunklen Anzug an einem hellen Sommertag.

»He, was starrst du so, Larissa? Du kriegst schon auch noch einen!«, frotzelt ein Kollege neben ihr.

Sie zwingt sich zu einem Lachen, boxt dem Typen in die Seite und stellt sich in die Schlange, um zu gratulieren. Beschwört ihr Herz, nicht in diesem wahnwitzigen Takt zu galoppieren.

Ute Selb, die jetzt Ute Hofmann heißt, strahlt, wie man es von einer Braut erwartet, und zwinkert Larissa verschwörerisch zu. »Kennst du Klaus?«, fragt sie und stellt ihren Mann vor.

Larissa drückt ihm die Hand.

»Und unser Trauzeuge, Alex Finkenstedt. Klaus und Alex kennen sich seit Jahr und Tag. Schon ihre Väter gingen miteinander in die Schule.«

Larissa lächelt unverbindlich, wie sie hofft, und gibt auch Alex die Hand. Seine Hand ist kühl, zu kühl für den Juli und zu schmal für einen Mann. Als sie sie loslässt, brennen ihre Finger.

Das Festessen findet auf dem Land statt. Die Tafel ist im Garten des kleinen Gasthofes gedeckt, und Larissa lässt den Anschnitt der Torte, den Sektempfang und alles, was zu einer Hochzeit gehört, über sich ergehen. Sie hält sich an ihre Kollegen und achtet darauf, nicht allein herumzustehen und Abstand zu Alex zu halten. Später, als sie zum Essen Platz nimmt, sieht sie Alex' Vater. Er sitzt neben dem Vater des Bräutigams am oberen Ende des Tisches, ein grobschlächtiger Typ mit wachen Augen. Alex sitzt neben ihm. Eine kleine, runde Frau hat sich an Alex' anderer Seite niedergelassen.

Larissas Kopf arbeitet auf Hochtouren. Finkenstedt. Kein ganz unbekannter Name.

Gegen Abend wird getanzt. Eine kleine Band spielt schmissige Musik. Nichts Braves, aber auch nichts Aufgesetztes. Walzer, Foxtrott, Jive. Mit ihren 33 Jahren ist Larissa eine attraktive Frau, die das lange Haar immer noch offen trägt und die ersten weißen Strähnen darin hochmütig ignoriert. Es herrscht kein Mangel an Männern, die sie auffordern, und als die Dunkelheit über die Hochzeitsgesellschaft hereinbricht, nur noch die bunten Glühbirnchen und Lampions ihr magisch-kitschiges Licht in die Nacht senden, beginnt Larissa, sich zu entspannen.

»Möchtest du tanzen?«

Sie sitzt mit einem Glas Wein am Tisch. Ausnahmsweise allein. Sie ist müde, ganz zufrieden mit dem Abend und melancholisch, weil sie gerade darüber nachgedacht hat, ob man im Westen auch so zu feiern weiß. Später wird sie häufiger darüber nachdenken, dass im Osten die Feste leidenschaftlicher und glanzvoller gewesen sind.

Larissa weiß nicht, wie lange sie noch hier sein wird. Kann sein, dass morgen der Kontaktmann kommt, mit der Flasche Sekt, für den ›Geburtstag von Matthias‹, einen Matthias, den es nicht gibt, weil er nur Teil eines Codes ist.

Alex steht vor ihr. Er hat sein Jackett längst abgelegt. Auch die silbergraue Krawatte baumelt nicht mehr vor seiner schmalen Brust. Sein Hemd jedoch ist bis zum Hals zugeknöpft.

»Na, mach schon, Larissa!«, ruft Ute ihr zu. Sie hat viel getrunken, ist rot im Gesicht wie ein Hummer.

»Wenn mich schon mal ein jüngerer Mann auffordert, meinst du?«, gibt Larissa zurück. Sie steht auf, lässt sich von Alex auf die Tanzfläche ziehen und beginnt ein belangloses Gespräch über das Fest. Ihre Lippen bewegen sich wie von selbst, während ihr Herz und ihre Lunge in Flammen stehen.

Alex schweigt. Er führt konzentriert. Als die Musik verklingt, beugt er sich vor und sagt:

»Komm mit an den Teich.«

Die Band stimmt ein neues Stück an. Larissa sieht sich rasch um. Irgendeine von Utes Tanten schart Leute um sich, um sie zu einem Rollenspiel zu motivieren. Die Familien des Brautpaares scheinen beschäftigt. Larissa greift nach Alex' Hand und folgt ihm in den hinteren Teil des Gartens, an ein paar verhutzelten Obstbäumen vorbei. Sie klettern über einen verfallenen Zaun ins Nachbargrundstück.

Dort lieben sie sich ungestüm im Gras, ohne die Enten zu stören, die sich zum Schlafen auf einen Steg zurückgezogen haben und die Schnäbel zwischen den Federn behalten. Er ist wirklich ein Mann, denkt Larissa, als sie, im Zwielicht schläfrig blinzelnd, Alex' schmalen und gänzlich unbehaarten Körper betrachtet. Sie sprechen kein Wort. Larissa versteht nicht, was sie zu ihm hinzieht. Und ihn zu ihr. Ihr Körper ist nicht mehr so jung und schlank, die Haut nicht mehr ganz straff. Alex ist gerade mal 20, ein attraktiver Mann und zart wie ein Mädchen.

Später hilft er ihr, die Teile ihres Kostüms einzusammeln.

Viele Jahre später, wenn sie an diese Szenerie denkt, kommt ihr in den Sinn, wie freizügig eine verklemmte Gesellschaft sein konnte.

Zuerst geht Alex zurück zu den anderen. Larissa wartet eine Weile, raucht zwei Zigaretten. Bis ihr Atem wieder ruhig geht.

Als sie an der Tanzfläche vorbei zum Tisch kommt, wo Wein und harte Getränke bereitstehen, bemerkt sie ein unangenehmes Brennen in ihrem Rücken. Sie gießt sich Wein nach und dreht sich mit dem vollen Glas in der Hand um. Alex' Vater beobachtet sie. Auf ihr Lächeln reagiert er nicht. Er kommt um den Tisch herum auf sie zu. Packt ihren Arm und sagt nur drei Worte: »Euch kriege ich.«

21

Neros ehemaliger Kollege, Hauptkommissar Peter Jassmund von der Polizeidirektion in Fürstenfeldbruck, leistete schnelle und unbürokratische Amtshilfe. Ich mochte den gemütlichen Mann mit dem Vollbart und den ausgetretenen Mephistolatschen sowieso gerne, aber er stieg in meiner Achtung noch höher, als mir Nero am späten Samstagnachmittag mit der linken Hand den Zettel mit Gerrit Binders Adresse zusteckte, während seine rechte das Handy an sein Ohr hielt.

Wer sich wie ich vornehmlich mit den Erlebnissen und Lebensanschauungen anderer beschäftigte, lief Gefahr, von Zeit zu Zeit das eigene Dasein aus den Augen zu verlieren und das Selbst mit dem der Kunden zu verweben. Mitunter spürte ich dann ein Knacken in den Ohren und eine Frage, die wie aus dem Nichts aus mir herausbrach: Wer bin ich und was geschieht hier?

Als Nero sein Telefonat mit Peter Jassmund beendete und mich mit Augen musterte, deren Braun so tief und satt war wie das von nassem Torf, fragte ich: »Was mache ich hier?«

»Einkommen erwirtschaften«, entgegnete Nero. »Viele Grüße von Peter.«

»Danke.«

»Gerrit Binder wohnt in Heldburg. Das liegt in Thüringen, ganz knapp hinter der bayerischen Grenze. Wenn du hinfährst … vergiss nicht, dass Binder auch für die Kollegin Gelbach einen brauchbaren Zeugen abgeben könnte.«

»Wäre ich wirklich nicht draufgekommen.«

22

Nach knapp zwei Stunden Fahrt, während der mein Orientierungssinn mich einige Male im Stich gelassen hatte, überfuhr ich die ehemalige Zonengrenze mit ehrfürchtigem Staunen. Heutzutage war alles einfach. Es gab keine Willkür mehr, die aus einer simplen Straße den

Hinterhof der Hölle machte. Keine Kontrollen, keine übersteigerten Machtansprüche, keine den Tod herausfordernden Ideologien. Zumindest nicht mehr hier, zwischen Bayern und Thüringen.

Gerrit Binder wohnte in dem verschlafenen Ort Heldburg mit Blick auf die kleine Festung, die ihm seinen Namen gab. Er war ein würdiger alter Herr um die 70. Sein Haar stand dünn und schlohweiß um sein schmales Gesicht. Bei einer Körpergröße von beinahe 1,90 hätte er stattlich gewirkt, wenn sein Oberkörper durch die Last der Jahre nicht nach vorne gekippt wäre. Seine außergewöhnliche Magerkeit ließ auf eine Krankheit schließen.

»Ja, bitte?«

»Guten Abend. Mein Name ist Kea Laverde. Ich komme von Larissa Rothenstayn.«

»Von …?« Binder sah mich aus rot geäderten Augen an. Er wirkte erschöpft und müde.

»Ich bin Larissas Ghostwriterin. Sie hat mich beauftragt, ihre Autobiografie zu schreiben, und …«

»Aber bitte, treten Sie doch ein.«

Ich folgte ihm in ein Wohnzimmer, das aufgeräumt und genauso ausgelaugt aussah wie sein Bewohner. Während wir uns setzten, berichtete ich kurz, wie Larissa und ich zusammengekommen waren und was sich zwischen Mittwoch und Donnerstag auf dem Schloss zugetragen hatte. Ich brauchte nur wenige Sätze.

Im Gesicht des alten Mannes standen Fassungslosigkeit und Schmerz. Und eine Verwirrung, die mich erschreckte. Die Augen alter und schwerkranker Menschen spiegelten bisweilen Momente des inneren Absturzes, in denen nichts zusammenpasste, alles auseinanderfiel. Als habe die kosmische Ordnung für Sekunden ausgesetzt. Binder ging zu einer Stereoanlage am Fenster. Musik setzte ein.

»Georges Bizet, ›Les pêcheurs de perles‹«, sagte ich halblaut.

Als Binder sich umwandte, hatte sich sein Blick geklärt. »Zauberhaft, nicht? Eine Aufnahme mit Giuseppe di Stefano. Von 1944. Man hatte damals, so sonderbar das scheint, doch noch ein Gefühl für Schönheit.« Er setzte sich umständlich in einen Sessel. »Meine Frau starb im vergangenen Herbst. Mag sein, dass ich immer noch auf Larissa warte. Ich weiß, sie lebt nicht allzu weit von hier.«

»Ich möchte an Larissas Berichte anknüpfen«, näherte ich mich dem entscheidenden Punkt. »Als ich sie gestern aufsuchte, sagte sie: ›Finden Sie Katjas Mörder‹ zu mir. Sonst nichts. Wären Sie bereit, mir zu helfen?«

Für Sekunden glitt erneut der Schatten der Verwirrung über sein Gesicht.

»Wenn ich etwas beisteuern kann … Möchten Sie Tee?«

Er erhob sich mühsam und ging in die Küche hinaus.

»Wissen Sie denn, wer Larissa wirklich ist?«, rief er, während er eine Menge Radau mit dem Geschirr machte.

»Wissen Sie es?«

Mit einem Tablett in den Händen kam er zurück. »Ich habe mein Leben damit zugebracht, es herauszufinden. Erfolglos. Larissa mochte mich als Kumpel. Intim war sie mit anderen Männern.« Sacht klirrten Tassen auf Untertassen, als er das Tablett auf den Couchtisch stellte. »Ich weiß nicht, ob ich darüber reden will. Man hat uns ja nie angehört. Am Anfang, ja, da waren wir Helden! Aber später, als sich die beiden Staaten einander annäherten, spätestens mit Willy Brandts Ostpolitik, da sah es anders aus. Wir brachten die mühevoll herbeiverhandelten Erfolge in Gefahr.«

»Ich fürchte, ich verstehe nicht«, begann ich, aber Binder unterbrach sofort.

»Ich fange vom Anfang an. Kann ich Ihnen vertrauen?«

Ich nickte.

»Gut. Ich habe wirklich eine ausgezeichnete Menschenkenntnis.« Er lächelte und zeigte lange, graue Zähne. »Das mussten wir alle haben.«

Ich hatte keinen Schimmer, wovon er sprach.

»1961, nach dem Bau der Mauer, schon am Tag danach, begann unser Engagement.« Er setzte sich umständlich und stopfte sich ein Sofakissen in den Rücken. »Wir waren am Studentenwerk der Freien Universität in Berlin tätig. Mein Freund Alfons Mann und ich. Beide sind wir Jahrgang 1928. Alfons ist schon tot, ja, aber damals, da waren wir junge Kerle mit frischen Ideen. Alfons hatte gerade eine Familie gegründet, war Vater eines einjährigen Jungen. Unsere Generation war mit den Zumutungen des Naziregimes aufgewachsen. Nach dem Zusammenbruch, wir waren ja auch Soldaten im Krieg gewesen, mussten wir erst herausfinden, was Demokratie, Rechtsstaat, Menschenwürde überhaupt sein sollten. Davon hatten wir keinerlei Vorstellung. Wir lebten beide in Ostberlin und unterlagen den neuen Gleichschaltungsprinzipien in der sowjetisch besetzten Zone. Zunächst war ich ganz angetan von den Ideen der Sozialisten. Eine gerechte Welt, all das hat ja eine gewisse

Anziehungskraft.« Er legte eine Pause ein und goss Tee in die Tassen. Die Teekanne in seiner Hand zitterte. »Aber irgendwann durchschauten wir, dass es eben nicht um den einzelnen Menschen ging, nicht um individuelles Wohl, sondern nur darum, eine gesellschaftspolitische Idee durchzupeitschen. Mit allen Mitteln. Deswegen floh ich drei Jahre vor dem Mauerbau nach Westberlin. Damals ging das noch mit der S-Bahn, die fuhr durch die geteilte Stadt, vom Ostteil durch den Westteil wieder in den Ostteil. Man wurde natürlich kontrolliert, und wer größeres Gepäck dabeihatte, war verdächtig. Ich reiste mit einer Aktentasche, in der sich meine Zeugnisse befanden und ein paar Fotos. Meine Familie war im Krieg umgekommen, meine Eltern und Großeltern tot. Ich hatte nur noch eine Schwester, Birthe, und die blieb in Ostberlin. Sie war mit anderen Dingen beschäftigt, damals, 1958. Sie hatte sich gerade verliebt, wie es eben so ist, wenn man jung ist. Der Mann ihrer Wahl wollte nicht fliehen.«

Ich trank Tee und wartete.

»Also waren Alfons, der einige Tage nach mir kam, und ich auf uns allein gestellt. Wir waren junge Leute, zuversichtlich, fanden eine Anstellung. Alles wunderbar. Ja.« Es schien, als habe Gerrit Binder den Faden verloren. »Wie soll ich Ihnen die Stimmung vom August '61 verständlich machen? Die ganze Verzweiflung und Fassungslosigkeit, dann wieder die Normalität der Teilung … Das war das Schlimmste, dass das Grässliche normal wurde. Die Teilung Berlins betraf alle Menschen, alle Familien, keine blieb ausgespart und konnte so tun, als habe das alles mit ihr nichts zu tun. Stellen Sie sich vor, zwischen uns beiden verliefe eine Grenze.« Er schlug mit der Handkante auf den Tisch, dass das Geschirr klirrte.

»Was geschah dann?«, fragte ich und suchte Notizbuch und Bleistift aus meiner Schultertasche.

»Dann wurde die Mauer gebaut. Wir waren entsetzt. Wir dachten, das gibt es nicht. Die FU liegt ja außerhalb, in Dahlem, weit ab vom Schuss. Alfons und ich standen Kopf. Alfons hatte einen Cousin mit Familie drüben im Osten sowie seine alte Mutter. Ich hatte Birthe, die war schwanger von ihrem Verlobten und wollte am 14. August 1961 heiraten. Das war …« Er schwieg eine ganze Weile. »Damals heiratete man erst und bekam dann das Kind, aber sie war erst im zweiten Monat, das hätte schon noch geklappt.« Er lächelte.

»Ja«, sagte ich nur und erwiderte sein Lächeln. An diesem alten Mann war etwas, das mich anzog.

»In den 50er Jahren des letzten Jahrhunderts, ja, so lange ist das her, da war die Wiedervereinigung noch eine Naherwartung. Die Politiker im Westen redeten auf die Leute in der DDR ein, sie sollten ›ausharren‹. Wortwörtlich. Und der RIAS* strahlte das dann so aus.« Gerrit Binder legte beide Hände auf die Tischplatte und besah seine Finger. »Die DDR wollte eine Wiedervereinigung unter sozialistischen Vorzeichen, und wir wollten das nicht. Wir, die freiheitlich denkenden Menschen. Also hätten wir längst sehen müssen, dass beide Staaten nicht zusammenkommen würden. Ende der 50er war auch ökonomisch schon ein großer Unterschied zwischen West und Ost. Der DDR liefen die Leute ja zu Tausenden weg! Die fehlten in der Produktion. Aus

---

* RIAS: Rundfunk im amerikanischen Sektor.

freien Wahlen wäre die SED niemals als Siegerin hervorgegangen, deswegen durfte es keine freien Wahlen geben. Die Herrscherklasse baute einen Verfolgungsapparat auf, um die fehlende Unterstützung des Volkes zu erzwingen. Mit Propaganda, Bespitzelung, politischem Strafrecht, Mitteln des Polizeistaates, Denunziation und schließlich: sowjetischen Panzern im Rücken. Denken Sie an den 17. Juni.« Er sah mich scharf an. »Sie wissen, wofür der 17. Juni steht?«

»Selbstverständlich«, sagte ich zackig. »Volksaufstand in der DDR, 1953. Blutig niedergeschlagen durch sowjetische Truppen.«

Binder lächelte zufrieden. »Sie sind so jung«, sagte er, woraufhin ich glatt rot wurde. »Wir wissen doch gar nicht mehr, womit Ihre Generation sich noch auskennt!«

»Als die Mauer fiel, war ich 21«, protestierte ich.

Das interessierte Binder nicht. »Schon Anfang der 50er wurde das Ministerium für Staatssicherheit errichtet. Eine Institution, die ihresgleichen sucht. In den 80ern haben sich die Spitzel dann gegenseitig bespitzelt. Bizarr, nicht wahr? Die DDR kämpfte also nicht nur gegen den Westen, sondern auch nach innen, gegen die eigene Bevölkerung. 1989 wollten die Leute das nicht mehr hinnehmen. Aber bis dahin war es ja auch noch ein langer Weg. Worauf wollte ich eigentlich hinaus?« Wieder trat für Sekunden dieser verwirrte Ausdruck auf sein Gesicht.

»Der Mauerbau«, half ich weiter.

»Richtig, danke. Das marxistisch-leninistische Menschenbild kennt keine individuellen Grundrechte, sondern nur Klasseninteressen. Deswegen betrachtete die DDR die Abwanderung ihrer Bevölkerung, jede einzelne

Flucht als Kampfinstrument des Klassenfeindes. Sie kennen den Jargon noch?«

»Ja.« Ich hatte jahrelang nicht mehr an die DDR gedacht. Als Schülerin war ich mit meiner Mutter oft in der Ostzone gewesen, wie wir zu Hause sagten, bei einer Großtante, einer Schwester meiner Großmutter Laverde. Das lag unendliche Jahre zurück! Wir schrieben das Jahr 2008, man musste mit der Zeit gehen. Doch nun, da ich Gerrit Binder erzählen hörte, schienen mir die Begriffe und Worte nah und scheußlich vertraut.

»Der Mauerbau erhöhte die Zahl der Nervenkranken und Selbstmorde«, redete Binder weiter. Dunkelrote Flecken bildeten sich auf seinen fahlen Wangen. »Dabei tauchte der Begriff ›Republikflucht‹ schon in den frühen 50ern in den DDR-Gesetzen auf. Zwischen dem 13. und 23. August 1961 konnten wir Westberliner noch in die DDR reisen, danach nicht mehr. Ausländer aber konnten ohne Passierschein nach Ostberlin einreisen und mussten auch nicht vor 24 Uhr zurück sein. Das ist für später wichtig.« Binder atmete tief durch. »Wir an der FU begannen zu rotieren. Wir wollten etwas tun. Die Welt war über Nacht in Agonie verfallen. Niemand wollte einen dritten Weltkrieg riskieren. Vielleicht hätte der Kollaps der DDR genau dazu geführt, und insofern hat die Mauer den Weltfrieden bewahrt, indem sie den Status quo aufrechterhielt. Wer kann das wissen. Damals waren wir einfach nur wütend über die Brutalität, mit der die Berliner auseinandergerissen wurden. Doch schon ein Jahr später hatte sich die große Resignation eingeschlichen, und schließlich akzeptierten die meisten ihr Schicksal. Aber 1961, da war uns klar, wir müssen was tun. Alfons, mein Freund, habe ich schon von ihm gesprochen? – Ja? – Er wollte seine Leute rausholen, und ich meine Schwester, mit oder ohne den Mann, den sie heiraten wollte. Alfons und ich hatten damals enge Verbindungen zu den Studenten, obwohl wir schon gut zehn Jahre älter waren. Aber wir fühlten uns jung und hatten auch was nachzuholen. Die Studenten waren genauso aufgebracht wie wir. Über Nacht waren ihre Kommilitonen, die in Ostberlin wohnten, warum auch immer sie das taten, vom Studium in Westberlin abgeschnitten. Das waren gut 500 Leute! Wir beschlossen herauszufinden, wie deren persönliche Lage war und ob eine Möglichkeit bestand, sie rauszuholen. Kurz nach dem Mauerbau gab es noch etliche Lücken in der Grenzsicherung. Manche Berliner streiften tagelang auf der Suche nach einer Fluchtmöglichkeit an den Sperren entlang. Noch Tee?«

Er goss mir ein. Ich betrachtete seine zitternde, von Altersflecken übersäte Hand. Beneidete diesen Mann. Er hatte in einer aufregenden Zeit gelebt, in der er etwas Sinnvolles hatte tun können. Ich schrieb nur Biografien auf. Plötzlich kam mir mein Leben windig und armselig vor.

»Die Ostberliner Studenten hatten ihrem Antrag auf Immatrikulation eine Deckadresse in Westberlin beigegeben. Dahin wandten wir uns. Alfons und ich und noch ein paar Studenten. Wir erreichten meistens die Angehörigen der Ostberliner und baten darum, informiert zu werden, ob diese Fluchtabsichten hätten. Irgendwann hatten wir dann eine Liste mit Namen, besorgten uns die Fotos dieser Personen im Immatrikulationsbüro und machten uns auf die Suche nach Westberliner Doppelgängern, mit deren Papieren wir die Studenten aus dem Osten holen konnten. Das klappte aber nur begrenzt, denn ab Ende August konnten Westberliner ja nicht mehr in den Ostteil der Stadt einreisen. Wir mussten uns was Neues ausdenken. Und so wurden wir eine verschworene Gruppe. Alfons, ich und zwei, drei andere.«

»Sie waren Fluchthelfer«, sagte ich.

»So kann man es nennen. Wir steigerten uns so weit in diese Aktivitäten hinein, dass wir für unsere eigentlichen Berufe kaum noch Zeit fanden. Das Studentenwerk ließ uns eine Weile machen. Wir holten auch Verwandte von den Uni-Bürokraten rüber.«

»Haben Sie Larissa bei der Flucht unterstützt?«

Binders Gesicht verzog sich zu einer schmerzvollen Grimasse. »Langsam«, stoppte er mich. »Das war lange danach. Zu dieser Zeit war ich nicht mehr aktiv dabei. Wir wären ja verkommen, wir nahmen kein Geld von den Flüchtlingen, trugen alle Kosten selbst. Irgendwann ging das nicht mehr. Je aufwendiger jede einzelne Flucht wurde, und das blieb nicht aus, denn die DDR perfektionierte ihre Grenzsicherung mit der Zeit, desto teurer wurde sie. Also traten andere Leute auf den Plan, die die Fluchthilfe kommerziell betrieben. Das wäre für Alfons und mich nicht infrage gekommen. Alfons und seine Familie lebten in unglaublich kärglichen Verhältnissen! Mir ging es nicht besser. Ich hauste in einem winzigen Zimmer ohne Heizung. Aber es war eine andere Zeit. So kurz nach dem Mauerbau lag Empörung in der Luft. Wir gewannen Selbstvertrauen und Stärke daraus, den Leuten in den Westen zu helfen. Wir waren diesen Weg selbst gegangen, allerdings unter weniger dramatischen Vorzeichen.«

»Haben Sie Ihre Schwester geholt?«

»Mit einem belgischen Pass. Zwei Gemeinden in den deutschsprachigen Kantonen Eupen und Malmédy stellten uns nicht nur Blankopässe aus, sondern echte Pässe, die auf die Decknamen der Flüchtlinge lauteten. Diese wurden dann auch ins Melderegister eingetragen. Das bot größtmögliche Sicherheit. Birthe kam ohne Mann. Im März brachte sie ihr Kind in Westberlin zur Welt. Alfons hat seine Leute auf demselben Weg geholt.«

Ich stellte mir vor, wie es wäre, zu fliehen und Nero zurückzulassen, ohne Chance, einander jemals wiederzusehen oder gar zusammenzuleben.

»Ich würde gern mal Ihre Toilette benutzen«, sagte ich.

23

»Und wer ist Katja?«, fragte ich, als ich zurückkam und Binder gegenüber Platz nahm.

»Ich kann mich an keine Katja erinnern.«

»Vielleicht eine ehemalige Kollegin?«

»Das weiß ich einfach nicht.« Binder hustete. »Ich lernte Larissa erst kennen, als ich 1973 als Läufer ein paar Gänge in den Osten machte. ›Läufer‹, so nannten wir damals die Leute, die in den Osten gingen, die falschen Papiere hinbrachten oder die Flüchtlinge trafen und über die Daten ihrer Flucht aufklärten. Ich arbeitete zu der

Zeit noch hin und wieder für die Gruppe um Chris Torn. Die wussten, dass sie sich auf mich verlassen konnten. Aber ich reiste mit einem ausländischen Pass ein, denn die DDR hatte mich als Fluchthelfer durchaus im Visier. So war das eben. 1973 erhielten wir sogar Post vom Bundesministerium für gesamtdeutsche Beziehungen. Man warnte uns, dass wir auf Listen standen, die dem MfS* im Zusammenhang mit Fluchthilfe aufgefallen waren oder der DDR aus anderen Gründen nicht passten.« Er lächelte, als er mein erstauntes Gesicht sah. »Ja, eine verrückte Zeit, nicht wahr? Ein Tollhaus, ein Kuckucksnest! Wir versuchten einfach immer, unsichtbar zu bleiben. Vor allem Leute wie Torn, die gegen viel Geld Flüchtlinge ausschleusten.«

Ich notierte mir den Namen.

»Sie sind als Kurier in die DDR gereist, um mit Larissa die Flucht zu besprechen?«

»Ja. Das musste alles vollkommen konspirativ ablaufen. Unter dem Decknamen ›Udo‹ nahm ich Kontakt mit ihr auf. Larissa beeindruckte mich damals sehr. Ich stellte mir vor, ich könnte sie heiraten, sobald sie im Westen wäre, aber das war nur so ein Gedankensplitter. Wunschträume, die vorbeifliegen.«

Er schwieg und sah in die Ferne. Mir war klar, dass diese Begegnung mit Larissa vor mehr als 35 Jahren immer noch einen wunden Punkt in seinem Leben darstellte.

»Könnte es eine Katja im Umkreis der Fluchthelfer gegeben haben?«, fragte ich, um ihn auf sichereren Boden zu lenken.

---

* MfS: Ministerium für Staatssicherheit.

»Ich denke nicht. Viele Frauen spielten damals nicht mit. Im engsten Kreis nur eine Amerikanerin, Kendra White. Sie kam 1961 mit einer Besuchergruppe aus Harvard an die Freie Universität in Berlin und blieb.«

»Warum?«

»Um Fluchthilfe zu leisten!« Binder goss Tee nach. »Sie stellte Kontakte zu amerikanischen Armeeangehörigen her. Die alliierten Soldaten waren aufgrund des Viermächteabkommens über Berlin von den Kontrollen an den Grenzübergängen befreit. Die ideale Möglichkeit, Flüchtlinge in deren Autos in den Westen zu holen. Die taten das nur gegen Geld. Die Amerikaner haben nichts aus Idealismus gemacht! Im amerikanischen Sektor haben sie sogar unsere Telefone abgehört. Die wussten über alles Bescheid.« Binder trank Tee. »Über alles, was wir machten.«

»Woher wissen Sie das?«

»Wir kannten ja eine Menge Leute«, erzählte Binder. »Und eben auch solche, die für die Amerikaner unsere Telefongespräche ins Englische übersetzen mussten. Das war deren Pech, dass sie keine Fremdsprachen konnten. Da klaffte dann ein schwarzes Loch. Die Übersetzer meldeten sich bei uns, und dadurch waren wir informiert.« Er seufzte. »Es gab eine Fülle spektakulärer Ausschleusungen. Da wurden Tunnel gegraben und Leute durch die Kanalisation geholt. Glauben Sie nicht, dass nur ein Tunnel den Amerikanern nicht bekannt war! Die wussten schon, wo der Tunnel war, bevor er gegraben wurde.«

Es wurde düster im Zimmer. Binder stand auf, nahm eine Schachtel Streichhölzer aus einer Schublade. Es juckte mich, ihm das Streichholz aus den zitternden Fingern zu nehmen. Nach dem dritten Versuch brannte endlich die Kerze auf dem Tisch.

»Die USA sorgten sich darum, dass es in Berlin ruhig zuging. Wir mussten hohe Summen zahlen, damit sie einen Flüchtling in den Chevrolet legten. Im fünfstelligen Bereich.«

»Meine Güte!« Ich schrieb mir den Namen Kendra White auf. »Lebt Kendra noch in Deutschland?«

»Sie hat hier geheiratet. Heißt jetzt White-Höfner. Als ich zuletzt von ihr hörte, wohnte sie in Nürnberg.«

»Wer ist dieser Chris Torn, von dem Sie vorhin sprachen?«

»Er übernahm Mitte der 60er. Ein Unternehmertyp, listig, ein Fuchs. Das Gefühl von Solidarität und Gemeinschaft, das Leute wie Alfons und mich zusammengehalten hatte, galt für ihn nicht. Wir hatten ein großes Problem: Wir waren von Spitzeln infiltriert. Es gab viele Verhaftungen an den Grenzen, Kuriere oder Flüchtlinge wurden verraten, und das geschah oft. Wir lebten in ständiger Angst. Die DDR hat gezielt Spitzel in Gruppen wie unsere eingeschleust. Deshalb haben wir kaum Leute mitmachen lassen, die sich anboten. Wir haben diejenigen angesprochen, die wir mitmachen lassen wollten. Alles lief für Gotteslohn, wir verdienten nichts mit der Fluchthilfe, keinen Pfennig.« Binder lächelte traurig. »Torn dagegen arbeitete kommerziell, mit einem festen Mitarbeiterstamm, den er bestens bezahlte, und warb nur für Einzelaktionen neue Leute an. Er scheute auch vor Kriminellen nicht zurück. Kannte die einschlägigen Lokale. Versprach einem LKW-Fahrer aus Holland 1000 DM, wenn er dafür einen Flüchtling ausschleuste. So ging Torn vor. Ich weiß nicht, ob er sich jemals vorstellte, eines Tages Rechenschaft ablegen zu müssen.«

»Larissa sollte mit einem LKW kommen?«

»Ja. Die Flucht wurde verraten. Aber es kann kein Spitzel gewesen sein. Chris Torn hat mir später bestätigt, er habe Larissas Flucht akribisch geplant, nur er habe davon gewusst und ich, der Läufer. Und ich habe sie nicht verraten. Ich habe einiges riskiert, als ich nach Leipzig reiste, um sie zu treffen.«

»Wer war es dann?«

»Sie hatte damals einen Geliebten. Einen gewissen Alexander. Oder Alex. Seinen Nachnamen kenne ich nicht. Als sie ein Jahr später endlich im Westen war und mich traf, sprachen wir darüber. Aber sie war sich sicher, dass dieser Alex nicht der Verräter war. Denn der schmorte in DDR-Haft. Festgenommen nach ihrer missglückten Flucht im September 1973.«

»Wenn er im Zuchthaus saß, dann sicher nicht, weil er Larissa verpfiffen hatte«, sagte ich nachdenklich.

»So ist es.«

»Milena, Larissas Cousine, meinte, Sie hätten Larissa vor dem ersten Fluchtversuch gewarnt.«

»Ich? Nein. Woher hat sie das? Ich hätte Larissa nicht warnen können, ich war längst wieder im Westen. Wie sollte ich wissen, was in Leipzig vorging?« Binder sah mich verwundert an.

Das Türschloss ging.

»Papa?« Eine Frau wirbelte herein, drahtig, klein, das Haar strubbelkurz, die Stimme durchdringend. In beiden muskulösen Armen schleppte sie voll beladene Einkaufskörbe.

»Das ist meine Tochter, Sigi«, stellte Binder uns vor. »Sigi, das ist Frau Laverde, sie ist Larissas Biografin – kannst du dich an Larissa erinnern?«

»Die Gräfin?« Sigi stellte mit einem Seufzer ihre Sachen ab und wühlte in ihrem Haar. Sie mochte in meinem Alter sein und wog höchstens die Hälfte von mir. Enge, schwarze Jeans und eine kurze Lederjacke brachten ihre knabenhafte Figur zur Geltung. Sie füllte die Wohnung mit Tempo und Leben. »Du hast von ihr erzählt.« Sie zwinkerte mir zu. »Mein Vater schwärmt immer noch von ihr, soweit ich weiß. Ich habe ihm gesagt, er sollte den ersten Schritt wagen, aber er traut sich nicht.«

»Larissa schwebt zwischen Leben und Tod«, sagte Gerrit Binder.

Ich sah es ihm an: Er begriff in diesem Moment, dass Larissa für ihn verloren war. Seine Tochter legte die Hand auf seine Schulter.

»Eigentlich wollte ich dir nur die Einkäufe vorbeibringen«, sagte Sigi, nahm einen Schluck aus der Tasse ihres Vaters, wuchtete die Sachen hoch und verschwand in der Küche.

Binder ging zur Stereoanlage und legte eine neue CD ein. Während Max Bruchs Schottische Fantasie loslegte, sagte er leise: »Ich bin nicht gesund. Meine Nieren sind kaputt. Dreimal die Woche hänge ich an der Dialyse. Sigi hilft, wo sie kann.« Er schwieg eine Weile. Draußen in der Küche rumorte seine Tochter und redete dabei unablässig vor sich hin.

Das Grave der Schottischen bedrückte mich. Ich wollte raus, Latino hören, Jazz, Hip Hop, nur nicht diese dunkle, melancholische Violine ertragen.

»Sie müssen sich damit abfinden«, sagte Binder. »Ich

kenne keine Katja, ich weiß nicht, wer die Flucht verraten hat. Larissa war viel zu vorsichtig, sie wird niemanden in ihre Absichten eingeweiht haben. Das konnte man sich damals einfach nicht leisten.«

Immerhin hatte Larissa ihren Onkel und dessen Frau eingeweiht. Selbst das schien Binder für ausgeschlossen zu halten.

»Und die zweite Flucht?«, fragte ich. Binder war mit seinen Kräften am Ende, aber diese letzte Information musste ich ihm noch abtrotzen. »Ein Jahr später kam Larissa doch in die Bundesrepublik. Wie hat sie das geschafft?«

»Seien Sie doch nicht so naiv.« Nun klang Binders bis dahin freundliche Stimme ungehalten. »Larissa wurde von der Stasi in die Zange genommen. Ich weiß nichts Genaues, aber ein Fluchtwilliger, dessen Tour verraten wurde – der kam damals in Haft!«

Ich hätte mich ohrfeigen können. Über all diese Dinge hatte ich mit Larissa nicht gesprochen. Wäre sie nicht überfallen worden, hätten wir diese Punkte inzwischen vermutlich abgearbeitet. Die entscheidenden Punkte.

»Wie lange war sie im Gefängnis?«

»Ich – weiß – es – nicht«, sagte Binder überdeutlich. Zorn überwältigte ihn, vielleicht auch Selbstvorwürfe, Ängste, das Vakuum, das blieb, wenn Entscheidendes nie geklärt wurde.

Sigi kam aus der Küche, die Hände in den Jackentaschen.

Ich legte meine Karte auf den Couchtisch. »Bitte, rufen Sie mich an, wenn Ihnen noch etwas einfällt«, sagte ich, an beide gewandt. »Bitte. Es ist wichtig.«

AUGUST 1973

Wie jeden Urlaub verbringt Larissa auch den diesjährigen zu Hause. Das Hickhack um die Zuweisung eines Ferienplatzes oder gar die Erlaubnis zu einer Auslandsreise widerstrebt ihr. Die Fahrt nach Prag im letzten Jahr ist von der Klinik organisiert worden, andere haben sich mit den bürokratischen Hürden beschäftigt.

Obwohl sie sich damit tröstet, dass ihre Arbeit als Frauenärztin wenigstens Menschen helfen kann, zehrt die tägliche Routine an ihr. Das frühe Aufstehen, die Straßenbahnfahrt zur Klinik, die Spielregeln, auf deren Einhaltung sie peinlich genau achtet, die Versammlungen, das Anstehen an irgendwelchen Geschäften nach Dienstschluss. Insofern bedeutet jede Pause für Larissa ein wertvolles Stück Freiheit. In den Ferien schläft sie lang. Sie leistet sich ein ausgiebiges Frühstück und fährt mit der Straßenbahn oder dem Rad so weit aus der Stadt hinaus wie nur möglich. Am liebsten erkundet sie neue Plätze. Auf ihren Touren achtet sie auf Gärten und Landhäuser. Kaum etwas ist in Privatbesitz, aber in ihrer Fantasie sieht sie sich selber auf ihrem Grund und Boden Obst und Gemüse anbauen. Sie träumt davon, Tiere zu halten. Wenn sie in der Sonne sitzt, die Augen geschlossen hält und einfach nichts tut, stellen sich die Bilder wie von selbst ein – als sähe sie sich einen Kinofilm an.

In diesem Sommer überkommt sie bei ihren Ausflügen zum ersten Mal in ihrem Leben so etwas wie Melancholie. Larissa ist bei ihren Freunden und im Krankenhaus als tatkräftige, praktisch veranlagte Frau bekannt. Sie sieht eine Aufgabe und beginnt, sie zu erledigen. Weil sie positiv denkt und sich ihr Leben lang Ziele gesetzt hat, kommt sie kaum dazu, deprimiert zu sein. Obwohl die Lebensumstände, die sie ringsum beobachtet, Anlass zu Frust und Mutlosigkeit bieten. Das schwarzgallige Gefühl, das sich in ihrem Inneren nun ausbreitet, ängstigt sie. Sie sieht all das zum letzten Mal. Sie wird aus diesem Land verschwinden und nichts hinterlassen. Plötzlich versteht sie ›Land‹ nicht nur gleichbedeutend mit ›Staat‹. ›Land‹ steht auch für ›Erde‹. Ein Stück von der Welt, das ihr vertraut ist und sie existieren lässt.

Larissa verbietet sich jeden Gedanken an Alex. Stattdessen wartet sie immer unruhiger auf die Nachricht, die sie bekommen soll. Es kann nicht mehr lange dauern. Der August verstreicht. Die Hundstage sind vorbei, erste herbstliche Gerüche mischen sich mit einem letzten Duft von Sommer, Niedrigoktan-Benzin und dem allgegenwärtigen Braunkohlestaub. Und endlich kommt die Nachricht.

Es ist ein Freitag. Gegen 10 Uhr morgens sitzt Larissa auf ihrem Bett, das Fenster steht weit offen, vor ihr thront ein Tablett mit Kaffee und Obstkuchen. Sie hat in der Nacht lange gelesen und fühlt sich rundum glücklich und erholt. Die nervliche Anspannung der bevorstehenden Flucht, eigentlich nur ein leises Sirren im Kopf, lässt nach. Nächste Woche wird sie zurück sein in der Tretmühle der Werktätigen, aber in ihrem Herzen gibt es diese kleine Kammer, die sie ›Ferienzimmer‹ nennt. Einfach einen Ort der Stille, zu dem sie jederzeit Zuflucht nehmen kann.

Es schellt.

Mit dem Instinkt einer Frau, die sich nie in ihrem Leben ausschließlich auf das Objektive und Wahrnehmbare konzentriert hat, weiß Larissa, dass die heiß ersehnte Nachricht vor ihrer Wohnungstür steht.

Sie geht öffnen.

Ein Mann, ein Riese, in weiten Hosen und einem knallbunten Hemd, steht vor ihr, eine Flasche Wein in der Hand, eine Einkaufstasche in der anderen, und sagt: »Hallo, Larissa. Ich störe doch nicht? Wollte mich nur für den netten Ausflug neulich bedanken.«

In der anderen Hand hält er einen Zettel. Auf dem steht in krakeligen Buchstaben: ›Achtung. Ich bin Udo und dein Kontaktmann!‹

Der Mann ist von drüben. Einer aus dem Westen. Sie sieht es an seinen Turnschuhen, seiner Lässigkeit, seiner ganzen Art.

»Ach … Morgen, Udo«, sagt Larissa, nachdem sie einen Sekundenbruchteil gezögert hat. »Möchtest du nicht reinkommen?«

Sie glaubt nicht, dass ihre Wohnung verwanzt ist, aber man kann nie wissen. Zudem haben sämtliche Wände im Plattenbau Ohren, und wer hinter den Türen auf der Etage lauscht, wenn Larissa Besuch bekommt, weiß sie nicht.

»Du hast noch geschlafen«, stellt Udo fest, der in Wirklichkeit sicher anders heißt, mit einem Blick auf ihren Morgenrock. Er stellt die Einkaufstasche ab und stößt leicht mit dem Fuß dagegen. »Ich dachte, wir könnten gemeinsam zu Matthias' Geburtstagsfeier gehen.«

»Ja. Ja, klar.«

»Prima.«

»Möchtest du einen Kaffee, während ich mich rasch fertig mache?«

»Gern. Warum nicht?«

Larissa bewohnt eine Einraumwohnung, die außer aus einem mikroskopischen Bad und einer um ein Weniges größeren Küche nur noch ein einziges Zimmer besitzt. Nachts zieht Larissa das Bett aus und räumt es morgens wieder weg. Wenn sie wochenlang keinen Besuch bekommt, lässt sie das Aufräumen ganz sein. Sie schiebt Udo in die Küche, drückt ihm eine Tasse in die Hand und schenkt ihm Kaffee ein.

»Ich bin gleich wieder da.«

Sie zieht sich in aller Hast an. Kämmt sich das lange Haar und steckt es nachlässig hoch. Ihre Finger zittern zu sehr, um mit den Haarklammern geschickt umgehen zu können. Sie schlüpft in ein Paar Sandalen, nimmt ihre Handtasche und geht zu Udo hinüber.

»Ich wäre so weit.«

Udo lächelt sie an. Er hat in ihrem Aschenbecher den Zettel von vorhin verbrannt.

»Na, dann!«

Sie gehen schweigend durchs Treppenhaus und treten in den warmen Augusttag hinaus. Alles zieht unwirklich an Larissa vorbei, während sie sich von Udo unterhaken lässt und langsam mit ihm die Straße hinabschreitet. Sie weiß später nicht mehr, wohin ihre Schritte sie getragen haben. Ihr Kopf ist aufmerksam wie nie und doch seltsam benebelt.

»Nächsten Freitag geht es los. Sorgen Sie dafür, dass Sie Frühschicht arbeiten. Sie werden am späten Abend abgeholt.«

»Gut.« Larissa lauscht ihrem rasenden Herzen. »Alex … Alex Finkenstedt …, gehört er zu Ihrer Gruppe?«

Udo bleibt stehen. Er wendet sich um, sieht die Straße hinauf und hinunter. »Woher wissen Sie seinen Nachnamen?« Sein Griff um Larissas Arm wird schmerzhaft. In seinem Blick steht Angst.

»Wir sind einander durch Zufall auf einer Hochzeit begegnet. Beide waren wir nicht sonderlich glücklich darüber«, sagt Larissa und schämt sich, weil sie lügt. Diese eine Begegnung mit Alex trägt sie mit sich herum, ruft sie herbei wie einen Zauber, durchlebt die Lust und die Leidenschaft, die Hoffnung und Sehnsucht genauso wie die Resignation, den Schmerz, dass es vorbei ist, bevor es angefangen hat.

»Sie dürfen mit niemandem, absolut mit niemandem darüber sprechen!«, faucht Udo. »Alex und sein Leichtsinn! Will sich keinen Decknamen zulegen. Als legte er es darauf an! Lassen Sie uns weitergehen. Wir fallen sonst auf.«

»Werden wir beobachtet?«

»Immer.«

»Immer?«

»Sie sind doch nicht von gestern, oder?«, knurrt Udo. Sein jungenhaftes Gehabe weicht Anspannung und Streitlust.

»Nein. Jeder von uns weiß, was er sagen kann und was nicht.« Wir denken in Bildern, fügt sie für sich hinzu.

»Alex muss höllisch aufpassen. Sein Vater ist *der* Finkenstedt. Ja. Der Bonze, der die Wehrdienstverweigerer fertiggemacht hat.«

»Juristen von seiner Sorte gibt es viele.«

»Aber keine, deren Söhne aktive Fluchthelfer sind.«

Larissa will fragen. Wie viele seid ihr? Was tut ihr, damit die Flucht gelingt? Welche Risiken nehmt ihr auf euch?

»Sie sind doch aus dem Westen.«

»Klar.«

Verstohlen schaut sie zurück.

»Es kann jederzeit passieren, dass uns einer nachläuft«, sagt Udo. »Wir gehen spazieren, vergessen Sie das nicht. Wir gehen zu einer Geburtstagsparty. Sehen Sie sich nicht so oft um.«

»Woher wussten Sie, dass ich in letzter Zeit so viele Ausflüge unternommen habe?«

Udo grinst schief.

»Nun sagen Sie schon«, insistiert Larissa. »Sie haben vorhin gesagt: ›Danke für den netten Ausflug.‹«

»Es gehört zu unserer Strategie, zu wissen, womit sich die Fluchtwilligen beschäftigen.«

»Sie lassen mich beobachten?«

»Glauben Sie etwa, wir wollen nicht sicher sein, ob wir in eine Falle geraten?«

»Was ist, wenn etwas schiefgeht?«

»In der Mehrzahl der Fälle klappt alles. Wir haben einen Lebenslauf für Sie ausgearbeitet. Schauen Sie in die Einkaufstasche. Sie lernen das alles auswendig und verbrennen die Zettel. Okay?«

»Und wenn es nicht klappt?«

»Sie müssen zuversichtlich sein.« Udo wirft ihr einen warnenden Blick zu. »Ihnen gehen die Nerven durch, wenn Sie kein Vertrauen mitbringen. Der Läufer begleitet Sie zur Autobahn. Auch der Fahrer ist ein Mann unseres Vertrauens. Er hat diese Touren schon oft gefahren.«

»Woher weiß ich, dass er der Läufer ist?«

»Sie verlassen Ihre Wohnung um zehn nach halb neun am Abend. Kleiden Sie sich, als wollten Sie zu einem Fest gehen. Ein hellblauer Trabi wird vor Ihrem Haus halten. Auf dem Beifahrersitz liegt ein Strauß gelber Gerbera. Sie sagen: ›Was für ein schöner Strauß. Sabine wird sich freuen. Sie liebt Gerbera über alles.‹ Der Läufer antwortet: ›Und unser Geschenk erst. Damit rechnet sie nicht, nicht in 100 Jahren.‹ Können Sie sich das merken?«

Larissa nickt. Sie hat sich schon ganz andere Sachen gemerkt.

Als sie sich, den Kopf voller Instruktionen, an der Thomaskirche von Udo verabschiedet, jagen die Gedanken durch ihr Hirn:

Es geht los.

Noch kann ich alles abbrechen.

Nur noch eine Woche. Noch siebenmal schlafen gehen. Noch siebenmal in der DDR aufwachen. Dann nie wieder. Nie wieder.

Das ›Nie wieder‹ hallt in ihren Ohren, während sie kreuz und quer durch die Stadt läuft, ohne etwas zu sehen oder zu hören. Blind und taub für das wirkliche Leben, geht sie durch, was sie noch wird tun müssen. Und plötzlich schmerzt der so lang ersehnte Aufbruch. Voller Wehmut denkt sie an die vergangenen Tage. Die Brombeersträucher, von denen sie sich ein paar halb reife Früchte pflückte. Der Bach, an dem sie gestern rastete. Die verträumten Datschas, an denen sie mit dem Rad vorbeifuhr.

Ein paar Stunden später schwindet die Betäubung von selbst. Larissa löst die Haarklammern und schüttelt ihre lange Mähne aus. Sie wird nach Hause gehen und sich konzentriert an die Arbeit machen. Es gibt viel zu tun. Sie muss Wolfgang Bescheid geben. Den fremden Lebenslauf lernen. Ausmisten und vernichten, was der Stasi nicht in die Hände fallen soll. Denn die wird rumschnüffeln. Das ist sicher.

24

In der Nacht auf Sonntag wurde es empfindlich kalt. Ich wachte auf, weil ich fror, und suchte im Dunkeln nach meinem Schlafanzug, während Nero in aller Nacktheit tief und fest weiterschlief.

Ich kuschelte mich an ihn. Seine Wärme tat mir gut. Ich wollte nicht daran denken, dass ich sie in Kürze vermissen würde. Unsere Zweisamkeit hier im Schloss war begrenzt. Nero musste am Montag früh weg. Und was später sein würde, dazu wusste auch Pythia nichts zu sagen.

Der alte Gerrit Binder mit seinem überlangen Körper ging mir nicht aus dem Sinn. Er erinnerte mich an meinen Vater. Der war schon lange tot. Auch er war mager und krank geworden vom Warten auf die Liebe einer Frau, die nicht erwidert wurde. Auf die Liebe meiner Mutter.

Meine Mutter war eine tüchtige Person mit Unternehmergeist, die nie stillsaß und sich einbrachte, wo immer man sie brauchte. Nur nicht bei ihrem Ehemann. Nachdem mein Bruder Janne und ich aus dem Gröbsten heraus waren, wie man immer sagte, vergrub sie sich in Arbeit und war zu Hause selten gesehen. Das brachte meinen Vater erst in Rage, doch als er im Lauf der Jahre bemerkte, dass seine Chancen, von ihr noch wahrgenommen zu werden, zerrannen, überantwortete er sich dem Schnaps und brachte sich schließlich mit einer Überdosis Pflanzengift um.

Wir schreiten durch Herbstlaub, als er beerdigt wird, durch nasses, glitschiges Zeug, das an den Schuhen klebt.

Wir, das sind mein großer Bruder Janne, meine Mutter und ich.

Meine Mutter scheint zum ersten Mal zu verstehen, welchen Anteil sie am Unglück ihres Mannes hat, der immerhin unser Vater war.

Der Regen peitscht über die Grube im Boden.

Tod.

Schwarz. Feucht. Kalt.

Wir müssen mit einem Schäufelchen Erde auf den Sarg werfen. Das schwarze Gewand des Pfarrers klafft im Wind auf. Aus dem Weihrauchfässchen steigt Qualm.

Mir wird schlecht von dem intensiven Geruch. Meine Hand rutscht aus Jannes und ich sinke auf die feuchte Erde.

Ich krallte meine Fingernägel in meine Arme, um aus dem vernichtenden Sog von Vorwürfen und Gewissensbissen herauszukommen. Stand auf und tappte in die Küche, wo ich mir ein Glas Leitungswasser nahm und mich auf den Tisch setzte, die Füße unter ein Stuhlkissen schob. Solche

Stunden multiplizierten alle Ängste, alle schlechten Gefühle. Jedes innere Drama, das schon längst nicht mehr auf dem Spielplan stand, legte einfach los. Ich war die Bühne. Ich, die ich endlich ein wenig zur Ruhe gekommen war. Ich, die ich nicht mehr auf Reisen ging. Weil ich nicht mehr konnte. Weil Flughäfen mich fertigmachten. Weil ich mich einsam fühlte und seltsam leblos, wenn der Flieger abhob. Weil ich es satt hatte, mich in immer neuen Orten und Umständen zu orientieren. Deshalb hatte ich meine Tätigkeit als Reisejournalistin aufgegeben. Es war kein Traumjob gewesen, nur kalte Notwendigkeit, denn mit irgendwas musste ich meine Brötchen verdienen.

Nun hockte ich in der Küche der Gräfin, die mit dem Tod kämpfte, fasste unter der Schlafanzughose an mein Bein und tastete über die Narben und Verwachsungen. Sie verzerrten die Rundungen meines Körpers. Sie schmerzten nicht mehr, aber sie verursachten zeitweise Spannungen, die bis in den Rücken ausstrahlten. Mit der künstlichen Hüfte hatte ich keine Probleme. Ich bewegte mich, als wäre es meine eigene; ich machte eisern zweimal wöchentlich meine Gymnastik, um die Muskulatur zu stärken. Zu mehr raffte ich mich nicht auf. Mehr Raum sollten die Wunden von damals nicht bekommen.

Vor drei Jahren war es mir so gegangen wie Larissa jetzt: Ich hatte nicht gewusst, ob ich leben würde oder sterben.

Wer war Larissa eigentlich? Nach Gerrit Binders Berichten schien sie mir fremder denn je. Ein Phantom, ein Geistwesen. Jemand aus einer anderen Welt.

Ich starrte aus dem Fenster. Sah einen Menschen, der ein paar Schritte zurückwich, sich umdrehte und im Schlund der Dunkelheit verschwand.

SEPTEMBER 1973

Der letzte Arbeitstag. Sie muss so tun, als wäre es ein normaler Freitag. Vier Kinder kommen zur Welt. Neubeginn auf ihrer Station, während sie hofft, betet, in 24 Stunden im Westen zu sein. Was dann kommt, kann sie nicht sagen, will es auch nicht wissen, sie will es nur schaffen.

Was will ich dort, fragt sie sich unerwartet. Ist das alles nur eine fixe Idee? Was erwarte ich? Ist es klug, überhaupt etwas zu erwarten? Warum nehme ich das alles auf mich? Plötzlich zweifelt Larissa an ihren Absichten. Vergisst die kleinen biestigen Schikanen, die sie von hier forttreiben, den Zwang, öffentlich immer eine andere zu sein, die Bitterkeit, die Mutlosigkeit, die über der Stadt, dem ganzen kleinen Land liegt. Das ist eine typische Reaktion. Der Rückzug in letzter Minute. Aber der Zweifel verstreicht.

Dann fragt Ute sie nach Dienstschluss, ob sie nicht mit in die Kantine kommen würde. Bevor sie ins Wochenende fahren. Ute hat das erste Mal Stress mit ihrem Mann.

Während Ute ihr Herz ausschüttet, verklumpen in Larissas Kopf die Gedanken. Sie hat die ganze Woche lang kaum geschlafen. Hat ihrem Atem gelauscht, der sie durch die Nächte gehetzt hat. Hat gestern eine Schlaftablette genommen, nur um zur Ruhe zu kommen.

»Nimmst du auch den Wurstsalat?«, fragt Ute und steht auf.

»Ja. Gern.«

»Und ein Bier? Komm, wir haben Feierabend.«

Larissa nickt, hört zu, isst, trinkt, sagt etwas, verhält sich, als wäre es irgendein gewöhnlicher Freitag.

Dann fährt sie mit der Straßenbahn heim. Das letzte Mal.

Am Montag wird Ute sich wundern, dass Larissa nicht kommt. Allmählich werden sie herausfinden, was passiert ist, und Ute wird sagen, meine Güte, sie war meine Freundin, aber ich habe nie etwas gemerkt.

Das letzte Mal schließt sie die Wohnungstür auf.

Sie hat gestern Abend zwei Müllsäcke mit persönlichen Sachen vernichtet. Tagebücher, Briefe, der letzte Brief ihrer Mutter, bevor sie starb. Larissa hat ihr Leben in den Schredder geworfen. Larissa geht in ihr Winzlingsbad und wäscht sich das Gesicht, als es klingelt.

Das Herz rutscht ihr in die Hose. Etwas ist schiefgegangen. Sie werden nicht kommen, blasen alles ab. Das wäre der GAU. Noch schlimmer als die Warterei, diese vergangene Woche mit ihren nervenzerfetzenden Stunden.

Es ist die Nachbarin. Sie streckt Larissa eine Schüssel Brombeeren entgegen. »Frau Roth, die sind aus unserem Garten. Sie wissen schon. Sie mögen doch Brombeeren?«

Jetzt muss Larissa die Nachbarin bewirten, sich bedanken, über Kuchenrezepte reden. Sie bewältigt auch das.

Dann nimmt sie die Schüssel mit den Beeren, ihren Wohnungsschlüssel und fährt zu Wolfgang.

Zwei Stunden später ist sie wieder zurück in ihrer Wohnung. In einem Gehäuse, das noch für genau 72 Minuten ihr Zuhause ist. Sie zieht sich um und macht sich für ein Fest zurecht. Wie lange dauert die Fahrt in dem LKW bis zur Grenze? Wie schnell fertigen die Grenzer den LKW ab?

Was, wenn sie aufs Klo muss? Was, wenn sie niesen muss? Was, wenn …

Sie schlüpft in ein Sommerkleid und eine Häkeljacke. Verabschiedet sich von ihren anderen Kleidern und schließt die Schranktür. Ihr Bett hat sie heute früh nicht gemacht. Sie wird es nie mehr machen und sie wird nie mehr darin schlafen.

Als sie Lidschatten aufträgt, klingelt es an der Tür.

Larissa geht öffnen.

»Alex?«

Das ist zu viel. Das Blut sackt in ihre Füße. Sie taumelt, hält sich am Türrahmen fest.

»Lass mich rein!«

Alex schiebt sich an ihr vorbei.

»Fahr nicht! Blas es ab! Geh nicht! Die Flucht ist verraten worden!«, sprudelt es aus ihm heraus. »Ich hab alles riskiert, bin aufs Rad gesprungen und los. Sie werden gleich da sein!«

Sie sieht in sein erhitztes Gesicht.

Er umschließt ihres mit seinen Händen. Küsst sie lange. Dann dreht er sich um und verlässt die Wohnung. Es werden 20 Jahre vergehen, ehe sie ihn wiedersieht.

Kann sie ihm glauben? Warum sollte er lügen?

Sie rekapituliert die Geschichte, die die Fluchthelfer sich für sie ausgedacht haben. Nimmt ihre Handtasche und verlässt die Wohnung, schwach vor Angst und Zweifel.

Sie steht an der Straße und wartet auf den blauen Trabi.

25

»Hier finden Sie nichts. Außer Staub und Vogelskeletten«, erklärte Milena naserümpfend.

Wir standen auf dem Dachboden des Schlosses, einem einzigen, sich über das gesamte Gebäude erstreckenden Raum. Düsteres Licht sickerte durch die Dachsparren. An manchen Stellen fehlten Ziegel. Staub tanzte durch die Luft und verklebte die Lider. Ich rieb mir die Augen und nieste. Im Lauf vieler Jahre hatten sich immer wieder Vögel durch Ritzen und Spalten in den Speicher verirrt und den Weg nach draußen nicht mehr gefunden. Mindestens 20 kleine, vertrocknete Vogelkadaver machte ich aus, einige von ihnen kaum mehr noch als ein Häufchen Federn und hauchzarte Knochen.

Ich hatte Milena nach persönlichen Aufzeichnungen der Gräfin gefragt, die mir für die Autobiografie nützlich sein könnten. Briefe, Tagebücher.

Für einen so großen Speicher von mindestens 500 Quadratmetern stand hier außerordentlich wenig Krempel herum. Ein paar zerfledderte Umzugskisten, Bilderrahmen, ein alter Staubsauger, ein zerbrochener Globus. Ganz hinten lehnte ein Küchenbüffet, die Türen besaßen Scheiben aus schön geschliffenem Buntglas

»Larissa wirft gerne weg«, sagte Milena. »Sie hasst es, sich mit Dingen zu umgeben, von denen sie sich innerlich schon getrennt hat.«

Das gefiel mir. Ich betrachtete argwöhnisch die Pappkartons. Stand da wie der Ochs vorm Berg und wusste nicht mehr, was ich hier wollte. Das galt für das gesamte

Drumherum. Was tat ich hier? Warum kümmerte ich mich um eine Geschichte, die nichts mehr hergab? Weil Milena mich gebucht hatte, mein Werk über Larissas Leben sehen wollte? Es wurde Zeit, dass wir zu einer bündigen Vereinbarung kamen.

»Urkunden, Stammbäume, all das offizielle Zeug, das eine adelige Familie besitzt, bewahrt Larissa unten auf«, erklärte Milena ungeduldig. Sie fühlte sich zwischen den toten Vögeln ganz offensichtlich unwohl, und mir ging es nicht anders. Das Schicksal dieser unglücklichen Blaumeisen und Rotkehlchen schmerzte mich. Schicksal, Kea, dachte ich, das ist ein zu großes Wort für einen Vogel.

»Was ist eigentlich mit Larissas Sachen passiert, als sie aus der DDR geflüchtet war?«, fragte ich.

»Ich nehme an, sie hat alles Persönliche vernichtet. Damals kam die Stasi, knackte die Wohnungstür, schnüffelte herum.«

»Also hat sie schon vor dem ersten Versuch alles vernichtet?«

»Ich weiß es nicht. Ich war damals fünf!« Milena stemmte die Hände in die Hüften. Angriffslustig funkelten ihre Augen. »Mag sein, dass sie meinem Vater etwas gesagt hat. Ihrem Onkel hat sie vertraut. Die beiden waren immer ganz dicke miteinander.«

Rasch kramte ich in den Kisten herum. Es gab nichts von Interesse. Ausrangierte Bücher, meist uralte Lexika und ein paar Atlanten, zwei Nachttischlampen von Anno Tunichtgut, eine lederne Reisetasche, hart und rissig. Ein kaputter Squashschläger, ein dazu passender Ball. Ausgelatschte Wanderschuhe ohne Schnürsenkel. Milena trat unruhig von einem Fuß auf den anderen.

»Was passierte denn nach dem ersten Fluchtversuch?«, fragte ich harmlos.

»Sie kam in Haft. War wie vom Erdboden verschluckt.«

»Wie lange?«

»Ein paar Monate. Ich weiß es nicht genau.«

»Klar«, machte ich einen Rückzieher. »Sie waren noch ein Kind.« Ich glaubte Milena kein Wort. Sie mauerte, und ich hätte gerne gewusst, warum.

Ich ging zu dem Küchenbüffet hinüber. Darin fanden sich ein paar Gesellschaftsspiele, Monopoly, Malefiz, alles alte Ausgaben, zwei Sätze Schafkopfkarten und ein Satz Schulbücher.

»Im Kindergarten«, bohrte ich weiter, »haben die anderen Kinder nicht spitzgekriegt, was sich in Ihrer Familie zugetragen hatte? Wurden Sie nicht angesprochen, angefeindet? Kinder sind grausam.«

»Das ist alles lang her. Ich kann mich nicht richtig erinnern. Ich war beliebt, daher glaube ich kaum, dass die anderen Kinder mir große Schwierigkeiten gemacht hätten. Allenfalls die Erzieher und später die Lehrer.«

»Gerrit Binder sagte mir, er habe Larissa vor ihrem ersten Fluchtversuch nicht gewarnt.«

»Ach so?« Milena kniff die Augen zusammen. »Larissa hat es mir so erzählt.«

»Könnte jemand anderes sie gewarnt haben? Vielleicht Ihr Vater? Larissas Onkel?«

»Pfff«, machte Milena. »Was fragen Sie mich das?«

»Seit wann arbeitet Larissa nicht mehr als Ärztin?«, wechselte ich das Thema.

»Vor sieben Jahren tauchte eine Nachfolgerin auf. Eine

junge Gynäkologin, die Larissa ganz gut kannte. Sie wollte die Praxis übernehmen. Larissa war dankbar darum.«

»Ich wundere mich nur, dass es kaum medizinische Fachliteratur im Schloss gibt.«

»Diese Bücher stehen in der Praxis. Larissa hat sie mitsamt der Einrichtung ihrer Nachfolgerin überlassen.«

Das passte zu Larissa, einen neuen Lebensabschnitt ohne Altlasten zu beginnen.

»Woher hatte Larissa eigentlich das Geld, um das Schloss herzurichten?«, fragte ich. »Das muss ein irrsinniger Aufwand gewesen sein.«

»Sie hat einen Kredit aufgenommen und ziemlich schnell getilgt. Zu ihrer Zeit hat man als niedergelassene Fachärztin noch richtig gut verdient.«

Ich zog die letzte Schublade des Büffets heraus. Darin lag eine Edeka-Plastiktüte, vollgestopft mit Skizzenbüchern.

»Was ist das?«, rief ich halblaut.

Milena trat neben mich. »Keine Ahnung.«

Ich besah mir die Kladden. Es waren fest gebundene Notizbücher mit Blankoseiten, wie ich sie selbst gerne benutzte. Nur das Papier war dünner, höchstens 70 Gramm schwer. Rasch blätterte ich hindurch. Mit weichem Bleistift hatte jemand Skizzen angefertigt. Landschaften, Karikaturen, Porträts. Einiges scharfzüngig, das meiste naiv.

»Hat Larissa das gezeichnet?«, fragte ich.

»Unmöglich. Meine Cousine kann nicht zeichnen. Dieses Talent hat sie nicht mal im Schlaf gestreift.«

Ich zuckte die Achseln und legte die Bücher weg. Dabei fiel ein Zettel zu Boden.

›Liebe Larissa, ich überlasse sie dir. Deine Rosa.‹

»Wer ist Rosa?« Ich hielt Milena den Zettel hin.

»Ich weiß es nicht.«

»Jemand aus der Familie?«

»Nein. Bei uns heißt niemand Rosa«, antwortete Milena kalt.

»Und Katja?«

»Nein!«

Wir verließen den Dachboden und stiegen die ausgetretenen Stufen hinunter. Milena ging in die Küche, wo Nero sich auf sein Montagsseminar vorbereitete, und setzte Kaffee auf. Ich trat in den Garten hinaus. Der satte Spätsommergeruch, der aus dem feuchten Gras aufstieg, tat gut. Ich streifte durch den Park.

Hier. An dieser Stelle hatte heute Nacht jemand gestanden. Bislang wusste Nero nichts davon, und ich hütete mich, Milena davon zu erzählen.

Aber ich war mir sicher. Ich drehte mich um und blickte zum Schloss. Genau hier hatte ich eine Gestalt gesehen. Mann oder Frau. Jemand, der meinen Blick bemerkt und sich ins Dunkel zurückgezogen hatte.

Vielleicht Milena?

Mich fröstelte. Die Sonne kam kaum durch den Dunst. Die Kühle dieses Sonntags nahm den Herbst vorweg. Ich ging ein paar Schritte und lehnte mich an den massiven Stamm einer Rotbuche. So blieb ich stehen, spürte den Baum atmen. Schloss die Augen und lauschte dem Lied seiner vielen Tausend Blätter.

SEPTEMBER 2008

26

Nero war ein notorisch pünktlicher Mensch. Er verabscheute es, wenn andere Leute seine Zeit vergeudeten, indem sie ihn warten ließen, und ebenso wenig wollte er selbst anderen die Zeit stehlen. Nach einem raschen Abschied von Kea und vom Schloss saß er daher um kurz vor sechs Uhr am Montagmorgen in seinem Volvo. Bis neun wollte er in München sein. Er verkabelte sich und rief Martha Gelbach an.

»Ach, der eifrige Kollege«, sagte sie ironisch, kaum hatte sie abgenommen.

»Ich hoffe, ich habe Sie nicht geweckt.«

»Bin immer noch eine krankhafte Frühaufsteherin.«

»Gibt es Ergebnisse?«

»Zur Genüge. Wir haben eine DNA-Spur. Der Täter ist ein Mann. Er muss sich selbst verletzt haben, als er Larissa aus dem Haus schleifte. Die alten Türklinken mit ihren Verzierungen können recht scharfkantig sein. Jedenfalls klebte dort Blut von einem Mann. Nicht aktenkundig.«

»Gut«, sagte Nero, während er die Scheibe herunterließ. An diesem Morgen war kaum jemand unterwegs. Ein paarmal atmete er tief durch.

»Schon, aber wir haben überhaupt keinen Verdächtigen. Für die Cousine der Gräfin ist die Schonzeit beendet. Ich werde sie mir heute zur Brust nehmen.«

»Sie scheint mir wirklich nicht extrem mitgenommen«,

entgegnete Nero. »Schockiert, das ja, aber ich halte sie für durchaus vernehmungsfähig.«

»Ist sie kooperativ?«

»Auf alle Fälle.« Nero ließ sich von seinem Navigationsgerät die Verkehrsmeldungen anzeigen. Wenigstens auf den Straßen lief an diesem Morgen alles rund.

»Milena von Rothenstayn ist die Haupterbin. Larissa hat ein entsprechendes Testament bei ihrem Notar hinterlegt. Aber als Täterin kommt sie nicht infrage.«

»Denken Sie an den Zeugen, der eine Frau gesehen haben will …«, wandte Nero ein.

»Milena Rothenstayn war zum Zeitpunkt des Angriffes in Hamburg. In ihrer Firma fand eine Vernissage statt. 100 Leute haben sie gesehen. Die Feier ging bis nach Mitternacht.«

Mist, dachte Nero. Geld war immer ein gutes Motiv. Spielte in beinahe jedem Mordfall mit. Halt, wir haben – noch – keinen – Mordfall, mahnte er sich und fragte: »Haben Sie Neuigkeiten in der Katja-Geschichte?«

»Ich würde die Worte der Gräfin nicht auf die Goldwaage legen. Zunächst nahm ich an, der Begriff ›Katja‹ könne uns rasch zu einer anderen Person führen, und diese wiederum Aufschluss geben über Zusammenhänge mit der Tat. Aber mittlerweile … ich finde so gar nichts über einen Mord an einer Katja. Vor drei Jahren starb in Schweinfurt eine Katharina Merzbacher nach einer Attacke mit einem Messer, durch ihren eigenen Ehemann. Sollte das unsere Katja sein? Eher nicht. Es gibt keinen Zusammenhang.« Sie räusperte sich. »Mein Adju sucht weiter.«

»Da haben Sie Glück, dass Ihr Kollege das Graben im Archiv übernimmt.«

»Kann man so sehen.«

Nero verstand. Martha Gelbach spannte ihren Mitarbeiter für langweilige Recherchearbeit ein, um ihn sich eine Weile vom Hals zu schaffen.

»Der Mord an dieser Katja kann länger zurückliegen«, überlegte Keller.

»Helfen Sie mir! Eine Hand wäscht die andere und so weiter, Herr Keller!«

»Ich werde die Kollegen im LKA bitten. Nur eins noch: Es könnte sich auch um einen Mord in der ehemaligen DDR handeln.«

»Schon klar, schließlich hat Larissa dort gelebt«, gab Martha Gelbach zu. »Und es gibt noch ein Problem: Die Gräfin sprach von einem Mörder, aber es ist denkbar, dass der Tod dieser Katja nie als Mordfall zu den Akten gegangen ist, weil ... nun, weil niemand Lunte roch oder riechen wollte. Und alle toten Katjas aus 40 Jahren DDR zusammenzutragen ... aber vielleicht bleibt uns nichts anderes übrig.«

»Wie geht es der Gräfin?«

»Hundsmiserabel. Sie ist nicht mehr aus der Bewusstlosigkeit aufgewacht. Der Schlag auf den Kopf hat massive Einblutungen verursacht, ein Teil des Schädelknochens ist in die Gehirnmasse getrieben worden. Die Verletzungen sind erheblich. Was macht eigentlich Frau Laverde?«

Nero ärgerte sich, weil er sich räusperte. Nun geriet er auf schwieriges Terrain. Er war stolz, Kea endlich seine Gefühle gezeigt zu haben, und glücklich, dass sie Vertrauen zu ihm gewann. Gleichzeitig fürchtete er sich vor zu viel Euphorie, nur für den Fall, dass er enttäuscht würde. Dieser Cocktail an Empfindungen machte ihn Martha Gelbach gegenüber angreifbar.

»Sie will die Autobiografie der Gräfin zu Ende schreiben.«

»Mich beunruhigt diese Aktivität nur ein kleines bisschen«, sagte die Kommissarin ironisch. »Denn irgendjemand hat Larissa von Rothenstayn den Schädel eingeschlagen, und ich wüsste gern, wer das war. Und warum. Da sollte die charismatische Ghostwriterin keine schlafenden Hunde wecken.«

»Wie sieht es mit der Theorie aus, dass jemand beabsichtigte, Larissa auszurauben?«, fragte Nero.

»Machen Sie sich lustig über mich? Denken Sie an die Brutalität, mit der Mr. X auf Larissa losging. Da hat ein Hieb gereicht.«

Nero seufzte. Ihm war selber klar, wie unlogisch die Überfallversion erschien. Larissa musste ihren Angreifer gekannt haben. Sie hatte ihn hereingebeten und Kea gegenüber durchblicken lassen, dass sie sich mit ihrem Gast in Ruhe unterhalten wollte. Außerdem war nichts gestohlen, kein Zimmer durchwühlt worden.

»Wie sieht es aus mit Frau Laverdes Spaziergang im Schlosspark?«, fragte Martha Gelbach. »Hat der Täter gewusst, dass da noch jemand ist? Hat er sie gesucht?«

Nero lief es kalt den Rücken hinunter. Er straffte die Schultern und sagte: »Ich habe darüber nachgedacht.«

»Und wie ist das Ergebnis?«

»Der Täter«, begann Nero langsam, denn er mochte keinerlei Frage-Antwort-Spielchen, die ihn an Schule und Noten erinnerten, »wusste entweder nicht, dass Kea im Schloss war. Vielleicht hat Larissa nicht erwähnt, dass sie in den Speiseraum zurückgeht, um Kea für den Abend zu entlassen. Vielleicht sagte sie, sie würde eine

Kerze ausblasen. Oder er hatte nach der Tat, und nachdem er den Leuchter entsorgt hatte, einfach keine Zeit oder keine Nerven mehr, noch mal zurück ins Schloss zu gehen.«

»Hm.«

»Hat der Täter sein Opfer für tot gehalten?«

»Anzunehmen. Bei den Verletzungen … ein Wunder, dass sie noch einmal zu sich gekommen ist.«

»Das heißt, er kam, um zu töten.«

»Ich bin mir sicher«, erwiderte Martha Gelbach, »dass er in jenem Augenblick, als er den Leuchter auf den Kopf der Gräfin schlug, eine hundertprozentige Tötungsabsicht verfolgte, wenn ich mal unseren Jargon bemühen darf. Oder es geschah im Affekt. Plötzlicher Hass oder rasender Zorn. So etwas soll es geben.«

Nero warf einen Blick auf die Uhr und trat fester aufs Gaspedal.

»Wir bleiben in Kontakt«, sagte er.

»Unbedingt.«

27

Als Neros Volvo die Auffahrt hinunterrollte und außer Sicht geriet, kam mir der Gedanke, die Welt sei eine Intrige, indem sie mir den Mann nahm, der mir die Sicherheit gab, die ich brauchte, um funktionieren zu können. So früh am Morgen hing Dunst zwischen den Bäumen, es war noch dunkel. In der kühlen Luft piepten unmotiviert ein paar Vögel.

Menschen wirklich nahezukommen oder mit ihnen irgendetwas Gemeinsames zu erschaffen, gelang mir nur selten. Es war, als streifte ich andere nur, um mich wieder zu entfernen. Eine Ausnahme bildete Juliane, der ich vertraute. Und jetzt war da Nero.

Gewiss, wir hatten manchmal etwas zusammen unternommen, aber unverbindliche Dinge, Zeitvertreibe wie Opernbesuche. Nichts, wobei man Verständigung erreichte. Es war mir zuweilen vorgekommen, als zögen wir beide nach einem schönen, entspannten Samstagabend von dannen, und ich spürte, wie Nero den Kopf über mich schüttelte, sobald ich außer Sicht geriet. Ich hatte nie bei ihm übernachtet. Schließlich hielt ich für solche Fälle mein WG-Zimmer in Schwabing. Um einen Fuß in der Großstadt zu haben. Aber nun hatten die Vorzeichen eine andere Tonart bestimmt, und Nero fehlte mir so, dass mir im Morgennebel angesichts der düsteren Schlossfassade die Tränen kamen.

Weil ich nicht mehr einschlafen konnte, braute ich mir meine Morgendroge, hockte mich auf das Bett, das noch nach dem Mann roch, den ich vorhin zum Abschied geküsst hatte, aktivierte mein W-LAN und klickte mich zum deutschen Telefonverzeichnis weiter. Ein paar Minuten später blinkten vor mir auf dem Bildschirm die Telefonnummer und Adresse einer Kendra White-Höfner. Der Doppelname hatte mich gerettet, andernfalls hätte ich sie nicht so leicht aufgetrieben.

Ich schickte Martha Gelbach eine SMS, dass ich auf dem Weg nach Hause sei, duschte und packte meine Sachen.

Als ich kurz vor halb acht meine Schultertasche mitsamt Laptop und meinen Rucksack im Auto verstaute, tauchte Milena auf.

»Sie wollen fahren?« Sie schlang die Arme um den Oberkörper.

»Ich möchte nach Hause«, sagte ich. »Es wird Zeit.«

»Aber …« Sie schien nachzudenken. »Schreiben Sie weiter? Schreiben Sie in meinem Auftrag?«

Verdammt, darum hatte ich mich nicht gekümmert. Sollte Milena meine Kundin werden, dann musste ich einen Vertrag entwerfen, die Rahmenbedingungen abstecken und einen Vorschuss berechnen. Es hätte den Vorteil, dass meine Kosten gedeckt wären. Ich wollte doch weiterschreiben! Kendra White treffen, die alten Geschichten aufdecken … warum nicht gegen Kohle? Aber war das rechtlich überhaupt möglich, den Auftrag zu übertragen? Noch lebte Larissa.

»Was ist jetzt?«, erkundigte sich Milena. Ihre hellen Augen blickten trotzig.

Mein Bauch sagte: Tu's nicht. Sie ist nicht wie Larissa. Sie hat weder Larissas großes Herz noch ihre Liebenswürdigkeit noch ihr asymmetrisches Lachen.

Mein Hirn sagte: Tu's. Ihre Coolness, die Fassade aus Härte machen sie interessant.

»Ich muss zur Toilette.« Ich brauchte ein paar Minuten, um die Sache für mich zu klären, verschwand im Schloss, blieb im Vestibül stehen, weil ich Motorengeräusche hörte. Aber sie kamen nicht von Neros skandinavisch-behäbigem PKW.

Ein Smart brauste die Auffahrt herauf. Kurz sah ich hinter dem Steuer Ben Bergers kahlen Kopf. Er hielt, stieß die Fahrertür auf und reichte Milena eine zusammengerollte Tageszeitung, bevor er wendete und auf und davon fuhr. Milena faltete die Zeitung auseinander. Ich lief hinaus und stellte mich hinter sie. Traute meinen Augen nicht.

»Milena – haben Sie das verbrochen?« Ich zeigte auf die erste Seite.

»Was soll das denn heißen? Ich habe gestern mit Ben Berger gesprochen. Er war sehr nett. Warum sollte ich nicht die Unterstützung der Presse in Anspruch nehmen?«

»Wieso Unterstützung? Wobei?« Mit heißem Gesicht überflog ich den Artikel.

Mein Name prangte schon in der zweiten Zeile. Berger bezeichnete mich als Vertraute der Gräfin, die seit Wochen für deren Autobiografie recherchiert und den Kerzenleuchter als Tatwaffe identifiziert habe. Der Reporter fragte sich, wie es sein könne, dass jene Kea Laverde den Angriff auf die Gräfin, deren Vertraute sie doch war, nicht mitbekommen habe, und warum die Biografin der Presse auswich. In einem zusätzlichen Kommentar, in einem Kasten rechts unten abgedruckt, wurden die Leser der Zeitung über den Beruf des Ghostwriters aufgeklärt. Von der Salbaderei stimmte nicht mal die Hälfte. Natürlich würzte der Jungredakteur seine Nachforschungen mit dem pikanten Detail, dass Larissas Biografin mit einem Polizeihauptkommissar eine Beziehung hatte. Neros Dank war mir sicher. An Martha Gelbach gar nicht zu denken.

Oben auf der Seite, über dem Schriftzug ›Mainpost‹, winkte Larissa als Teaser von Seite eins, daneben stand: ›Ist die Gräfin Opfer eines politisch motivierten Mordanschlages?‹ Danach schwadronierte Ben Berger über Larissas Fluchtvorbereitungen, das Scheitern des ersten Fluchtversuches und die Zeit in Stasi-Haft.

›Larissa Gräfin Rothenstayn ließ sich bald nach ihrer Ankunft in der Bundesrepublik als Gynäkologin in Rothenstayn nieder. Seit 1975 lebte sie auf dem Schloss, einem Erbe ihrer gräflichen Familie, das in nur wenigen Monaten renoviert und bezugsfertig gemacht wurde. Nun erfährt unsere Gemeinde von dem abenteuerlichen Vorleben der beliebten Medizinerin, die Hunderten von Rothenstayner Kindern auf die Welt geholfen und ihre Mütter vor und nach der Niederkunft betreut hat. Wir fragen uns nur, wer ein Interesse hatte, die Gräfin fast 20 Jahre nach dem Ende der DDR umzubringen. War sie dabei, ihrer Ghostwriterin Details aus dem Haftalltag im Stasi-Gefängnis Berlin-Hohenschönhausen zu schildern? Wollte sie Spitzel des MfS enttarnen? Gibt es selbst im Jahr 2008 noch offene Rechnungen? Was weiß die Biografin der Gräfin?‹

»So viel Schwachsinn am Morgen bekommt meinem Kreislauf nicht«, sagte ich. »Milena, wie konnten Sie das tun! Und dieser Teaser, von wegen Politmord! Die Polizei dankt es Ihnen, da bin ich sicher. In spätestens zwei Stunden kriechen hier die Sensationsjäger durchs Gehölz. Freunden Sie sich am besten gleich mit dem nächsten Schmierfink an!«

Milena kochte über. »Ich könnte Unterstützung gebrauchen und keine Vorhaltungen! Stehen Sie eigentlich auf Larissas Seite? Oder was ist Ihr Ziel? Meine Cousine zu kompromittieren?«

So einen Irrsinn hatte ich noch nie einen lebendigen Menschen absondern hören.

»Warum haben Sie die Presse gefüttert?«, fauchte ich. »Haben Sie das für sich getan? Oder in wessen Namen? Erwarten Sie sich irgendeinen Vorteil?«

»Meine Herren! Stehe ich vor Gericht?« Milena lief rot an. Ihr Haar stand in alle Richtungen ab, als sei es elektrisch aufgeladen.

Ich zog den Autoschlüssel aus der Hosentasche und ging zu meinem Alfa. »Wenn Sie doch noch eine Ghostwriterin benötigen – melden Sie sich!« Ich schnippte meine Visitenkarte in den Morgen hinaus.

28

Von unterwegs rief ich Kendra an, erklärte kurz, wie ich auf sie gekommen war und bat, sie besuchen zu dürfen. Sie sagte sofort zu. Während der Fahrt riefen zwei Journalisten aus Würzburg an, die mich zu den Vorgängen im Schloss Rothenstayn interviewen wollten. Ich sagte, sie seien an meine Leibwächterin geraten und sollten mich in Frieden lassen.

Zwei Stunden später parkte ich mein Auto in der Tiefgarage des Nürnberger Opernhauses. Meine Wut war verraucht. Ich hatte damit rechnen müssen, dass die Presse dazwischenfunkte. Milena hatte eine Lawine losgetreten. Ich wollte nicht an ihrer Stelle sein, das böse Erwachen würde kaum auf sich warten lassen.

Wir Ghostwriter waren in mancher Hinsicht wie

Prostituierte. Wir handelten die Entlohnung im Voraus aus und richteten uns dabei nach den Dienstleistungen, die der Kunde erwartete. Während des Arbeitens konnte es zu Nachforderungen von Seiten des Auftraggebers kommen. Manchmal verlangte er Leistungen, von denen er fälschlicherweise meinte, sie seien Gegenstand der Vereinbarungen gewesen. Stress mit Kunden war also nichts Neues für mich.

Auf der Fahrt hatte ich eine CD mit Verdis ›Il Trovatore‹ laufen lassen, eine Oper, in der eine Menge Leute sinnlos und blutig gemeuchelt wurden, was zu Larissas Schicksal und meiner Stimmung passte. Ich hatte nachgerechnet, wie sich der Streit mit Milena finanziell auswirken würde. Um ein Honorar zu errechnen, kalkulierte ich, wie viele Arbeitsstunden ich brauchen und wie viele Seiten das Buch enthalten würde. Daraus ermittelte ich einen Stundenlohn. Gab es noch keinen Verlagsvertrag, schlug ich zehn Prozent auf. Bei manchen Projekten hingegen fand ich schnell einen Verlag, der das Buch vermarkten wollte, und handelte dann eine prozentuale Beteiligung am Gewinn aus. Bei allen Aufträgen begann ich erst zu schreiben, wenn mein Kunde mir die Hälfte der vereinbarten Gesamtsumme als Vorschuss überwiesen hatte. Bei Larissa war das nicht anders gewesen. Insofern würde ich bei einem Verdienst von plus minus null herauskommen.

Das Zerwürfnis mit Milena schmerzte nicht wegen des Geldes. Vielmehr hatte ich Larissas Geschichte zu meiner persönlichen Angelegenheit gemacht – ein Riesenfehler, wie mir alle Kollegen versichern würden. Zwar schlüpften wir alle gern in andere Leben, aber wir hielten doch eine gewisse Distanz, um emotional nicht umzukippen.

Die meisten von uns waren nicht mit Absicht in den Beruf des Ghostwriters gerutscht. Einige hatten dann auch nach spätestens zwei Projekten keine Nerven mehr dazu, ihr eigenes Ego in den Hintergrund zu stellen und sich ganz auf die Ansichten anderer Menschen einzulassen. Diese Kollegen wanderten in andere Schreibberufe ab. Außerdem gab es die Cracks, die voller Begeisterung von einem Promi zum nächsten taumelten und süchtig wurden nach fremdem Glanz und Glamour. Viele von ihnen arbeiteten bis ins hohe Alter, was allerdings auch dadurch notwendig wurde, dass die meisten in unserer Branche keine Reichtümer anhäuften. Es blieb noch eine kleine Gruppe von Geisterschreibern übrig, die bei diesem Beruf blieben, weil sie handwerklich gut arbeiteten oder nirgendwo anders mehr unterkamen. Ich wusste nicht einzuschätzen, zu welcher Sippe ich gehörte: zur zweiten oder zur dritten.

Ich hängte mir die Schultertasche mit meinem Ghost-Equipment um und machte mich auf den Weg in die Innenstadt.

Kendra White-Höfner wohnte in der Kaiserstraße, nah beim Josephsplatz. Während ich einen Umweg um die Lorenzkirche machte und durch die Fußgängerzone schlenderte, wo ich die Auslagen in den Geschäften begutachtete, holte mich die Müdigkeit ein. Ich schrieb eine SMS an Nero, um ihm mitzuteilen, wo ich war und dass ich am Abend nach Hause fahren würde. Der Gedanke, dass ich anfing, mein Herz an einen Mann zu hängen und auf seine SMS zu warten, gefiel mir nicht. Stattdessen rief Juliane an.

»Herzchen, es ist ja in Ordnung, wenn ich Babysitter für deine Gänse spiele, aber hieltest du es nicht für nötig, mir mitzuteilen, wann du nach Hause zu kommen gedenkst?«

Bullshit. Juliane und die Gänse hatte ich völlig ausgeblendet.

»Tut mir leid, Juliane! Ich hätte mich heute noch gemeldet …«

»Das sagen alle.«

»Nein, im Ernst. Ich bin in Nürnberg und komme heute Abend heim. Dann fahre ich bei dir vorbei …«

»Ich nehme dich beim Wort.« Sie legte auf.

Ich schaltete mein Handy aus. Keiner konnte Juliane vorwerfen, dass sie die Zeit anderer Menschen vergeudete.

Kendra White tat das auch nicht. Sie öffnete mir ihre Wohnungstür, als hätte sie seit Tagen auf mich gewartet, und reichte mir die Hand: »Frau Laverde, nehme ich an? Haben Sie sich gleich zurechtgefunden? Schön, dass Sie da sind.«

Sie war zierlich, mädchenhaft, trug das graue Haar zu einem fransigen Kurzhaarschnitt. Ihre dunkelblauen Augen hatte sie mit viel Kajal umschattet. Ich kam mir dagegen vor wie ein Trampel. In den letzten Tagen war ich aus Chinos und labberigen T-Shirts nicht herausgekommen.

Kendra führte mich in ein großes, helles Zimmer mit Blick auf die Fußgängerzone, wo die Menschen, mit Beuteln und Tüten beladen, in alle Richtungen hasteten. Ein Raumteiler trennte die Küche vom Wohnbereich.

»Setzen Sie sich doch! Jagen Sie Casablanca einfach weg. Sie aalt sich immer so gerne auf dem Sofa!«

Eine schwarze Katze blickte mich ungehalten an, als ich mich vorsichtig neben ihr niederließ. Sie wusste um die Dramaturgie ihres Auftritts. Schwarze Katze auf weißem Sofa!

»Mögen Sie Katzen?«, fragte Kendra und betätigte eine Kaffeemaschine. »Ich habe Schokoladenkuchen da. Ist Ihnen ein Latte Macchiato recht?«

»Super«, sagte ich. »Ich hatte noch kein Mittagessen.«

»Dann fangen wir mit einer Pissaladière an. Ich habe schon alles vorbereitet. Muss nur eine Viertelstunde im Ofen bleiben.«

Mir lief das Wasser im Munde zusammen. Dass mein Appetit mich nicht im Stich ließ, beruhigte mich, auch wenn das hieß, dass ich niemals so aussehen würde wie Kendra. Sie trug knallenge Jeans, knöchelhohe violette Chucks und eine Tunika aus duftiger Viskose im selben Farbton und allerhöchstens in Größe 38.

»Am Telefon sagten Sie, Sie hätten mit Gerrit gesprochen. Wie geht es ihm?«

»Gesundheitlich nicht so gut«, sagte ich abwartend.

»Seine Nieren sind das Problem«, nickte Kendra, während sie ein Blech mit einer Art Pizza in den Ofen schob. Das Zeug roch schon in ungebackenem Zustand hinreißend nach Knoblauch und Kräutern. »Die Dialyse nimmt ihm alle Kraft. Und dann noch der Tod seiner Frau …«

»Sind Sie in Kontakt miteinander?«, erkundigte ich mich, während Kendra Mineralwasser in zwei Gläser goss, je eine Zitronenscheibe dazugab und zu mir herüberkam.

Ich war durstig. Dieser erste September brachte herbstliches Licht, aber draußen war es wieder wärmer geworden.

»Nein, Gerrit und ich sind kaum noch in Verbindung. Allenfalls zu Geburtstagen.« Kendra drehte ihr Glas und betrachtete die Sonnenstrahlen, die sich im perlenden Wasser brachen. »Ich kam nach Berlin, mit einer Gruppe anderer Studenten aus Harvard. Das war nach dem Mauerbau 1961. Wir waren fasziniert, erschreckt, empört und verängstigt. Über das Studentenwerk lernte ich Gerrit kennen. Wir kamen ins Gespräch und ich bekam mit, was er machte. Sein Mut, seine Leidenschaft haben mich magnetisch angezogen. So kam es, dass ich blieb und mich in der Fluchthilfe engagierte.«

»Sie wollten nicht zurück in die USA?«

»Ich war gerade 20, als ich nach Deutschland kam, abenteuerdurstig und auf der Suche nach meinen Wurzeln. Mein Großvater war Deutscher. Mich trieb die Neugier, ein Land zu entdecken, das sich politisch in einer derart komplizierten Lage befand, das ich aber dennoch als einen Teil von mir selbst empfand. Sehr bald merkte ich jedoch, dass ich eine völlig Fremde in der deutschen Welt war. Die typische Amerikanerin, der erst einmal die Augen geöffnet werden mussten. Gerrit tat das mit viel Engagement.«

»Haben Sie etwas dagegen, wenn ich unser Gespräch aufnehme?«, unterbrach ich.

»Überhaupt nicht.« Kendra lächelte. »Wir Fluchthelfer haben immer hinter dem Berg gehalten mit dem, was wir taten. Nur niemandem in die Quere kommen, umsichtig sein, es konnten ja immer gleich Menschen verhaftet werden. So war das damals.«

Ich packte Notizbuch, Bleistifte und meinen Rekorder aus. Casablanca sprang indigniert vom Sofa.

»Sie hat kein Faible für Technik«, kommentierte Kendra. »Tja, weil wir eben immer schwiegen, versuchten, uns unsichtbar zu machen, weiß ich jetzt gar nicht, wo ich anfangen soll, Ihnen zu berichten.«

»Larissa Gräfin Rothenstayn, deren Autobiografie ich schreibe, wollte aus der DDR fliehen, aber die Flucht wurde verraten, und sie kam in Haft.«

»Das war leider keine Seltenheit. Die meisten Fluchten sind an Denunziationen gescheitert. Das MfS hat alle Fluchthelfergruppen systematisch unterwandert. Die Spitzel haben irreparablen Schaden angerichtet. Vor allem, weil sie Menschen, Freunde, Geliebte gegeneinander ausspielten. Sie säten Zwietracht, Misstrauen und Angst. Sorgten dafür, dass Menschen in ihrem Umfeld isoliert wurden, niemandem mehr trauten, nicht einmal sich selbst! Allein dieser Aspekt der deutschen Teilung war desaströs.«

»Kannten Sie Larissa?«

Kendra kniff die Augen so fest zusammen, dass der Kajal Knitter bildete. »Wann wollte sie raus?«

»1973.«

»Damals war ich schon nicht mehr dabei. Ich hatte Ende der Sechziger aufgehört mit Fluchthilfe. Es ging nicht mehr. Wir ruinierten uns allmählich. Hatten nicht einmal genug Geld, um unsere Kosten zu decken. Gingen auf Betteltour bei Industriellen und Politikern und investierten die Mittel, die man uns großzügig gab, in Fluchtprojekte.« Sie schüttelte den Kopf. »Mit den Jahren ging vielen von uns die Kraft aus. Etliche verschuldeten sich maßlos. Ich weiß von einer jungen Frau, die ihre Gaststätte durchbrachte, weil sie immer mehr Geld in die Fluchthilfe investierte. Schließlich musste sie ihre Kneipe veräußern. Und dann die moralischen Zweifel! Wir kamen ja ständig mit dem Gesetz in Konflikt. Wir besorgten falsche Pässe oder fälschten selber, wir gefährdeten Flüchtlinge und Kuriere. Auch uns selbst.«

Sie stand auf, um die Pissaladière aus dem Ofen zu holen. Der mediterrane Duft erfüllte die Wohnung. Mein Magen knurrte.

»Unsere Gruppe hat nie Bleibetouren inszeniert. Das waren andere! Nach uns. Die haben Doppelgänger unter falschen Behauptungen in den Osten geschickt, ihnen die Papiere weggenommen und sie an ihre Flüchtlinge weitergereicht. Dadurch haben sie in Kauf genommen, dass die anderen Leute verhaftet wurden. Nein, das haben wir nicht gemacht. Im jugendlichen Überschwang rechtfertigt man vieles, aber nach und nach kommt man ins Grübeln. In den späteren Jahren hat uns nicht nur die DDR-Propaganda systematisch als Menschenhändler und skrupellose Kriminelle diffamiert, sondern auch manche Berichterstattung in der westlichen Presse. Den meisten Reportern ging es um die Sensation einer geglückten oder misslungenen Fluchthilfeaktion, nicht darum, einen Sachverhalt sauber zu recherchieren. Die Leute gewöhnten sich an die Mauer. Zuerst resignierten sie und später akzeptierten sie die Dinge, wie sie waren.«

Sie servierte zwei Teller mit dampfenden Stücken Pissaladière. Ich biss sofort hinein. Der Geschmack nach Sardellen, Knoblauch und frischen Tomaten lenkte für Augenblicke all meine Wahrnehmungsfähigkeit auf die Geschmacksnerven.

»Das schmeckt wunderbar!«

»Danke.« Kendra lächelte, aber es sah nicht mehr fröhlich aus wie zuvor. »Ein Rezept aus der Provence. Ich möchte niemanden richten oder bewerten oder was auch immer.« Sie biss ebenfalls in ihre Pissaladière. »Wir waren jung und idealistisch. Die Kameradschaftlichkeit in der Gruppe war einzigartig – so etwas hatte ich nie zuvor erfahren. Wir *taten* etwas. Die Politiker hielten angesichts der Mauer den Mund. Als Amerikaner und Sowjets sich im Oktober 1961 am Checkpoint Charly gegenüberstanden, herrschte Totenstille. Da wurde kein Sterbenswort laut. Nur kein dritter Weltkrieg, das war die Devise. Aber irgendjemand musste doch etwas dagegen unternehmen! In den ersten Monaten waren wir sehr leidenschaftlich. Wir rannten buchstäblich mit dem Kopf gegen die Mauer.«

Mein Stift fegte wie ein Irrwisch übers Papier.

Kendra brachte mir ein zweites Stück von der köstlichen provenzalischen Pizza.

»Schade, dass diese Geräte nicht auch Gerüche aufnehmen können«, sagte sie mit einem Blick auf meinen Rekorder. »Larissa kenne ich nicht persönlich. Gerrit erwähnte aber ihren Namen. Einige von uns fanden irgendwann den Absprung, andere konnten nicht aufhören, die hingen an der Fluchthilfe wie ein Junkie an der Nadel. Ich selbst machte bis 1968 mit, ließ mich ab und zu noch breitschlagen, in den darauffolgenden Jahren die eine oder andere Tour zu organisieren. Gerrit war übrigens auch nicht so lange dabei. Manchmal bekam einer von uns noch einen Anruf von den Leuten, die in der Zwischenzeit in der Fluchthilfe ein Geschäft witterten. Wir hatten unsere Kontakte. Ich gab das eine oder andere Mal einen Tipp. Mehr nicht.«

»Kannten Sie eine Frau namens Katja?«, fragte ich.

»Katja? Nein. Wer sollte das sein?«

»Ich weiß es nicht. Jemand aus Larissas Umkreis oder dem der Fluchthelfer, nehme ich an.«

Sie zuckte die Achseln. »Tut mir leid.«

»Und einen gewissen Alex? Oder Alexander?«

Kendra lachte auf. »Das gibt's nicht. Sie haben von Alex gehört?«

»Gerrit kannte ihn. Alex soll Larissas Geliebter gewesen sein.«

»Ach, du liebe Zeit!« Kendra legte die Stirn in Falten. »Mir geht ein Licht auf. Nein, ich kenne Alex nicht. Aber vor etlichen Jahren, als ich Gerrit einmal besuchte, seine Frau lebte noch, da sprachen sie über ihn. Leute wie wir kommen von den alten Geschichten nie los. Alex war ein MfS-Opfer, wollte raus aus der DDR. Es war wohl dringend, die Festnahme stand unmittelbar bevor. Aber etwas ging schief. Er wurde geschnappt und blieb 15 Jahre im Zuchthaus. Erst 1989 hat die Bundesrepublik ihn freigekauft.«

»So spät?«

»Was glauben Sie denn! Bis zum Frühsommer '89 wurden in der DDR noch 130.000 Ausreiseanträge gestellt. Die Leute befestigten Aufkleber mit der Aufschrift ›Gorbi 2000‹ an ihren Wohnungstüren. Der Drang nach Veränderung war nicht mehr auszuhalten.«

Kauend machte ich mir Notizen. »Haben Sie Alex jemals getroffen?«

»Nein. Nein, ich glaube nicht.«

»Sie glauben?«

Kendra zögerte kaum merklich. »Ich habe ihn nicht getroffen. Aber ich weiß, dass er manchmal vom Osten aus etwas für uns unternommen hat. Aber erst 1970 oder 1971 muss das gewesen sein. Er war wohl ein glühender Feind des Regimes, obwohl er damals sehr jung war. Warum, das habe ich nicht herausgefunden.« Kendra ging zu ihrer Kaffeemaschine und betätigte ein paar Knöpfe.

»Wofür haben sie ihm 15 Jahre aufgebrummt?«

»Fluchthelfer und Flüchtlinge wurden oft auch wegen Spionage, Nachrichtensammelns und Verbindung zu staatsfeindlichen Organisationen verurteilt. Da kam einiges zusammen. Die Urteile standen von vornherein fest. Die Anwälte sahen die Angeklagten erst kurz vor der Hauptverhandlung. Eine Verteidigungsstrategie auszuarbeiten, war da völlig unrealistisch. Anwälte konnten allenfalls die Strafe mildern.« Die Kaffeemaschine fauchte. Kendra brachte zwei Gläser Latte Macchiato. »Darf es jetzt ein Stück Schokoladenkuchen sein?«

»Gern.«

»Erst ab 1964 gab es die sogenannten Freikauflisten. Die Rechtsanwälte konnten bewirken, dass Verurteilte darauf vermerkt wurden und die DDR einen Freikauf akzeptierte. Es war bestimmt kein Spaß, Rechtsanwalt in der DDR zu sein. Mit Verlaub. Ein anderer Student aus Harvard, der mit mir nach Berlin gekommen war, hatte sich ebenfalls Gerrit und seinen Kameraden angeschlossen. Martin Dexter. Er arbeitete als Läufer für uns und fiel schon Anfang 1962 in die Hände der Stasi. Monate danach wurde er verurteilt und musste seine 21 Monate voll absitzen. DDR-Bürger bekamen allerdings härtere Strafen als Ausländer. Die DDR ließ die Ausländer auf Druck von außen häufig vorzeitig frei. Der junge Staat suchte damals internationale Anerkennung. Aber Martin hat das nichts geholfen.«

»Wie heißt dieser Alex mit Nachnamen?«

Kendra legte die Stirn in Falten, während sie unsere Teller abräumte und den Kuchen brachte.

»No idea. Oder, warten Sie: Etwas mit Fink. Fink oder Finken oder so ähnlich.«

Ich schrieb mir das auf und probierte von dem Kuchen. Köstlich und kalorienreich. Kendra White konnte nicht allzu viel davon essen, bei ihrer Figur.

»Gerrit müsste seinen vollständigen Namen kennen.«

Mein Stift machte einen Schlenker quer übers Papier. Gerrit hatte mir gegenüber das Gegenteil behauptet. Aber der Mann war alt und Namen nichts als Schall und Rauch.

»Sie sagten, andere hätten die Fluchthilfe übernommen, als Sie und Gerrit ausstiegen.«

»Im Prinzip war das wie eine Unternehmensübergabe. Chris Torn trat auf den Plan. Ein findiger Kerl, der so Mitte der 60er seine Schwester aus der DDR holen wollte und deshalb mit uns in Kontakt kam.« Kendra zog die Stirn zusammen. »Sobald seine Schwester raus war, nahm er Abstand von uns, stieß aber Ende der 60er wieder zu unserer Gruppe. Er nahm viel Geld von den Flüchtlingen, sorgte jedoch für größtmögliche Sicherheit. Er agierte von Bayern aus, saß irgendwo bei Berchtesgaden im Grünen. Das gehörte zur Strategie«, erklärte Kendra. »Im dörflichen Bayern, in den 60er, 70er Jahren, da hätte sich das MfS sehr schwergetan, jemanden auf Torn anzusetzen. Im Dorf kennt jeder jeden. Ein Spitzel von außerhalb kam also nicht infrage, schon allein wegen des Dialekts. Einen Einheimischen für die Stasi zu gewinnen, war sicher auch keine leichte Aufgabe, hätte wertvolle

Zeit und Devisen gekostet. Die DDR-Organe waren aber sehr genau informiert, was Torn tat. Tatsächlich hat es sogar einmal einen Anschlag auf ihn und seine Familie gegeben.« Kendra lehnte sich zurück. »Wenn ich heute, so viele Jahre danach, darüber spreche, erscheint mir alles sehr unwirklich. Aber es war Realität! Kaum zu glauben!«

»Wo finde ich Chris Torn?«

»Wenn ich das wüsste! Vielleicht noch in Berchtesgaden?«

»Hatten Sie nie Angst?«, fragte ich ins Blaue hinein.

»Doch. Aber wir waren stark. Mental, meine ich. Wir haben gemacht, wovon wir überzeugt waren. Mein Mann Johannes, den ich 1976 heiratete, ahnte nicht, womit ich mir all die Jahre die Nächte um die Ohren geschlagen habe.«

Ich hätte gerne gefragt, wo ihr Mann war, ob er noch lebte. Die Wohnung sah aus wie die einer gut betuchten Singlefrau.

»Johannes ist momentan auf Reisen. Er hat noch eine Tochter aus erster Ehe, die gerade in Hongkong arbeitet.«

»Wollten Sie nie zurück nach Amerika?«

»Ich hatte mich so sehr mit Deutschland identifiziert, durch alles, was ich acht, neun Jahre lang tat. Nein, ich hätte mich dort nie mehr zurechtgefunden.«

Kendra führte mich zur Tür.

»Vielen Dank für das köstliche Essen«, sagte ich.

»Wenn Sie Kontakt zu Torn aufnehmen, seien Sie vorsichtig. Er ist ein schräger Typ. Die Fluchthilfe betrieb er, um Einkommen zu erwirtschaften. Aber auch aus

Sportgeist! Er erzielte viel Profit. Seinen Kreis hielt er wie einen Geheimdienst zusammen. Angeblich hat er seine Leute hart bestraft, wenn etwas nicht so klappte, wie er es wollte.«

Als ich auf dem Weg zum Opernhaus mein Handy einschaltete, fand ich keine SMS von Nero vor, dafür hatten mindestens fünf Pressemenschen meine Mailbox vollgequatscht. Ich hätte Milena und den übereifrigen Ben Berger in der Luft zerreißen können.

29

»Morgen«, grüßte Nero.

Er war nicht ganz so pünktlich wie beabsichtigt, aber Markus Freiflug schien es nicht zu stören. Mit Schwung kreiselte er auf seinem Drehstuhl herum.

»Hallo! Gerade rechtzeitig. Ich habe mich um die Argonauten-Mails gekümmert. Tappe leider immer noch im Dunkeln, was den Absender angeht.«

Schweigend reichte er Nero einen Ausdruck.

Nero überflog die Mail, die am Sonntagabend, am 31.8.08 um 20.44 Uhr, gesendet worden war.

›Keine Ehrenpension für Schergen! Wie tief will die Bundesrepublik noch sinken? Mit der Ehrenrente für die Mitglieder der letzten DDR-Regierung ist das Maß voll. Wir werden handeln. Die Argonauten um Herbert Belter.‹

»Eine Ehrenpension?«, fragte Nero verwundert.

»Die Sache ist vom Bundestag schon abgenickt und soll in gut zwei Wochen den Bundesrat passieren«, erklärte Freiflug. »Eine blöde Idee, wenn du mich fragst. Die Mitglieder der letzten und einzigen demokratisch gewählten Regierung der DDR sollen für die sieben Monate, die sie im Amt waren, eine Ehrenpension von fünf Prozent ihres letzten Gehaltes kriegen. Bei de Maizière, dem Regierungschef, macht das in etwa 800 Euro aus, bei seinen Ministern 650. Zusätzlich zu allen anderen Bezügen, versteht sich. Das kriegt keiner von uns, wenn es so weitergeht.«

Nero legte den Ausdruck auf seine leere Schreibtischplatte. Seinen Ordnungssinn musste er in diesem Winzlingszimmer noch konsequenter ausleben als anderswo.

»Opferverbände haben protestiert. Sie sind der Meinung, dass das Gesetz gegen verfassungsrechtliche Grundsätze der Gleichbehandlung verstößt. Die Opfer der SED-Diktatur gehen wie üblich leer aus. Dagegen bekäme, wenn der Bundesrat zustimmt, ein gewisser Kurt Wünsche 650 Euro monatlich auf den Gabentisch. Er war schon 1972 unter Ulbricht Justizminister«, referierte Freiflug mit einem Blick auf seine Notizzettel. »Außerdem Peter-Michael Diestel, der damalige Innenminister. In seiner Amtszeit sollen Stasiakten verschwunden sein.«

Nero setzte sich auf seinen Stuhl und stellte die Aktenmappe vor sich ab.

»Die ›Argonauten‹ – wissen wir etwas über die?«

»Nein«, antwortete Freiflug. »Keine bekannte Gruppe. Auch im Netz ist nichts zu finden. Entweder nur ein loser Zusammenschluss aus jüngster Zeit oder einfach ein Etikett, das der Absender als Unterschrift benutzt.

Ich tippe auf Letzteres, da er einmal von ›Argonauten Herbert Belters‹ spricht und einmal von ›Argonauten um Herbert Belter‹.«

Nero fuhr seinen Rechner hoch.

»Die Argonauten waren antike griechische Helden, die der Sage zufolge auf dem Schiff Argo nach Kolchis segelten, um dort das Goldene Vlies zu holen, das ihrem Land geraubt worden war ... oder so ähnlich«, erklärte Markus Freiflug. »Hast du nicht ein humanistisches Gymnasium besucht?«

»Vielleicht bezieht der Absender sich auf den Begriff ›Held‹«, mutmaßte Nero. »Ein paar Leute, Opfer eines Unrechts, die losziehen, um Revanche zu üben.«

»Gewagte Interpretation.«

»In den Augen meines Griechischlehrers vermutlich schon«, lachte Nero. »Wie in allen alten Sagen wird es dem Helden richtig schwer gemacht, sein Ziel zu erreichen. Jason, der Anführer der Argonauten, bestand jedoch alle Abenteuer und schnappte sich das Goldene Vlies.«

»Stopp. War da nicht was mit Medea?«

»Sicher. Medea, die Tochter des Kolchis-Königs Aietes, half Jason, die Aufgaben zu erfüllen, die ihr Vater bestimmt hatte. Andernfalls hätte Jason das Vlies nicht gekriegt. Jason musste feuerspeiende Stiere anspannen und mit ihnen ein Feld pflügen und solche Dinge.«

»Das klingt, als wäre das Fantasy-Genre nicht gerade neu«, bemerkte Freiflug.

»Sollen wir der Sache nachgehen?«

»Wir haben reichlich andere Dinge zu tun, aber Woncka will informiert werden. Wie waren deine Seminare?«

»Interessant.« Nero fühlte sich schon wieder klein,

gedeckelt, leer. Dieses Gebäude tat ihm nicht gut. Er hatte den Job haben wollen, sich lösen wollen von der Mordkommission in der Kleinstadt, hatte sich beworben, war genommen worden. Kam zurecht. Trotzdem war er nicht glücklich.

»Für mich wäre das nichts«, erklärte Freiflug. »Ich bin lieber für mich. Mein Rechner und ich, das ideale Paar. Vor Leuten sprechen, das kriege ich nicht hin. Willst du Kaffee?«

Nero schüttelte den Kopf.

Freiflug stand auf. »Dann eben nicht«, sagte er und wandte sich zur Tür.

»Warte«, bat Nero. »Der Kaffeeautomat spuckt in zehn Minuten auch noch Brühe aus.«

»Wenn du meinst.« Freiflug ging zurück zu seinem Platz. »Und?«

»Das bleibt unter uns.«

Ein Nicken als Antwort. Freiflug nahm die Brille ab und putzte die Gläser mit einem Zipfel seines Shirts.

»Eine Adelige und eine Ghostwriterin«, begann Nero und erzählte die ganze Geschichte.

SEPTEMBER 1973

Das Erste, was sie tut, als sie aus dem Wagen steigt, der sie in die Dienststelle gefahren hat: Sie lehnt sich gegen die Karosserie und übergibt sich. Der Wurstsalat, denkt sie. Der Wurstsalat war nicht in Ordnung. Sie will daran glauben, obwohl sie weiß, dass es nicht stimmt.

Stunden später. Reinhard Finkenstedt betritt den Verhörraum wie eine Bühne. Ein stattlicher, großer, robuster Mann. Der sich freundlich gibt, nachdem die Aufseherin sie schikaniert hat.

Das will sie sofort vergessen und niemals jemandem erzählen.

Sie hat ihren Ausweis gezeigt. Den haben sie gleich einkassiert.

Sie hat gefragt: »Wohin bringen Sie mich?«

Sie hat gegen das Schweigen angeredet.

Ich hätte damit rechnen müssen, denkt Larissa. Es ist etwas eingetreten, womit ich hätte rechnen müssen. Ich habe kein Recht, mich zu beschweren. Ich war dabei, eines der schlimmsten Verbrechen in diesem Staat zu begehen.

Vielleicht habe ich es geahnt. Dass es schiefgeht.

Reinhard Finkenstedt lässt sich hinter dem protzigen Schreibtisch nieder. Es muss späte Nacht sein. Sie haben sie lange warten lassen.

Finkenstedt beginnt zu sprechen. Larissa sieht, wie sein Mund sich bewegt.

Ich kann nichts sagen. Was haben sie mit Alex gemacht?

Ich kenne keine Namen. Udo. So heißt der nicht. Der Ein-Meter-Neunzig-Mann ist längst wieder im Westen. Wo ich sein sollte. Wo ich jetzt auch schon wäre. Wo meine Familie über Hunderte von Jahren gelebt hat. Wo ich nie sein durfte. Verdammt, verdammt, verdammt!

Durchatmen.

Nicht in die Enge treiben lassen.

Einfach nicht reagieren.

Warum wollte ich weg? Ich habe doch alles. Hatte. Eine Wohnung, eine Arbeit, Freunde, Kollegen. Alles weg.

Das hier ist kein Irrtum, denkt Larissa, während Finkenstedt weiterredet, sich über den Schreibtisch beugt, sie nicht aus seinem stählernen Blick entlässt. An der Wand hängen Porträts, irgendwelche Revolutionäre, deren Gesichter vor Larissas Augen verschwimmen.

Finkenstedt, auf Utes Hochzeit. Hat er da ›Euch kriege ich!‹ gesagt?

Noch einer kommt in den Raum. Einer mit dunkler Brille, der hinter Larissas Stuhl stehen bleibt.

»Meinen Sohn haben wir«, sagt Finkenstedt mit kaltem Glanz in den Augen. »Der wird auspacken, da, wo wir ihn hingebracht haben. Verlassen Sie sich drauf.«

Viele Tage und Nächte. Ängste und ungläubiges Erstaunen, für Sekunden, kürzer noch, im Augenblick des Erwachens. Dann die Ernüchterung. Ich bin hier. Lebendig eingemauert. Ausgeliefert dem Terror, den Spielchen, der Zersetzung.

Sie spult immer wieder ihre Geschichte ab. Die Geschichte, die Udo ihr in der Einkaufstasche gebracht und die sie im Aschenbecher verbrannt hat. Die Geschichte für den Fall einer Verhaftung. Sie wollte zu einer Feier. Sabine Schneider. Geburtstag. Nein, sie haben sich erst vor einem Jahr kennengelernt, Sabine hat bei Larissa in der Klinik entbunden.

Sie überprüfen das.

Es ist korrekt.

Sie hatte tatsächlich Geburtstag.

Das Besondere: Ihr Kind hat auch an diesem Tag Geburtstag.

Mutter und Sohn am selben Tag.

Sie wurde am Freitag 25, das Kind ein Jahr alt.

Sabine liebt gelbe Gerbera.

»Besuchen Sie alle Ihre ehemaligen Mütter?«, fragt Finkenstedt und lacht. Das ist die erste Frage seit Tagen, die Larissa sich merkt. Alle Ihre ehemaligen Mütter.

»Nein. Aber es kommt schon einmal vor.«

Finkenstedt schaut Larissa tief in die Augen. Sie liest alles darin. Dass er um sie und Alex weiß. Hat er sie beobachtet, wie sie miteinander geschlafen haben?

Die Vernehmer fragen nach Details. Larissa versucht, so wenige Einzelheiten wie möglich zu nennen.

Manchmal ist sie so mürbe, dass sie am liebsten fragen würde: ›Was ist mit Alex?‹ Aber sie schafft es, sich diese Frage zu versagen. Sobald sie den Verhörraum betritt, verstaut sie die Frage tief unten in ihrem Bauch, wo sie nicht mehr herauskann. Sie beschließt, nachzuforschen, sobald sie draußen ist. Wann immer das sein wird.

Vom Verhörzimmer aus sieht sie, wie es draußen Herbst wird.

Die Zelle kennt keine Jahreszeit. Dort gibt es kein Fenster. Nur zwei Reihen Glasziegel.

Manchmal kann Larissa nicht atmen. Sie schnappt nach Luft, hyperventiliert. Der Posten, der die Zellen kontrolliert, meldet das. Finkenstedt erwähnt es ein paarmal, wenn er sie verhört. Gibt sich mitleidig und lässt durchblicken, dass es noch ganz andere Unterkünfte gibt.

Nach Tagen, in denen sie Durchfall hatte, bis sie fast dehydrierte, leidet sie jetzt unter Verstopfung. Ihr Körper gibt nichts mehr her.

Der Druck wächst.

Manchmal tönt Musik durch den Hof, aus den Autoradios der Versorgungsfahrzeuge.

Sie verliert die Orientierung. Schaut ihre Hände mit den schmutzigen Nägeln an und fragt sich: Wer bin ich?

Sie schlingert.

Sie ist sich selbst nichts mehr wert.

Wenn sie alles zugibt, endlich diese dumme Geschichte sein lässt, wenn sie nur ausspuckt, was wirklich war – dann bekommt sie ihren Prozess und dann geht wenigstens etwas voran.

Im November wird es empfindlich kalt.

30

Es gab Situationen, in denen ich mir nichts mehr wünschte, als an einem ruhigen Ort in Frieden zu sitzen und zu schreiben. Wenn die Sätze aus mir herausdrängten, war es die reine Qual, mich mit anderen Dingen beschäftigen oder die Gesellschaft von Menschen ertragen zu müssen. Ich legte den Rekorder neben mich auf den Beifahrersitz und diktierte, während ich die Autobahn Richtung München nahm und LKW nach LKW überholte.

Ich mochte Juliane wirklich und freute mich, sie zu sehen. Sie war meine engste Vertraute. Nero spielte in einer anderen Liga, das war klar, aber auf Juliane konnte ich mich immer verlassen. Daher stand es außer Frage, dass ich bei ihr vorbeischauen würde. Auch wenn ich mich am liebsten zurückgezogen hätte, um über das Gespräch mit Kendra nachzudenken. Mir war, als entginge mir ein wichtiger Punkt.

Um kurz nach fünf am frühen Montagabend fuhr ich am Kreuz Neufahrn ab, erreichte Ohlkirchen wegen des dichten Verkehrs aber erst kurz vor sechs. Der kleine Ort war überladen mit Wahlplakaten für die Landtagswahl am 28. September. Man erwartete, dass die CSU einbrechen und weniger als 50 Prozent der Stimmen erhalten würde, was einer Revolution gleichkäme. Mir war das egal. Ich hatte keinerlei politische Interessen. Vielleicht war das ein Fehler. Ich dachte an Kendra und Gerrit. Mit beiden hatte ich nicht über Politik gesprochen. Lag das an meiner Gleichgültigkeit in dieser Hinsicht? Oder hatte Politik für die Fluchthelfer der ersten Stunde einfach nur bedeutet, etwas gegen das Unrecht des Mauerbaus zu tun?

Juliane wohnte in einer kleinen, unscheinbaren Wohnung in der Ortsmitte, kaum 100 Meter entfernt vom Piranha, das einst meine liebste Kneipe in der Umgebung gewesen war. Ich hielt mit zwei Reifen auf dem Gehsteig und klingelte. Dabei kam ich mir wie eine Heldin vor. Juliane war kein ganz einfacher Mensch. Bei ihrer sprunghaften Gefühlswelt wusste man nie, woran man war. Durchlebte sie eine Phase der Disharmonie, krachte ihre Stabilität zusammen und die Freundschaft mit ihr wurde zum Boxmatch.

»Eierköpfchen, wie schön, dich zu sehen!« Klein und drahtig stand Juliane in ihrer Wohnungstür, das Haar frisch geschnitten, superkurz, die Kreolen baumelten in ihren Ohren, und der klassische Lidstrich aus den 60ern gab ihrem Gesicht etwas Vogelartiges. Sie war barfuß, trug Jeans und ein T-Shirt mit der Aufschrift ›Zickenalarm‹.

»Juliane, diese Shirts sind out.«

»Pass mal auf, Herzchen. Ich brauche keine Modetipps. Wie läufst du überhaupt rum? Schlabberlook? War nichts mit Nero?«

Juliane versuchte seit knapp einem Jahr, Nero und mich zu verkuppeln.

»Doch.«

»Will heißen?« Sie stemmte die Hände in die Seiten.

»Ich … Mensch, Juliane, du …«

»Kipp deine Zweifel auf den Sondermüll. Da gehören sie hin.« Ihr Zeigefinger schnellte hervor und drückte gegen mein Brustbein wie die Lanze eines römischen Legionärs.

Ich verdrehte die Augen. Juliane nahm keine Rücksicht auf seelische Empfindsamkeit. Markige Sprüche waren ihre Spezialität, ihre schwere Artillerie.

»Also wissense, nee. Falls du Konsens suchst, bist du auf dem falschen Boot. Ein gemeinsamer Entwurf ist doch schon was«, bemerkte sie spitz. »Konsens ist immer nur der kleinste gemeinsame Nenner.«

»Danke für die Belehrung. Wenn du so genau Bescheid weißt, warum lebst du nicht mit einem Mann zusammen?«, fragte ich.

»Ich brauche keinen Mann, ich habe einen Vibrator!« Sie trat zur Seite. »Komm rein!«

Juliane lebte spartanisch. Sie hatte nur eine kleine Rente, brauchte nicht viel, kaufte sich ihre Klamotten bei Ebay und aß wenig.

Ich berichtete ihr von den letzten Tagen und flocht dabei unterwürfigen Dank zwischen die Zeilen, dass sie meine Gänse versorgt hatte. Dabei waren die beiden anspruchslos wie Kieselsteine. Es genügte, sie morgens aus dem Stall zu lassen und sie nachts zum Schutz vor Fuchs und Marder wieder einzusperren. Futter fanden sie ausreichend auf der Weide.

»Findest du nicht, dass sich diese Leute zu Heroen stilisieren?«, fragte Juliane, als ich geendet hatte.

Ich lehnte an der Küchentür. »Du meinst die Fluchthelfer?«

»Wen sonst!« Sie gab Kaffeepulver in den Filter, dass es nur so spritzte.

»Das denke ich nicht«, widersprach ich.

»Du solltest die andere Seite sehen.«

»Welche: Die der Stasi-Schergen?«

Ich hatte nicht die Absicht, Juliane zu verletzen. Sie war die letzte Sozialistin von Oberbayern, die letzte echte, ehrlich überzeugte. Von den Ungerechtigkeiten auf dem Arbeitsmarkt, den zeitweiligen Finanzkrisen und Bankenskandalen fühlte sie sich in ihrer Auffassung bestätigt, dass der Kapitalismus sich irgendwann selbst verdauen würde, auch dann, wenn er Soziale Marktwirtschaft hieß.

Weil meine eigene Auffassung ihrer in weiten Teilen diametral entgegenstand, sprachen wir nie über Politik. Ich sah aus dem Fenster. Draußen deckte der Spätsommerhimmel sein samtenes Blau über das Hügelland.

»Ich habe mit Nero telefoniert«, sagte Juliane, »und er hat mich, wie sagt ihr heute, gebrieft.«

Das hätte ich mir denken können.

»Warum hast du ihn einfach ziehen lassen?« Sie neigte den Kopf. Die Kreolen klirrten leise.

»Wen?«, fragte ich dämlich.

»Den Bullen«, Juliane verdrehte die Augen. »Wen sonst.«

»Ich habe ihn nicht ziehen lassen. Er muss arbeiten.«

Wir setzten uns an den Küchentisch. Eine ganze Weile saßen wir da und rührten in unseren Tassen. In der Ecke lehnte Julianes altes Jagdgewehr, ein Erbstück ihres Vaters.

»Willst du auf die Pirsch?«, fragte ich und wies mit dem Kinn auf das Gewehr.

»Ab und zu muss man die Dinger säubern.« Mürrisch griff sie nach der Büchse und betrachtete sie aufmerksam von allen Seiten. Ich spürte, wie ihre unausgegorenen Gefühle brodelten.

»Wie verletzlich darf man sein?«, fragte sie schließlich, während sie die Waffe in den Schrank räumte. Sie fragte die Tasse, den Löffel, die Papierservietten. Nicht mich. »Du solltest nicht den Fehler machen, Verletzungen ausschließlich in Diktaturen zu erwarten.«

»Darum geht's doch nicht«, erwiderte ich. »In einem tyrannischen Staat verstößt man eben leichter gegen den Kodex. Und dann: autsch.«

»Der Sozialismus wäre ein Weg gewesen, die Welt gerechter zu machen.«

»Wenn du den Sozialismus so toll findest, warum bist du nicht in die DDR übergesiedelt?«

»Warum hätte ich das tun sollen? Dort gab es schon soziale Gerechtigkeit. Ich wollte mich im Westen dafür starkmachen.«

Ich war diese Argumente leid. Über die Theorie kam ich an Juliane nicht heran. Gesellschaftspolitisch war sie absolut firm. Nur sprach sie nie über die praktischen Auswirkungen ihrer Überzeugungen auf ihre eigene Biografie. Berufsbedingt reizten mich diese besonders. Doch Juliane ließ nichts raus. Beharrlich behielt sie die Debatten auf dem grünen Tisch. Aber etwas nagte an ihr. Sie konnte nicht nur wegen der Gänse beleidigt sein. Nachbarschaftshilfe leistete sie gern. Juliane gab großzügig ab und forderte wenig ein. Etwas anderes musste sie aus der Bahn geworfen haben. Ich merkte es an dem unterschwelligen Zittern ihrer rechten Hand, als sie nach ihrer Tasse griff.

»Na gut«, begann sie halblaut. »Es gab da einen Mann. 1968. Zdeněk. Einen Tschechen. Ich fuhr damals nach Prag, wollte mehr über Dubček und den Aufbruch wissen. Wir Linken waren damals mächtig gespannt, wie der Sozialismus des dritten Weges aussehen würde. Wir machten Pläne, diskutierten uns die Köpfe heiß. In Prag kannte ich ein paar Leute. 1968 durfte es in der ČSSR mehrere Parteien geben, und man konnte westliche Zeitungen kaufen.«

»Wie großzügig.«

Ihr Blick jagte mir einen Laserstrahl durch den Brustkorb.

»Weißt du, damals waren wir alle politisch. Heute ist das anders. Die Jugend verdient Geld, hortet Aktienpakete und plant ihre Karriere. Chattet im Internet und zieht sich abends eine Linie rein, damit die Träume nicht zu kurz kommen. Hält sich für verarmt, wenn nicht wenigstens drei Urlaube pro Jahr drin sind. Ohne es werten zu wollen, aber die Welt hat sich verändert.« Juliane nahm Fahrt auf. »In der Gruppe, in der ich mich damals bewegte, gab es zwei unterschiedliche Meinungen. Die einen begrüßten die Veränderungen in der ČSSR, weil sie menschliche Erleichterungen brachten. Die anderen fürchteten, eine Öffnung verwässere die sozialistische Idee und sei allenfalls dann sinnvoll, wenn der Sozialismus sich einen sicheren Stand in Europa erkämpft hätte. Erst sollten die Leute stramme Parteigänger werden, ehe freies Gedankengut ihnen Flausen in den Kopf setzte.«

»Mit diesem beschissenen Argument hat man ein gigantisches Gesellschaftsexperiment durchgezogen und Millionen ins Unglück getrieben.«

Juliane sprang auf und zeigte mit ihrer Kaffeetasse auf mich. »Ja, verdammt! Ja! Willst du es unbedingt aus meinem Mund hören?« Sie schrie fast. Die Kreolen an ihren Ohren baumelten wild. Ich war nur froh, dass uns keiner sehen konnte. Wir hätten die Sitcom des Abends gegeben.

»Glaubst du, ich habe das nicht kapiert? Dass die Partei ein Religionssurrogat war? Dass der Kommunismus nach 1945 in den osteuropäischen Ländern gegen den Willen der Bevölkerungsmehrheit brutal implantiert wurde? Weil Moskau das durchdrückte? Dass die Eliten sich über Loyalität zu den Genossen und zur Linie der Bonzen rekrutierten und nicht über Klugheit, Weitblick, Werte? Dass sie Privilegien hatten? Denkst du, ich war zu blöd, um den Schmus zu durchschauen? Ja! Die DDR war ein verdammt spießiger, bepisster Dachdeckerstaat.«

»Setz dich, Juliane.«

Sie ließ die Kaffeetasse einfach fallen. Sie zerbrach nicht.

»Wir wollten Gerechtigkeit! Ge-rech-tig-keit, verflucht!«

»Setz dich!« Allmählich bekam ich Angst um Julianes Herz.

Sie ging zum Fenster und drehte sich zu mir um. »Also, dieser Zdeněk und ich, wir waren ein Paar. Er arbeitete als Journalist und lehnte sich in seinen Artikeln ziemlich weit aus dem Fenster. Er ritt auf der Welle des Prager Frühlings, euphorisch wie ein Dreijähriger. Er konnte sich nicht vorstellen, dass es mit den neuen Freiheiten irgendwann vorbei sein würde. Seine Freunde mahnten ihn zur Vorsicht, aber Zdeněk schrieb alle Warnungen in den Wind. Dafür liebte ich ihn. Er war ein Held. Er hatte Mut. Wie blöd kann man sein.«

»Keiner konnte ahnen, dass die Russen ihre Panzer schicken.«

»Ein paar Leute haben genau das geahnt! Nicht alle glotzten durch die rosarote Brille. Als die Sowjets in der Nacht auf den 21. August einmarschierten, zogen Zdeněk und ich mit unseren Kameras los. Wir waren tagelang unterwegs, schliefen kaum, knipsten, was wir vor die Linse kriegten.«

»Keine so gute Idee«, sagte ich, als Juliane nicht weitersprach.

»Die Russen haben Zdeněk festgenommen. Ich habe

gesehen, wie sie ihn wegschleppten. Er brüllte mir zu, ich solle abhauen, am besten in die Schweiz, die wäre neutral. Wir hatten die Vision, dass die Sowjets gleich weitermarschieren, quer durch die Tschechoslowakei in den Westen!«

»Hast du ihn je wiedergesehen?«

»Nein. Er starb in der Haft. Später habe ich erfahren, dass sie ihn totgeprügelt haben. Nur ein paar Tage nach der Verhaftung. Ich verließ Prag in letzter Minute. Ein Freund nahm mich im Auto zur Grenze mit.« Julianes Gesicht war grau geworden.

»Du träumst immer noch den Traum von der gerechten Welt, oder?«, fragte ich mitfühlend.

»Es täte zu weh, sich davon zu verabschieden.« Juliane wischte den verschütteten Kaffee mit einem ganzen Stapel Papierservietten auf und warf das nasse Bündel in den Müll. »Wenn das Politbüro der tschechoslowakischen KP damals nicht nach Moskau verschleppt und umgestimmt worden wäre, womöglich hätte Dubčeks Weg dann Erfolg gehabt und die Welt sähe heute anders aus.«

»Ich persönlich fühle mich wohler in einer Gesellschaft, in der nicht jeder Mitbürger potenziell als armer Schlucker gesehen wird«, wandte ich ein. »Ich will nicht vom Onkel Staat an die Hand genommen werden, damit ich zurechtkomme. Ich schaffe das alleine. Ich kann keinen brauchen, der mir erklärt, was gut für mich ist. Das *war* mal! Wenn es sein muss, mache ich Fehler, aber das sind dann *meine* Fehler.«

»Ich brauche ein Bier.« Juliane ging zum Kühlschrank.

»Klartext, Juliane: Warum erzählst du mir das?«

Sie stellte zwei Flaschen auf den Tisch und setzte den Öffner an. ›Zisch‹.

»Die Welt ist ein Tollhaus, und die Politik ist das Wolkenkuckucksheim darin.«

Ich hatte längst verstanden, dass Juliane mir soeben einen Blick auf die Schrammen ihrer Seele gewährt hatte.

»Hast du Lust, mir bei den Recherchen zu Larissas Lebensgeschichte zu helfen?«, fragte ich.

»Sind wir ein Team?« Juliane sah mich an, den Kopf schiefgelegt wie ein Kakadu.

»Sind wir.« Ich unterdrückte ein Seufzen, ahnungslos, wohin mich diese Absprache noch führen würde.

31

Als ich endlich zu Hause vorfuhr, war die Septembernacht herabgesunken. Vor dem bewaldeten Hügel zeichneten sich die Umrisse meines Hauses ab. Ich stellte den Motor aus und blieb eine Weile sitzen. Musste mich erst wieder an die Einsamkeit hier draußen gewöhnen, die ich mit niemandem außer mit zwei Graugänsen teilte.

Die beiden kamen fröhlich schnatternd auf mich zugelaufen, als ich ausstieg und die paar Meter zum Auslauf hinaufging. Sie waren zutraulicher als Kätzchen, ließen sich streicheln und zeigten mir ihre Zuneigung durch sanftes Zupfen.

Noch war mir nicht ganz klar, warum Juliane mich gezwungen hatte, sie zur Komplizin zu machen. Lag es daran, dass sie sich nun, da Nero und ich zusammenkamen, voraussichtlich jedenfalls, als fünftes Rad am Wagen fühlte? Kam sie sich vernachlässigt vor, suchte sie einen Weg, mich an sie zu binden? Oder nahmen die Erinnerungen sie wirklich so mit, dass sie dermaßen ins Trudeln geriet?

Ich atmete tief die kühle Spätsommerluft ein. Die lauen Nächte waren vorbei. Dunst hing zwischen den Bäumen. Man verspürte kein Verlangen mehr, nachts draußen zu sitzen. Ich sah den beleuchteten Kirchturm von Ohlkirchen hinter dem Hügel und lauschte in die Stille. Mein Haus lag am toten Ende der Straße. Sie führte an meinem Grundstück entlang und wurde wenige Kilometer weiter zu einem Flurbereinigungsweg, den allenfalls die Landwirte mit ihren Traktoren befuhren. Oder Einheimische, die zur Hochsaison den Touristenströmen zum Starnberger See und Ammersee ausweichen wollten.

Ich brauchte die Stille hier draußen. Und ich fürchtete sie auch. Ich musste mich richtig überwinden, die Gänse in den Stall zu scheuchen, den Riegel vorzuschieben und auf meine Bude zuzugehen. Ein Haus, nicht mehr baufällig, aber immer noch kein Vorzeigeheim für ›Schöner wohnen‹. Das würde der Bungalow aus den 60ern auch nie werden.

Er war zuletzt von einer Wohngemeinschaft okkupiert worden, die sich von morgens bis abends bekifft und die dringend nötigen Renovierungsarbeiten links liegen gelassen hatte. Danach war das Haus der Bank in den Rachen gefallen, und schließlich mir.

Ich schloss gerade auf, als mein Handy klingelte. Den nächsten Reporter würde ich dermaßen mit verbalem Unflat überschütten, dass …

»Gelbach«, meldete sich die Kommissarin. »Sind Sie schon zu Hause?«

»Soeben angekommen.«

»Das hat aber lange gedauert.«

»Ich war noch bei einer Freundin.«

»Haben Sie schon herausgefunden, wer Katja ist?«

Ich schaltete das Licht in der Küche an, sah ins Arbeitszimmer, ins Schlafzimmer, ins Bad. Alles lag ruhig und friedlich da. Warum auch nicht. Hatte ich erwartet, dass die Stasi hier ein konspiratives Treffen veranstaltet hatte? Mein Problem war, dass ich zu tief in die Geschichten einstieg, die ich gerade schrieb. Die Wasser schlugen über mir zusammen und ich fand mich selbst in der Story wieder.

»Nein. Sie?«

»Nein. Ich wollte nur nachfragen«, entgegnete Martha Gelbach. »Wäre nett, wenn Sie Ihre Erkenntnisse mit mir teilten. Nur für den Fall.«

»Larissa muss einen Geliebten gehabt haben«, sagte ich. »Einen Alexander, auch Alex genannt. Nachname Fink oder Finken.«

»Woher haben Sie das?«

»Ich habe meine Aufzeichnung noch einmal ausführlich gesichtet.« Ich sah in mein drittes Zimmer, das sogenannte Gästezimmer, das zum Gänsegehege ging und das Nero mit mir gemeinsam renoviert hatte. Plötzlich fühlte ich einen Stich im Herzen. Sehnsucht pur.

»Das soll ich Ihnen glauben?«

Martha Gelbach besaß Menschenkenntnis, das musste man ihr lassen.

»Es ist, wie es ist.« Lügen zu können, stellte einen evolutionären Vorteil dar. Wenn Darwins Theorie stimmte, waren die meisten Menschen geschickte Lügner.

»Dann noch einen schönen Abend«, verabschiedete sie sich.

Wir legten auf.

Ich wählte Neros Nummer, aber er ging nicht dran. Ich versuchte es privat. Nur der Anrufbeantworter hielt die Stellung.

»Hier ist Kea. Ich bin zu Hause. Bis demnächst.« Mehr fiel mir nicht ein. Der Geisterschreiberin gingen die Worte aus. Müde besah ich mir die Vorräte im Kühlschrank. Abgelaufene Joghurts, ein Klumpen Käse, Oliven und ein Glas mit Bratheringen. Keine vertrauenerweckende Mischung.

Ich hockte mich vor den Fernseher und glotzte ein nichtssagendes Programm, während ich die Bratheringe aufaß. Als mein Handy klingelte, stieß ich das Glas um. Die Essigsoße sickerte in den Teppich.

»Hallo?«, rief ich.

»Hier spricht Kendra White.«

Ich verbarg meine Enttäuschung nur schlecht.

»Guten Abend.«

»Hoffentlich störe ich nicht.«

»Absolut nicht.« Ich stellte den Fernseher aus. »Gibt es etwas Neues?«

»Eine Frau, eine gewisse Dagmar Seipert, ist 1969 aus der DDR geflohen. Ich hatte das eingefädelt. Ein amerikanischer Soldat nahm sie mit. Das war die sicherste Sache überhaupt: Der Fahrer brauchte nur einen vom Stadtkommandanten ausgestellten Fahrbefehl. Dann gab es keine Kontrollen.«

Schon hatte ich einen Zettel und einen Stift gezückt.

»Warum sagen Sie mir das?«

»Weil Dagmar Seipert die Gräfin gekannt haben muss.

Sie sprach von einer Adeligen, die ihre wahre Herkunft verschleierte und in Leipzig an einer Klinik arbeitete.«

Mir wurde ganz heiß. Nur seltsam, dass genau dieser Sachverhalt Kendra gerade erst eingefallen war.

»Frau Seipert lebt in München. Ich gebe Ihnen die Adresse.«

»Heißt das, Sie beide stehen noch in Kontakt?«, wollte ich wissen.

»Nein, das nicht. Aber wir haben uns vor Jahren einmal zufällig in München getroffen. Ich hatte sie nach ihrer Ankunft im Westen kurzfristig betreut.«

Ich schrieb die Anschrift auf und bedankte mich artig. Während ich den Bratheringsud aufwischte, dachte ich über Kendra Whites stockend arbeitendes Gedächtnis nach.

32

Todmüde ließ Nero seinen Volvo auf dem Parkplatz in der Mailinger Straße stehen und ging zu Fuß nach Hause. Die Bewegung brachte ihn auf andere Gedanken, und die kühle und für Münchner Verhältnisse frische Nachtluft tat ihm gut.

Die Sache mit den Argonautenmails hatte er fast vergessen, nachdem er die liegen gebliebenen Aufgaben der letzten Woche abgearbeitet hatte. Außerdem war es ihm gelungen, seinem Vorgesetzten aus dem Weg zu gehen. Besprechungen mit Woncka stressten Nero. Nie kam etwas dabei heraus. Allein für das Wort ›Besprechung‹, das der Polizeioberrat so gerne und häufig in den Mund nahm, hatte Nero nach einem Dreivierteljahr nur Verachtung übrig. Nun, da er durch die Straßen ging, an Kneipen vorbei, vor denen die Raucher standen und diskutierten, war er hungrig und durstig und erinnerte sich an Freiflugs nachdenkliches Gesicht, als sie sich vorhin verabschiedet hatten.

Woncka wollte informiert werden, wenn neue Mails eingingen.

33

Das Telefon klingelte wieder, kaum dass ich aufgelegt hatte.

»Laverde?«

»Torn.«

Mein Herz machte ein paar Walzerschritte. Linksherum.

»Ja – bitte?«

»Sie wollten mich sprechen?«, fragte er.

»Wer sagt das?« Ich hörte das Hecheln einer englischen Bulldogge im Telefon. Meinen eigenen Atem.

»Kommen Sie ins Hilton Hotel am Englischen Garten. Ich warte in der Lobby auf Sie.« Er hatte aufgelegt, ehe ich weitere Fragen stellen konnte.

In meinem Schreibtisch verwahrte ich sämtliche Stadtpläne und Landkarten, die ich je für meine berufliche

Tätigkeit als Reisejournalistin benötigt hatte. Der Falk-Plan von München lag obenauf.

Was wollte Torn von mir?

Ich versuchte es wieder bei Nero, aber er meldete sich weder auf seinem Handy noch am Festnetz in seiner Wohnung. Es war nach neun. Ich würde eine Stunde nach München brauchen, eine Stunde wieder zurück … vielleicht könnte ich bei Nero übernachten.

Mein Kopf brummte. Woher wusste Torn überhaupt, dass es mich gab?

Ich stieg in meinen Alfa und brauste los.

Das Hilton lag auf der Ostseite des Englischen Gartens, ein mächtiger Komplex, von dessen Dachrestaurant aus man einen Traumblick zur Frauenkirche und zum alten Peter haben musste. Ich parkte ein Stück die Straße hinunter und lief zurück, überquerte die Brücke, unter der der Eisbach schäumte.

Drei Taxen hielten vor dem Portal. Zwei Scheichs inklusive weiblicher Gefolgschaft in schwarzen Tschadors und einer stattlichen Anzahl Kinder jeglichen Alters stiegen aus, wurden stilsicher von einem Mann im dunklen Anzug empfangen und ins Hotel geleitet. Zwei Typen in Livree mühten sich mit dem Gepäck.

»Einprägsam, nicht?«, sagte eine männliche Stimme hinter mir.

»Chris Torn?«

Er war groß, schlank und sportlich, trug einen grauen Anzug und einen dezenten dunkelvioletten Schlips.

»Sie sind sicher Frau Laverde. Kommen Sie, ich lade Sie zu einem Espresso ein. Oder möchten Sie ein Glas

Wein?« Der Hauch eines sächsischen Akzentes schwebte seinen Worten nach.

Er ging mir voraus durch die Drehtür in die Lobby. Die Scheichfamilie stand diskutierend an der Rezeption.

»Die Herrschaften kommen zur medizinischen Behandlung nach München«, erklärte Torn mit einem Kopfnicken, während wir über den dicken Teppich wateten. »Mieten in einer unserer großen Kliniken ein ganzes Stockwerk. Während sich die Herren neue Hüften, Kniegelenke und sonstige Ersatzteile einbauen lassen, ziehen ihre schwarz gewandeten Frauen durch die City und lassen die Kassen klingeln. Man stellt sich im Einzelhandel darauf ein und beschäftigt in der Saison Arabistik-Studentinnen, damit die Damen bei der Wahl ihrer Dessous muttersprachliche Beratung haben.«

Ich ahnte, was er mir damit sagte. Er steckte selber in diesem Geschäft. Einer wie er knackte alle Märkte.

»Sie waren Fluchthelfer«, sagte ich und ließ mich in einen Lobbysessel sinken.

Torn winkte der Kellnerin im Hosenanzug, die unverzüglich mit einer in Leder gebundenen Getränkekarte auf uns zustürmte.

»Einen Espresso, bitte«, sagte ich.

»Einen Gin Tonic«, verlangte Torn. »Genau. Dafür interessieren Sie sich.«

»Wie kamen Sie an meinen Namen und meine Telefonnummer?«

»Ist das wichtig?«

»Möglicherweise.«

Er sah mich lange an. Sein Gesicht war merkwürdig krumm, als sei die linke Seite verkürzt. Der Eindruck wurde noch durch den tief sitzenden Seitenscheitel verstärkt.

»Ich glaube nicht, dass es wichtig ist«, sagte er. »Ich habe Larissa Roth ausgeschleust. Das war 1974. Höchste Eisenbahn.«

»Was meinen Sie damit?«

»Sie hatte schon einen gescheiterten Fluchtversuch und ein paar Monate Stasi-Haft hinter sich.«

Ich überlegte. Torn würde mir seine Version in die Feder diktieren und dann von dannen ziehen. Wenn ich etwas aus ihm herausbekommen wollte, was er mir nicht von sich aus zu sagen beabsichtigte, musste ich schnell sein. Ich zog Notizbuch und Bleistift aus meiner Schultertasche, als die Kellnerin die Getränke brachte und die Rechnung diskret in einem Mäppchen danebenlegte.

»Machen Sie sich ruhig Notizen, aber bitte nehmen Sie unser Gespräch nicht auf.« Torn sah der Bedienung nach. Ein paar Tische weiter tippte ein Mann auf seinem Notebook.

»Wie funktionierte Ihre damalige Arbeit?«, begann ich.

»Ich betrieb die Fluchthilfe kommerziell. Und professionell. Ich verlangte eine Menge Geld, je nach Aufwand, aber ich hatte eine sehr hohe Erfolgsquote. Verhaftungen gab es bei mir so gut wie nicht. Keine Spitzel. Obwohl die Stasi immer wieder versucht hat, Leute bei mir einzuschleusen. Mein Sicherheitsstandard sprach sich unter den Fluchtwilligen herum. Ich hatte stets mehr Aufträge, als ich annehmen konnte.«

»Sie haben Ihren Lebensunterhalt durch die Fluchthilfe verdient?«

»Wenn Sie so wollen.«

Klar, Torn war keiner, der einfach ›ja‹ oder ›nein‹ sagte.

»Wie haben Sie Larissa ausgeschleust?«

»Larissa Roth war die geeignete Kandidatin für die Flugzeugtour.« Er hielt sein Glas an die Wange. »Sie hatte gute Nerven und sprach keinen Dialekt. Das wäre in ihrem Fall fatal gewesen.«

»Sie selbst haben Ihren Slang ziemlich gut im Griff«, sagte ich.

Er lächelte. »Dr. Larissa Roth, wie sie damals hieß, trat mit meiner Organisation in Kontakt. Ich hatte damals ein paar Leute in Ostberlin sitzen, die imstande waren, Verbindungen zu Fluchtwilligen herzustellen. Frau Roth war Ärztin, Gynäkologin, und sie unterzeichnete einen Schuldschein über 25.000 DM. Sie wollte nach ihrer Flucht im Westen eine Praxis eröffnen und hatte Aussichten, ihre Schulden bald tilgen zu können.« Er schwieg. Sein Blick schweifte zu dem Mann mit dem Notebook. »Es mag Ihnen zynisch erscheinen, eine solche Serviceleistung gegen Geld anzubieten. Freiheit gegen Schuldschein, das klingt in den Ohren der Gutmenschen unwürdig. Aber Gutmenschen lösen keine Probleme. Die Flüchtlinge hatten Vertrauen zu mir und meiner Organisation. Andere Fluchthelfer handelten aus Hass auf die DDR. Viele von ihnen hatten dort selbst eingesessen. Trachteten nach Rache. Sie wollten der DDR bewusst schaden und behandelten die Flüchtlinge oft von oben herab, schrieben deren Ängste in den Wind oder verlachten sie gar dafür. Ich hingegen leistete seriöse Arbeit für gutes Geld.«

»Von welchen Größenordnungen sprechen wir?«

»Zwischen 1969 und 1976 kamen jährlich ungefähr 5000 bis 6000 illegale Flüchtlinge in den Westen. Natürlich nicht alle über meine Organisation. Der Minimalpreis belief sich auf 10.000 DM.«

Ich rechnete nach. Kein schlechter Verdienst, wenn Torn pro Jahr nur 100 Flüchtlingen zum Minimalpreis weitergeholfen hatte. Der Mann musste in den fetten Jahren Millionen eingenommen haben.

»Ich hatte damals eine Reihe von, sagen wir, ungewöhnlichen Fluchtwegen aufgetan. Sie führten meist über das osteuropäische Ausland. Die DDR-Bürger besorgten sich Visa für die Tschechoslowakei oder Bulgarien. Dort trafen sich meine Mitarbeiter mit ihnen, um sie vor Ort vorzubereiten und bis zu dem Zeitpunkt zu betreuen, an dem es losging. Ab dann hatte jeder meiner Leute seine spezielle Aufgabe. Jede Tour war maßgeschneidert, wurde tagelang trainiert. Es ging so gut wie nie etwas schief.«

»Was bedeutet ›maßgeschneidert‹?«, warf ich ein.

»Es gibt Menschen, die es nicht ertragen, in engen Räumen festzustecken. Solche Flüchtlinge durfte man nicht in ein mikroskopisches Versteck in einen LKW pferchen. Sie wären durchgedreht und hätten das ganze Unternehmen gefährdet. Es gab ungewöhnlich großgewachsene Flüchtlinge. Einmal eine Frau, die im achten Monat schwanger war. Da kamen solche Verstecktouren nicht infrage. Je nach den Voraussetzungen ließ ich mir etwas einfallen.« Er lachte und sah dabei jungenhaft aus. »Einmal bestellte ich in Rumänien zwei Bären, die in einem Käfig nach Westdeutschland transportiert wurden. Unter dem Käfig befand sich eine Art Zelle, in der eine Familie mit zwei Kindern geholt wurde. Niemand hat etwas bemerkt.«

»Wie lief die Flugzeugtour?«

»In den späten 60ern entwickelte sich der DDR-Tourismus in die sozialistischen Bruderstaaten. Sonntags in Prag warteten gegen 9 Uhr westliche und östliche Passagiere im Transitraum auf drei fast zeitgleiche Flüge. Einer ging mit der Interflug nach Schönefeld in Ostberlin, einer nach Zürich mit Swiss Air, und Pan Am flog nach Düsseldorf. Die fluchtwilligen DDR-Bürger reisten aus anderen Ostblockländern an, um in Prag in den Flieger nach Schönefeld umzusteigen. Mein Kurier sammelte deren Papiere ein, die Flüchtlinge bekamen einen gefälschten Berliner Personalausweis, Flugtickets und Gepäckquittungen für den Flug nach Düsseldorf. Aus DDR-Bürgern wurden Westberliner.« Er winkte der Kellnerin und orderte einen zweiten Gin Tonic. »Selbstverständlich mussten sie sich umziehen. Westliche Kleidung, vor allem Schuhe, waren ein Muss. Die Schuhe damals im Osten waren das Grauen!«

Ich zog die Beine an. Meine schmutzverkrusteten Sneakers brauchte Torn nicht in Augenschein zu nehmen.

»Die Vorbereitungen verlangten einen ungeheuren Aufwand, weil wir regelmäßig Kundschafterflüge unternehmen mussten, um herauszufinden, ob die Tour noch lief oder abgewandelt werden musste. Sie war auch nicht für jeden geeignet. Dr. Roths Vorteil war, dass sie, wie gesagt, kein Sächsisch sprach. Der Dialekt hätte sie verraten. Solche Touren habe ich fast nur für Alleinstehende oder Pärchen organisiert. Mit Kindern wäre es schon schwierig geworden. Die verplappern sich leicht.« Die Kellnerin brachte Torns Gin Tonic. »Natürlich bekam jeder Flüchtling seine Lebensgeschichte auf den Leib geschrieben.

Die Leute erhielten Brieftaschen, in denen sich westliche Währung befand, Bustickets aus Düsseldorf oder Hamburg, eine alte Konzertkarte für die Berliner Philharmonie, Fotos von angeblichen Nichten und Neffen vor dem Kölner Dom oder auf dem Oktoberfest. Spielmaterial nannten wir das.«

»Das klappte so ohne Weiteres?«

»Ich habe über 30 Leute auf diesem Weg in den Westen verfrachtet, ehe die Tour aufflog. Larissa gehörte zu den Letzten. Dann war es vorbei.« Er lächelte betrübt. »Ich habe nie rausgekriegt, wer uns verpfiffen hat.«

»Wie konnten Sie feststellen, ob Ihre Interessenten echte Fluchtwillige waren und keine Stasi-Spitzel?«

»Ich hatte meine Methoden.« Er schmunzelte. »Natürlich wurde den Leuten massiv auf den Zahn gefühlt, die wurden ausgezogen bis aufs Fell. Manche fingen an zu heulen, andere gerieten in Rage. Das waren gute Anzeichen. Wer zu abgeklärt war, machte sich verdächtig.«

»Haben Sie Flüchtlinge mit politischen Fluchtmotiven bevorzugt?«

»Natürlich nicht. Wie wollen Sie auch herausfinden, welche Intentionen Vorrang hatten? Die meisten flohen entweder aus einer konkreten Bedrohungssituation heraus, weil sie sich zu weit aus dem Fenster gelehnt hatten, oder ihre Gründe wuchsen aus einer Gemengelage aller möglichen Motive. Wirtschaftliche, private … Die Leute zahlten und bekamen ihre Dienstleistung. Über das Warum machte ich mir keine Gedanken.«

Mein Espresso war kalt geworden. Ich trank ihn dennoch in einem Schluck aus.

»Möchten Sie noch etwas trinken, Frau Laverde?«

»Ich möchte wissen, warum Sie mir das erzählen«, sagte ich.

Torn beugte sich vor.

»Ich habe mich schon Ende der 70er weitgehend ausgeklinkt«, sagte er. »In den 80ern änderte sich die Lage. Gerade die Grenzen des sozialistischen Auslands zum Westen wurden strengstens bewacht. Ich weiß, dass ab diesem Zeitpunkt 90 Prozent aller Fluchtversuche mit Verhaftungen endeten. Als die Ausreiseanträge möglich wurden, waren illegale Ausschleusungen nicht mehr lukrativ. Pro Jahr gelangen gerade noch an die 40 Fluchten, aber über 30.000 Ausreiseanträge wurden genehmigt. Sogar 1989 haben die Leute noch massenhaft Anträge auf Ausreise aus der DDR gestellt. Man stelle sich vor! Wäre die Mauer nicht gefallen, hätte die Führung irgendwann ohne Volk dagestanden. Gab es nicht diesen Witz? ›Der Letzte macht das Licht aus‹?«

Er stellte sein leeres Glas ab.

»Sie fragen sich, weshalb ich Sie einweihe«, sagte er und hob seinen rechten Arm.

Ich keuchte auf. Seine rechte Hand fehlte. Der Arm endete in Höhe des Handgelenks.

»Am Morgen des 31.1.1982, Frau Laverde, wollte ich die Rollläden an meinem Privathaus in Berchtesgaden aufziehen. Jemand hatte sie über Nacht mit Sprengstoff präpariert. Ich zog an dem Seil und weiß nichts mehr, wachte erst im Krankenhaus in Salzburg wieder auf. Kleiner Gruß von Erich Mielke. Wohlgemerkt, *nachdem* ich schon ausgestiegen war.«

Ich schluckte hastig.

»Woher wissen Sie …«

»Ich habe meine Stasiakte eingesehen. Sie war meterdick.« Torn lachte vergnügt. »Ich muss sagen, ich hatte noch Glück. Andere Kollegen wurden mit fingierten Telegrammen nach Ostberlin gelockt und dort festgenommen. Einige wurden entführt und in den Osten verschleppt. Einer meiner Leute starb an einer Thallium-Vergiftung, die zu spät erkannt worden war.« Er legte den Kopf schief. »Habe ich Sie verschreckt?« Meine Antwort wartete er nicht ab. »Seien Sie vorsichtig, Frau Laverde. Wenn Sie zu nah an bestimmte Leute herankommen, wird es jemanden geben, der versucht, Sie in eine andere Richtung zu locken. Und wenn Sie nicht folgen, kennt man Möglichkeiten, Sie unschädlich zu machen.«

»Die DDR gibt es nicht mehr«, sagte ich heiser.

»Aber ihre Schachfiguren sind noch aktiv. Ich habe keine Ahnung, wie viele an den alten Idealen hängen, aber lassen Sie es 500 Leute sein – da gibt es genug Typen, die auch heute noch etwas zu verbergen haben.« Chris Torn legte zwei Scheine in das Mäppchen mit der Rechnung. »Und die genug Geld haben, um jemanden zu bezahlen, der die Drecksarbeit macht.«

»Woher wissen Sie von mir?«

Torn stand auf. »Ich halte gewisse Personen unter Beobachtung. Zu meiner eigenen Sicherheit. Einen schönen Abend, Frau Laverde, und gute Heimfahrt in Ihr ländliches Idyll.«

Er hob den gesunden Arm, drehte sich um und ging zu den Fahrstühlen.

Ich blieb sitzen, starrte ihm mit offenem Mund nach. Erst die Kellnerin, die mich fragte, ob ich noch etwas trinken wollte, holte mich in die Wirklichkeit zurück.

»Nein, nein, danke«, sagte ich und tastete nach meinem Autoschlüssel. Eine Gruppe Männer mit Namenskärtchen um den Hals tauchte in der Lobby auf. Ich legte den Schlüssel vor mich auf den Tisch und besah meine Hände.

Torn war paranoid. Das musste an der Verstümmelung liegen. Es gab keine andere Erklärung.

34

Den folgenden Dienstag verbrachte ich mit Arbeiten im Haus und am Gänsestall. Ich tat alles, um gegen die Panik anzugehen, die sich in mir breitmachte wie eine Virusgrippe. Als ich gegen zwei Uhr durchgeschwitzt ins Haus kam, um zu duschen, blinkte der Anrufbeantworter. Meine Agentin Lynn Digas, die mich früher mit Aufträgen für Reisereportagen versorgt hatte, rief an, um nachzufragen, ob ich mich nicht wieder für diese Tätigkeit erwärmen könnte. Sie schmeichelte mir mit Attributen wie ›kompetent‹ und ›scharfsinnig‹. Anscheinend fand sie gerade niemanden, der über Wellnesshotels im Bayerischen Wald berichten wollte. Zusätzlich baten eine Frau von Antenne Bayern und ein Redakteur der Süddeutschen um Rückruf. Ich drückte auf ›Nachrichten löschen‹ und ging ins Bad.

Um kurz nach vier am Nachmittag holte ich Juliane in Ohlkirchen ab, um nach München zu fahren, wo wir in Berg am Laim Dagmar Seipert treffen wollten. Es war noch warm draußen. Abendlicher Dunst leckte das Blau des Spätsommerhimmels auf.

Auf dem Mittleren Ring wurde gebaut. Wir standen eine Weile im Stau und kamen eine Viertelstunde zu spät in der Berg-am-Laim-Straße an. Der chaotische Verkehr, der Straßenlärm, das grelle Läuten der Tram – der Wechsel zwischen dem verschlafenen Charme Rothenstayns, der Ruhe auf meiner Parzelle einerseits und der Münchner Hektik andererseits bekam mir gar nicht. Ich quälte mich mit der Entscheidung, Juliane von dem Treffen mit Torn zu erzählen, ließ es aber bleiben.

Dagmar Seipert, eine verhuschte, kleine Frau mit kinnlangen Haaren, die ihr Gesicht zu einem schmalen Medaillon zurechtschnitten, fremdelte zunächst, als sie uns hereinbat. Doch unter ihrer ablehnenden Oberfläche spürte ich ein überbordendes Redebedürfnis. Diese Frau, die 1969 kaum 20-jährig in den Westen geflohen war, strahlte Schwäche und Kraft zugleich aus. Sie saß uns auf einem scheußlich braunen Sessel gegenüber, mit zitternden Knien, die Hände zwischen die Schenkel geschoben. Nur ihre Augen funkelten herausfordernd, als hätte sie seit Jahren darauf gehofft, dass jemand ihr zuhörte. Richtig zuhörte. Im Prinzip hatte ich etliche Kunden, die aus diesem Grund eine Ghostwriterin beschäftigten: Sie wollten Aufmerksamkeit. Manche schafften es kaum, sich selbst ernst zu nehmen, da kam ihnen eine professionelle Biografin gerade recht.

»Ich bin für Larissa von Rothenstayn als Ghostwriterin tätig«, begann ich und fasste zusammen, wie ich an meine Informationen gekommen war. Dagmar Seipert schienen die Vorgeschichten nicht sonderlich zu interessieren.

»Ich war ein halbes Jahr in Stasi-Haft. Sie haben mich nur rausgelassen, weil ich bis zum Erbrechen bei meiner Geschichte blieb. Einer erfundenen Geschichte aus der Feder eines Mannes, der mein Fluchthelfer war. Erich, so nannte er sich.«

»Kennen Sie seinen wirklichen Namen?«, fragte ich.

»Nein.« Dagmar Seiperts Redefluss erstarb.

Julianes Anwesenheit machte mich nervös. Ich fühlte mich beobachtet und so zögerlich wie bei meinem allerersten Interview. Wenigstens hatte ich mich für diesen Termin zurechtgemacht. Lila Blazer zu frisch gewaschenen Jeans, das schwarze Haar locker hochgesteckt, eine violette Spange hielt die Ponyfransen aus der Stirn. Das schicke Outfit überspielte meine Unsicherheit. Doch Dagmar Seipert fand von selbst in ihre Geschichte zurück.

»Ich arbeitete in Leipzig in einer Klinik«, sagte sie. »Dort lernte ich Dr. Larissa Roth kennen. Sie nannte sich Roth, aber es kursierten Gerüchte, sie sei adeliger Abstammung und habe dann aus ideologischen Gründen den Adelsnamen abgelegt. Genaues wusste ich nicht. Ich arbeitete im Labor und hatte wenig mit Dr. Roth zu tun. Aber wenn wir uns über den Weg liefen, schien es, als gäbe es ein tiefes Einverständnis zwischen uns.«

Ich sah zu Juliane hinüber. Sie sah aus wie aus dem Ei gepellt mit ihrem Raspelhaar, dem T-Shirt, auf dem das Yin-Yang-Symbol abgebildet war, und der weiten Marlene-Hose.

»Vom Frühjahr 1967 an trafen wir uns in der Mittagspause manchmal zum Rauchen im Klinikhof. Das geschah zuerst ganz zufällig, aber nach und nach gewöhnten wir uns an die paar Minuten an der frischen Luft. Im Hof wuchs ein Kirschbaum, ein wahres Prachtexemplar. Ich sehe heute noch die weißen Blüten, die der Wind Ende April von den Zweigen blies. Stört es Sie, wenn ich rauche?«

»Nein«, sagte ich. »Ich nehme auch eine.«

Juliane sah mich vorwurfsvoll an.

»Entschuldigen Sie, ich habe Ihnen nichts angeboten. Wie … kann ich … möchten Sie Orangensaft?«

»Machen Sie sich keine Umstände«, sagte Juliane warmherzig. Wenn sie ein Lächeln verschenkte, fraß man ihr aus der Hand.

Dagmar Seipert hielt mir eine Schachtel Lord Extra hin. »Also«, sie nahm einen tiefen Zug und legte das Feuerzeug beiseite, »dort unten im Hof konnten wir sprechen. Ohne Lauscher. Man sah zwei Frauen, die nebeneinander hockten, rauchten, plauderten. Und so kam es, dass wir allmählich Mut fassten, uns über die Gängelungen und politischen Zumutungen auszutauschen, die wir tagtäglich erfuhren. Eines Tages, ich weiß nicht mehr, wann, sagte ich zu Dr. Roth: ›Was denken Sie, ist es möglich, abzuhauen?‹ Sie sah mich nicht einmal an, rauchte weiter, bis zum Filter, stippte die Kippe in den Aschenbecher und sagte: ›Ich bin innerlich schon weg.‹« Dagmar Seipert seufzte. »Das war ein neuer Anfang in unserer Beziehung. Wochenlang wagten wir nicht, noch einmal darüber zu reden. Ich reduzierte die Rauchpausen im Hof. Aus Vorsicht. Ich hatte Angst, mich zu weit aus dem Fenster gelehnt zu haben. Vielleicht war Dr. Roth ein Spitzel. Man konnte ja nie wissen, ob man nur aus der Reserve gelockt wurde, um dann«, sie fuhr mit der Handkante über ihre Kehle, »Sie wissen schon.«

»Ihre Absicht, die DDR zu verlassen, wurde schließlich konkreter?«, erkundigte ich mich, nachdem Dagmar eine Weile nichts gesagt hatte. Sie stand auf und kippte das Fenster. Der Straßenlärm schlug gegen unsere Trommelfelle. »Gab es einen konkreten Anlass, warum Sie fliehen wollten?«

»Es kamen ein paar Dinge zusammen, über die ich nie sprechen werde.« Rasch drehte sie sich zu mir um. In ihren Augen standen Hass, Abscheu, Ekel. »Ich konnte die täglichen kleinen Schikanen nicht ertragen, die permanente Beobachtung, unter der wir alle standen, ich hatte es satt, privat ein anderer Mensch zu sein als der, den ich nach außen zeigte. Ich hatte einen Cousin im Westen. Der kam zu Besuch, und ich vertraute mich ihm an. Richard. Vor zwei Jahren ist er gestorben.«

Denkpause.

»Richard war ein Freund von Gerrit Binder, den Sie ja schon kennengelernt haben«, erzählte Dagmar weiter. »Er war mein Antragsteller. So nannten wir das. Um Fluchthilfe in Anspruch zu nehmen, brauchte man eine Gewährsperson im Westen. Jemanden, der den Kontakt zu den Fluchthelfern herstellte, das Honorar vorstreckte. Der dafür bürgte, dass der Fluchtwillige kein Stasi-Spitzel war, dass er es ernst meinte. Richard machte das für mich. Im Februar 1968 erhielt ich Besuch von einem Kurier, der mir die Flucht in einem LKW anpries. Es gäbe ein Versteck zwischen Fahrerkabine und Ladefläche, alles todsicher. Man hätte sogar die Ladefläche nach hinten verlängert, damit sie die genormte Länge besaß und die Grenzer auch dann keine Diskrepanz feststellten, wenn sie nachmaßen. Am riskantesten würde der Zustieg sein, warnte man mich. Der LKW mit einem Westkennzeichen, der von der Bundesrepublik Richtung Westberlin in die DDR eingereist war, durfte ja die Autobahnen nicht verlassen. Obwohl man mir gesagt hatte, es gebe auch präparierte Fluchtwagen mit einem Wechselautomatismus, der das Westkennzeichen auf Knopfdruck gegen ein DDR-Nummernschild austauschte.« Sie sog tief den Rauch ein, ihre Wangen spannten sich. »1968, vor dem Transitabkommen, war der Durchgangsverkehr noch nicht vernünftig geregelt, es gab ständig Schikanen an den Grenzen. Erst 1971, mit dem Viermächteabkommen, wurde es einfacher. Zumindest für die Leute aus dem Westen, für die DDR-Bürger nicht.« Dagmar Seipert rieb sich die Stirn.

»Warum haben Sie es nicht an einem Parkplatz versucht?«, fragte Juliane.

»Vollkommen unmöglich. Die Parkplätze standen unter Beobachtung. Rentner besserten sich ihre Bezüge auf, indem sie dort herumschnüffelten. Also blieb nur, eine Panne vorzutäuschen. Der Flucht-LKW hielt auf dem Standstreifen, der Fahrer stieg aus, bastelte an irgendwas herum. Die Flüchtlinge wurden von einem Läufer in die Nähe dieser Stelle gebracht. Riskant genug, denn die Volkspolizei war auch nicht blöd und schaute genau hin, wenn ein LKW auf dem Seitenstreifen stand.«

Dagmar Seipert drückte die Zigarette aus, langsam, mit Nachdruck, presste immer wieder den Zeigefinger auf die Kippe.

»Mit mir zusammen sollten noch zwei andere Frauen fliehen. Zwei Schwestern. Ich hatte sie nie zuvor gesehen und wurde panisch, als ich daran dachte, dass ich mit zwei völlig Unbekannten in einem engen Loch zusammengepfercht über die Grenze fahren sollte.« Sie nahm sich eine neue Zigarette. Ich schüttelte den Kopf, als sie mir anbot.

»Also«, das Feuerzeug klickte, »es war Frühling. Eine dunkle Nacht, nicht tintenschwarz. Aber auch nicht hell. Neumond. Wir pirschten uns unter der Führung des Läufers durch ein Maisfeld an den LKW heran. Erich hatte mich zuvor zweimal aufgesucht, mir die Vorgehensweise erklärt und mir eingebläut, wie ich mich zu verhalten hätte. Er hat mir auch eine Geschichte ins Gedächtnis diktiert, die ich im Falle einer Verhaftung erzählen sollte. Das war mein Glück. Wir wurden geschnappt. Einem Autofahrer war der LKW aufgefallen. Er verständigte die Volkspolizei. Die warteten natürlich genüsslich, bis jemand auftauchte, um uns alle auf einmal zu kassieren.« Dagmar Seipert rauchte immer gieriger. »Erich war ein kluger Kopf, der hatte den siebten Sinn. Er merkte, dass etwas im Busch war. Stoppte uns und sagte, die Flucht würde abgebrochen. Da begannen die beiden Schwestern zu zetern – mitten im Grünzeug! Wir konnten den LKW schon sehen. Nun sollten wir kurz vor dem Ziel, nach so viel Angst und schlaflosen Nächten, einen Rückzieher machen! Ich drehte mich trotzdem sofort um und ging. Meine Angst war zu groß. Die beiden Schwestern aber wollten weiter. Erich diskutierte mit ihnen. Ich war schon auf und davon. Ich trug nur eine Handtasche bei mir, keine persönlichen Sachen, keine Papiere, nichts. Es war eine Umhängetasche, die ich mir in der Tschechoslowakei gekauft hatte. Aus dickem braunen Leder, die habe ich heute noch. Erich hatte seinen Audi drei Kilometer weiter geparkt. Ich saß damals zum ersten Mal in einem Westwagen.«

Sie verlor den Faden, legte die fast aufgerauchte Zigarette auf den Rand des Aschenbechers.

Juliane saß auf dem Sofa wie festgefroren. Woran sie gerade dachte, war mir ein Rätsel. Nach ihrem Ausbruch gestern schien sie irgendwie übersteuert.

»Es ist schwer«, sagte Dagmar. »Ich habe seit fast 40 Jahren nicht mehr darüber gesprochen. Kein Sterbenswort. Zu niemandem. Keiner durfte ja wissen, was ich vorhatte. Jedenfalls«, sie holte tief Luft, »brach Erich ab. Die Schwestern schlichen bis zu dem LKW vor, und in dem Moment, als der Fahrer sie aufnehmen wollte, griffen die Vopos zu. Der Fahrer selbst hatte gezögert, weil Erich nicht dabei war. Aber es gab ein Codewort. Rede und Gegenrede, vorher vereinbart und in langen, schlaflosen Nächten einstudiert. Also wollte der Fahrer sie in das Versteck klettern lassen. Das war's dann. Die drei wurden verhaftet. Vermutlich, das habe ich nie erfahren, quetschten sie aus den Schwestern oder dem LKW-Fahrer heraus, dass noch jemand mitsollte. Innerhalb von weniger als einer Stunde erwischten sie Erich und mich. Erich in seinem Wagen, und mich auf der Landstraße. Ich tischte ihnen die Geschichte auf, die ich für solche Fälle einstudiert hatte. Ich hätte mit einem Freund meines Westcousins – Erich – Streit gehabt, weil er sich Hoffnungen auf eine Affäre gemacht habe, die von meiner Seite her völlig ausgeschlossen gewesen sei. Er sei weggefahren, hätte mich stehen lassen. Die glaubten mir kein Wort. Aber ich blieb bei dieser Geschichte, auch in der Haft, und das hat mich gerettet.«

Dagmar lehnte sich zurück, ließ den Kopf gegen das Sesselpolster fallen. Die Zigarette verglomm.

»Was ist mit Erich passiert?«

»Auch er hat diese Version Tag und Nacht heruntergebetet.«

Wir schwiegen, während der Verkehrslärm draußen schier unerträglich wurde.

»Erzählen verleiht Macht über die Ereignisse, nicht wahr?«, sagte Dagmar leise. »Ich spüre das. Sicher wollen Sie ganz andere Dinge von mir wissen, aber darauf müssen Sie noch warten.« Ein plötzliches Lächeln stahl sich auf ihre Lippen. »Nein, ich bin noch nicht drüber weg. Über nichts. Es war zu schlimm. Ich kam in Isolationshaft. Totale Stille, Tag und Nacht Licht, nichts zu tun, nichts zu denken. Schon nach wenigen Stunden hatte ich jedes Zeitgefühl verloren. Ich verfiel in völlige Apathie. Wurde nachts verhört, durfte nicht schlafen, am Tag nicht liegen, sollte in der Zelle umhergehen. Man reduzierte die Essensration. Immer wieder wollten sie von mir wissen, wie das denn wirklich gewesen sei mit den Fluchtplänen. Warum ich der DDR den Rücken kehren wollte. Ich machte geltend, ich hätte bisher nur für meine Arbeit im Labor gelebt und so für Frieden und Sozialismus gekämpft. Das bestätigten mit Sicherheit auch alle meine Kollegen. Nach vier Monaten kam ich raus. Ich litt noch über Jahre an Schlaflosigkeit, tiefer Erschöpfung, fing aus heiterem Himmel zu weinen an. Noch heute habe ich Albträume. Mein Leben lang hatte ich Schwierigkeiten, meine Gefühle auszudrücken.« Sie griff wieder nach den Zigaretten, überlegte es sich aber anders.

»Bestimmt ist Larissa als Ihre entfernte Kollegin damals auch zu Ihrem Fall befragt worden. Könnte sie preisgegeben haben, dass sie von Fluchtabsichten wusste?«, platzte ich heraus.

»Ausgeschlossen. Sonst hätten die mich nicht rausgelassen. Kein Mensch kann auch nur im Entferntesten das Wort ›Flucht‹ in den Mund genommen haben.«

»Wie ging es weiter? Sie flohen doch dann in den Westen.«

»Ab Juni 1968 kehrte ich an meine Arbeitsstelle zurück. Delinquenten wie ich bekamen oft eine schlechtere Arbeit zugewiesen. Aber mir konnten sie nichts nachweisen. Ich war jemand, an dessen Schicksal sie ihre angebliche Milde und Menschlichkeit beweisen wollten. Die ersten Wochen waren schwer für mich. Ich spürte, wie die Kollegen auf Abstand gingen.« Den letzten Satz spuckte sie beinahe aus. »Aber wenn ich die Arbeit nicht gehabt hätte, ich wäre verrückt geworden. Im Hochsommer traf ich zum ersten Mal Dr. Roth wieder. Auf dem Korridor, ich trug eine Krankenakte irgendwo hin, sie auch, und sie meinte: ›Frau Seipert, gehen wir eine rauchen?‹ So saßen wir dann wieder traulich zusammen, unter dem Kirschbaum im Schatten. Es war sehr heiß. Wir wurden beobachtet. Daher ratschten wir nur, wie Hausfrauen es tun, wenn sie sich beim Müllrausbringen treffen. Rauchten unser Rettchen und gingen auseinander.«

»Woher wussten Sie, dass man Sie beobachtete?«

»Da war ein Kollege, von dem ich annahm, dass er für die Stasi arbeitete. Ich habe meine Akte später eingesehen. Ja. Er war auch so einer.« Dagmar stand auf, ging zu einem Bücherregal und zog ein Taschenbuch heraus. »Kennen Sie dieses Buch?«, fragte sie. Sie gab es nicht mir, sondern Juliane. »Lesen Sie. Jürgen Fuchs, Bürgerrechtler, saß in Hohenschönhausen ein, bevor sie ihn ausgebürgert haben. 1977 war das.«

›Vernehmungsprotokolle‹, entzifferte ich den Titel.

»Sie werden besser verstehen«, sagte Dagmar, setzte sich wieder, strich über den dunkelblauen Rock. »Mir haben sie das auch gesagt. Wie dem Jürgen Fuchs. ›Legen Sie sich nicht mit uns an. Wir finden Sie überall. Auch im Westen.‹«

»Wer hat das gesagt?«

»Die Vernehmer im Gefängnis. Was wollen Sie noch wissen?«

»Können Sie uns schildern, wie Sie doch noch aus der DDR herauskamen?«, fragte ich.

»Dasselbe Spiel.« Sie lachte auf. »Kontakt gesucht und gefunden. 1968 war ein seltsames Jahr. Ich kriegte mit, wie die Studenten im Westen plötzlich ›Ho Chi Minh‹ schrien und marxistisch wurden. Das habe ich nie verstanden.«

»Die 68er haben die Bundesrepublik demokratischer gemacht«, schaltete Juliane sich ein, die ›Vernehmungsprotokolle‹ noch immer in der Hand.

Mein flammender Blick brachte sie zum Schweigen.

»Ich fand engeren Kontakt zu Dr. Roth. Sonst kannte ich keinen Menschen, von dem ich annahm, dass er gehen wollte. Wir verloren das eine oder andere Wort über die Ereignisse in Prag. Die DDR-Führung inszenierte zwar die öffentliche Zustimmung ihrer Bürger zur militärischen Intervention. Aber dieses erzwungene ›Ja‹ entsprach nicht der allgemeinen Meinung. Zwei Divisionen der Nationalen Volksarmee wurden damals in Grenznähe in Bereitschaft gehalten. Das machte die Runde. Man musste sehr vorsichtig sein, was man sagte.«

Aus den Augenwinkeln beobachtete ich Juliane. Sie setzte ihr ›Ich-bin-ein-Gaukler-und-Taschenspieler‹-Gesicht auf, das ihr, wenn wir Offiziersskat spielten, maßlos viele Punkte einbrachte.

»Dr. Roth und ich, wir tranken hin und wieder einen Kaffee zusammen. In der Stadt. Alles wirkte immer sehr zufällig. Wir begegneten uns auf der Straße und setzten uns in den Park auf eine Bank. Oder ins Café. So funktionierte das. Im Sommer 1968 hatte ich noch keinen Mut zu einem neuerlichen Fluchtversuch. Die Erinnerungen an die Monate in der Zelle waren zu frisch. Aber dann kratzte ich all meine Entschlusskraft zusammen. Richard, mein Cousin, setzte sich noch einmal für mich ein, und ich erhielt Besuch von einem Läufer, der mir eine bombensichere Fluchtmöglichkeit erklärte. Ich sollte nach Ostberlin fahren, mir einen guten Vorwand zurechtlegen, falls man mich abfangen und befragen würde. Alles Weitere würde geregelt. Ich hatte eine Tante in Ostberlin, der schrieb ich eine Postkarte, ich hätte ein paar Tage frei, ob sie Zeit für mich fände. Ich fuhr mit dem Zug, blieb zwei Tage bei meiner Tante. Am Abreisetag aber stieg ich nicht in den Zug nach Leipzig, sondern in die S-Bahn. Wurde von einem Läufer begleitet. Natürlich konspirativ, der blieb einfach in meiner Nähe. Wir wechselten kein Wort. Fuhren ein paar Stationen. Dann wartete ich bis zum Abend in einer leeren Privatwohnung, wurde in der Dämmerung abgeholt, kletterte in den Kofferraum eines amerikanischen Wagens. Ein Soldat der Alliierten hat mich in den Westen gefahren. Es gab keine Kontrollen. Richard hat dafür 50.000 DM bezahlt.«

»Um Gottes willen!«, sagte Juliane.

»Kendra White nahm mich in Westberlin in Empfang. Die Fahrt im Kofferraum, die dauerte keine halbe Stunde! Ich bekam einen bundesdeutschen Personalausweis mit einem Decknamen, stand plötzlich da als Einwohnerin von Kiel, und flog einen Tag später von Westberlin nach Hamburg. Das war ein Gefühl, in diesem Flugzeug zu sitzen und auf das Land hinunterzusehen, wo ...« Dagmar brach ab.

»Warum haben Sie all diese Risiken auf sich genommen?«, fragte Juliane.

Sie ging mir gewaltig auf die Nerven. Musste sie Dagmar ausgerechnet jetzt unterbrechen, wo sich die Geschichte förmlich von selbst abspulte?«

Dagmar sah Juliane kühl an. Ein leises Lächeln spielte mit den vielen Fältchen in ihren Mundwinkeln. »Es klingt immer so allgemein, nicht wahr? Menschen wollen Freiheit. Der Kampf um die Freiheit. Blablabla. Worte, denken Sie vielleicht. Luftblasen. Aber wer nie gehungert hat – kann er sich anmaßen, den Hungernden zu verurteilen?«

Ich rutschte unruhig auf meinem Stuhl herum.

»Die Volksbewegung 1989, die Montagsdemonstrationen und so weiter – das war nicht nur der Hunger nach Freiheit. Es war diese tiefe Sehnsucht nach Veränderung überhaupt. Die Menschen waren es leid, gegen Mauern anzurennen. Denen war das Politbüro nur noch peinlich!

Lauter alte Männer, die den Kopf nicht mal mehr gerade halten konnten!«

»Sie flogen nach Hamburg«, versuchte ich an anzuknüpfen.

»Massenhysterie«, schnaubte Dagmar. »Davon gab es 1989 eine gute Dosis. Was wollten Sie wissen?«

»Hamburg.«

»Ach. Ja. Nun, kaum war ich in der Bundesrepublik angekommen, brachte mich Kendra ins Zonenrandgebiet, von der Westseite her natürlich, und ich lief dem Bundesgrenzschutz direkt in die Arme. Gab mich als Sperrbrecherin aus. Ich behauptete, die Grenzanlagen überwunden zu haben. Keinesfalls durfte ich sagen, dass ich mit einem Amerikaner über die Sektorengrenze geflohen war!« Dagmar schüttelte den Kopf, als käme ihr der Gedankengang so viele Jahre später bizarr vor.

»Haben die das geglaubt?«, fragte ich erstaunt.

»Wahrscheinlich nicht, aber die beteiligten Behörden wollten eben auch keine schlafenden Hunde wecken. Sie waren ja sozusagen an der Fluchtaktion beteiligt. Das schleswig-holsteinische Landesamt für Verfassungsschutz verschleierte den Fluchtweg, indem es bundesdeutsche Ausweise ausstellte. DDR-Flüchtlinge wurden sehr genau befragt, auch von den Amerikanern. Wer in Norddeutschland ankam, durchlief das Aufnahmelager Uelzen. Die Befragungen dort waren harmlos, reine Formsache. Wenn ich mich schon in Westberlin als Flüchtling zu erkennen gegeben hätte, wäre ich ins Lager Marienfelde gekommen, und dort bohrten sie schärfer nach. Kendra und ihre Leute schärften mir ein, niemand in der Bundesrepublik dürfe erfahren, dass die Amerikaner Fluchthilfe machten.

Der amerikanische Geheimdienst sollte auf keinen Fall Wind davon bekommen, dass ihre eigenen Leute mitspielten. Dann wären diese sicheren Touren womöglich aufgeflogen.«

Erschöpft stand Dagmar Seipert auf und trat ans Fenster.

»Was für ein Verkehr«, sagte sie. »Und es wird schon dunkel. Der Herbst kommt.«

»Haben Sie Larissa noch einmal getroffen?«

»Aber sicher. Sie kam 1974, glaube ich. Bei ihr glückte die Flucht über Prag. Die berüchtigte Flugzeugtour. Sie war immer so stolz auf ihre Courage. Der erste Fluchtversuch ging daneben. Sie sollte ebenfalls mit einem LKW ausgeschleust werden, kam aber gar nicht dazu, zum ausgemachten Treffpunkt aufzubrechen, weil die Flucht verraten worden war.«

»Von wem?«

»Das wusste sie nicht. Sie zerbrach sich auch nicht mehr den Kopf darüber, wie sie mir damals sagte, als wir für kurze Zeit wieder in Kontakt standen. Sie fand meine Adresse mit Gerrit Binders Hilfe heraus. Gerrit steckte damals schon nicht mehr im Geschäft, aber er unterhielt noch alte Verbindungen. Auch schrieb ich ab und zu an Kendra und bekam Post von ihr. Einmal trafen wir uns sogar und gingen miteinander essen. Aber man hatte doch keine Gemeinsamkeiten.« Dagmar sprach zur Fensterscheibe, zu den ratternden Straßenbahnen. »Kaum war Dr. Roth im Westen, wollte sie nicht mehr darüber nachdenken, wer sie verpfiffen hatte. Für sie war die Hauptsache, dass sie raus war aus diesem Staat. Sehen Sie, Dr. Roth wäre nie auf legalem Weg rausgekommen.

Ärzte, Techniker, Wissenschaftler, die waren der DDR zu wertvoll.«

Ich hörte in Dagmar Seiperts Stimme Hass, Verachtung, Resignation – aber auch Unmut, als nähme sie es sich übel, immer noch an den Vorkommnissen von damals zu knabbern.

»Larissa hatte einen Geliebten.«

»Ach, Alex!« Dagmar lachte auf.

»Sie kennen ihn?«

»Nicht persönlich. Sie hatte ein Foto von ihm. Er war ein Jüngling, ein Knabe. Keine Angst, kein Minderjähriger, er war schon 20, als sie ihn kennenlernte. Im Sommer vor ihrer Flucht. Sie kam im September 1974 in Bayern an und nahm den Grund und Boden ihrer Familie in Besitz. Das ist nun fast 35 Jahre her. Kaum zu glauben.«

»Ich habe gehört, Alex sei verhaftet worden.«

»Das erzählte sie mir. Es muss ein erotischer Sommer für Dr. Roth gewesen sein. Sie und Alex sind einander verfallen – von einem Augenblick auf den anderen. Er war knapp 15 Jahre jünger. Ein androgyner Typ, nicht richtig Mann, nicht richtig Frau, zumindest kam er mir auf dem Foto so vor. Aber dann muss etwas vorgefallen sein, vielleicht in Zusammenhang mit Larissas erstem Fluchtversuch, und Alex kam in Haft. Spätsommer 1973. Soweit ich weiß, wurde er erst kurz vor der Wende 1989 von der Bundesregierung freigekauft.«

»Wie hieß Alex mit Nachnamen?«

»Finkenstedt. Alexander Finkenstedt. Sein Vater war der SED-Oberbonze Reinhard Finkenstedt, mit Aussichten auf einen Posten im Staatsrat. Hat Dr. Roth Ihnen das nicht erzählt?«

»Noch eine Sache«, sagte ich. »Kennen Sie Chris Torn?«

»Nicht persönlich.«

»Aber er hat Ihre Flucht organisiert und durchgeführt? Die zweite? Die in dem amerikanischen Wagen?«

Dagmar Seipert nickte.

»Das heißt, Kendra White hat für ihn gearbeitet?«

»Ja, ich denke, sie hat für ihn gearbeitet.«

35

Mein Alfa parkte in der Parallelstraße zur Berg-am-Laim-Straße. Wir gingen die paar Meter durch die Dunkelheit. Es war schon nach zehn. Die Nacht brachte einen kühlen, böigen Wind mit.

»Warum hast du ihr nicht gesagt, dass Larissa im Sterben liegt?«, fragte Juliane.

»Ich wollte es ihr nicht zumuten.«

»Meinst du nicht, sie hat ein Anrecht auf die Wahrheit?«

»Ich kann es noch nachholen.« Ich war müde und verwirrt. Allmählich dämmerte mir, dass die Mitglieder der Fluchthelfergruppen nur Einzelheiten über Personal und Organisation kannten, nie das große Ganze. Ehemalige Flüchtlinge hatten noch weniger Durchblick. Ich sammelte Bruchstücke von anderen Leben auf und legte sie nebeneinander. So wie eine Archäologin aus einer Grube

Scherben herausnahm, die noch sorgsam abgepinselt werden mussten. Dabei geriet ich auf ein völlig falsches Gleis. Ich arbeitete wieder wie eine Journalistin, die sich die unterschiedlichsten Quellen erschloss, um diese zu überprüfen und daraus die Story zu rekonstruieren. Ghostwriter schöpften jedoch nur aus einer Quelle. Sie malten die Welt in den Farben ihres Geldgebers.

»Wir sind doch Prostituierte«, murmelte ich.

»Wie bitte?«, fragte Juliane.

Der Wind riss Laub von den Bäumen und streute es uns vor die Füße, als wir in die Neumarkter Straße einbogen.

»Ach, nichts. Ich habe über meinen Job nachgedacht.« Ich starrte vor mich hin, spürte aber deutlich Julianes Blick.

»Du brauchst ein paar Tage Pause, um alles zu verdauen«, sagte sie. »Hast du kein anderes Projekt auf Halde, das dich ablenken könnte?«

Ich dachte an den Lynns Anruf. Wellness im Bayerischen Wald, das klang nachgerade zauberhaft.

»Ich bin traurig«, brummte ich. »Irgendwie. Ich weiß nicht, warum.«

Die Straße lag still da. Hier am oberen Ende wohnte kaum jemand. Firmen, Autohäuser, ein Supermarkt säumten die Straße. Alles schlummerte im Dunkeln, kein Auto war unterwegs. Der Großstadtverkehr war wie fernes Meeresrauschen zu hören.

»Wo parken wir noch mal?«, fragte Juliane desorientiert.

»Da vorn.« Ich zog meinen Schlüssel aus der Tasche.

Wir überquerten die Straße. Ein Motor heulte auf. Ich bemerkte, wie Juliane stehen blieb, ging jedoch weiter, auf meinen Alfa zu, der, beschaulich mit Blättern bedeckt, auf uns wartete.

»Kea!«

Ich hörte Juliane schreien, drehte mich zu ihr, sah den Wagen, der ohne Licht auf mich zuraste, glotzte wie ein verblödetes Reh auf die Schnauze aus Blech, die näher kam, näher, näher, unfähig, mich zu bewegen, bis mein Kopf die Bremse löste und ich loslief. Zu spät. Mein Schrei gellte in der Dunkelheit. Ich flog ein Stück durch die Luft. Funkstille.

36

Das zuckende Blaulicht sah ich durch meine geschlossenen Lider. Ich lag auf etwas Hartem. Mein linkes Bein war taub.

»Kea!« Jemand patschte ohne Unterlass auf meine Wangen.

Ich knurrte unwillig. Ließ mich überzeugen, die Augen aufzumachen, und sah Juliane.

»Meine Güte, warum konntest du nicht schneller davonlaufen?«, kauzte sie.

Ein Polizist beugte sich über ihre Schulter und sah auf mich herunter.

»Der Notarzt ist sofort da«, sagte er in behäbigem Oberbairisch und klang dabei wie Meister Eder, der mit dem Pumuckl zankte.

Also konnte ich noch nicht lange da liegen. In Deutschland kamen Notärzte ziemlich schnell.

»Hast du Schmerzen?«, fragte Juliane.

»Nein, ich glaube nicht.« Ich kannte diese Situation. Schmerzen waren vornehme Gesellen, die sich erst einmal zurückhielten, damit man sich mit seiner neuen Lage vertraut machen konnte.

»Sie hat eine künstliche Hüfte«, erläuterte Juliane dem Polizisten. Er sah skeptisch drein. Wahrscheinlich erwartete er implantierte Gelenke nur bei Menschen in Julianes Alter. Ich bewegte meine Beine. Sie funktionierten. Beide. Das war schon mal was. Angst. Ich will nicht ins Krankenhaus. Ich will nicht wieder operiert werden. Nicht wieder krank sein. Nicht wieder abhängig und unter Kontrolle von Maschinen. Ich will nicht. Will nicht.

»Wo ist dein Handy?«, fragte Juliane.

Ich tastete in meinem Blazer danach. Es war noch da und unbeschädigt.

»Hier.«

»Ich rufe Nero an«, verkündete sie.

Super Idee. Sollte Nero kommen, die Dinge in die Hand nehmen. Ich schaffte es, mich auf meine Knie zu stemmen und mich aufzurichten. Der Polizist hielt mich fest. Ein freundlicher Mensch mit einem kantigen Kinn.

»Ich möchte aufstehen«, sagte ich überflüssigerweise. Ich klammerte mich an ihn wie ein Krebs und stellte meinen rechten Fuß auf die Erde. Der musste mich tragen. Die rechte Seite war die Problemseite.

»Es geht!«, sagte ich überrascht zu dem Polizisten.

»Aha«, erwiderte er, aber ich nahm es ihm nicht übel. Er hatte auch nicht den allereinfachsten Part in diesem Stück.

Schließlich stand ich auf beiden Beinen und machte ein paar Schritte.

»Wo ist mein Autoschlüssel?«, fragte ich.

»Der lag auf der Straße. Ihre Freundin hat ihn gefunden.«

37

Der Zusammenstoß mit dem Wagen auf der Neumarkter Straße hatte ein Hämatom von Form und Ausmaßen Südamerikas auf meinem linken Oberschenkel hinterlassen. Zwischen Hüfte und Knie war praktisch alles blau. Ich überzeugte den Notarzt, dass ich zu Hause in besten Händen wäre, und Juliane fuhr mich heim, nachdem der Mediziner mir ein Schmerzmittel gespritzt und etwas von Heparin und Thrombosegefahr gefaselt hatte, das ich nicht verstand und das mich auch nicht interessierte. Ich wollte nach Hause, in meine Höhle. Nur dort würde ich mich heute Nacht sicher fühlen.

»Das war ein verdammtes Glück«, sagte Juliane, als sie meinen Alfa über den Mittleren Ring lenkte.

Ich hatte das Gefühl, mich verteidigen zu müssen. »Ich konnte nicht weg, Juliane. Irgendetwas in mir musste einfach das Auto anglotzen. Wie es näher und näher kam. Bescheuert.«

»Das ist in solchen Situationen normal.«

»Ich will nicht normal sein.«

»Scherzkekschen«, murmelte sie zärtlich und widmete sich wieder der Straße.

Die Fahrt durch die dunklen Münchner Vorstädte machte mich schläfrig. Dösend hockte ich auf dem Beifahrersitz. Manchmal schlief ich ein. Wenn in einer Kurve mein Kopf hin und her schlenkerte, schreckte ich hoch.

Auf eine stille Weise war ich euphorisch. Ich war mal wieder davongekommen.

»Der Wagen hatte kein Kennzeichen«, fing Juliane an.

»Was sagst du da?«

»Er hatte kein Kennzeichen.« Sie dachte natürlich schon wieder logischer als ich. »Da, wo normalerweise die Nummernschilder befestigt sind, war nichts.«

»Man kann doch nicht einfach ohne Nummernschild rumfahren.«

»Doch, du Schaf. Er hat es gemacht.«

»Hast du den Fahrer gesehen?«

»Ja«, knirschte Juliane. »Ein Kerl mit einem eckigen Gesicht. Sah aus wie Pinochet in seinen besten Jahren.«

»Pinochet?«

»Der chilenische Diktator.«

»Ich weiß, wer Pinochet war.«

»Sah genauso viereckig aus. Nicht mal die Sonnenbrille fehlte.«

»Hat die Polizei dir das geglaubt?«

»Warum sollten sie nicht?«, wunderte sich Juliane. »Es entspricht den Tatsachen. Der Wagen war ein VW Passat, nicht mehr ganz neu, dunkle Lackierung, aber bei den Lichtverhältnissen konnte ich die Farbe nicht richtig erkennen.«

»Du bist große Klasse als Zeugin, Juliane!«

Sie nickte huldvoll. »Besten Dank.«

Wir fuhren durch Ohlkirchen, das ins nächtliche Koma gesunken war. Nur das Piranha schickte Licht in die Nacht hinaus. Allerdings kamen hierher weniger Einheimische als vielmehr Leute aus München oder Starnberg. Die teuren Autos am Straßenrand zeugten davon. Das Piranha war einmal meine zweite Heimat gewesen. Ich war gern zum Tanzen hingegangen. Dort wurde karibische Musik gespielt, und die Drinks waren legendär. Doch seit letztem Winter hatte ich die Nase voll vom Piranha. Der Barkeeper, einst einer meiner wenigen Freunde, hatte mein Vertrauen in ihn aufs Hinterhältigste missbraucht und mich in Lebensgefahr gebracht. Seitdem mied ich die Kneipe und zog nur noch in München um die Häuser. Ich hatte ja mein WG-Zimmer in Schwabing in der Hohenzollernstraße, und nicht weit davon entfernt wohnte Nero.

Apropos Nero.

»Was hat Nero gesagt?«, fragte ich, während Juliane über die schmale Straße steuerte, die zu meinem Haus weit draußen im Grünen führte.

»Er kommt.«

APRIL 1974

Reinhard Finkenstedt beugt sich über den Stuhl, auf dem Larissa sitzt und die Arme um den Oberkörper schlingt.

»Es fehlt nur Ihre Unterschrift.«

Sie riecht sein Rasierwasser. Der Geruch begleitet sie seit Monaten. Wenn sie jemals wieder rauskommt, wenn sie jemals frei sein wird, wirklich frei, wenn sie dann dieses Rasierwasser riechen wird … dann wird sie durchdrehen.

Er hat sie nie geschlagen, sie nie auch nur angefasst. Warum beschäftigt sich ausgerechnet Reinhard Finkenstedt mit ihr? Der müsste nicht hier sitzen. Er ist ein hoher Beamter. Er ist kein Vernehmer. Er arbeitet vermutlich an politischen Aufgaben. Larissa ist in dem Sinn keine ›Politische‹. Sie hat nie opponiert. Sie hat immer mitgespielt, den Schein gewahrt. Sie hat ihre Arbeit gut gemacht, ist zu Versammlungen gegangen. Hat sich nie öffentlich geäußert. Auch privat war sie sehr vorsichtig.

Warum steht hier Reinhard Finkenstedt? Der Vater des Mannes, dem sie verfallen ist, in Augenblicken nur, und um den sie manchmal nachts weint, so heimlich, so leise, dass man es auch durch den Spion in der Zellentür nicht sehen kann. Sie weiß, dass etwas nicht stimmt. Sie weiß, dass sie in ein Räderwerk geraten ist, in dem andere Dinge verhandelt werden als ihr Versuch, der DDR den Rücken zu kehren.

Finkenstedt unterbricht Larissas Gedanken.

»Es fehlt nur Ihre Unterschrift, Dr. Roth.«

Sie muss unterschreiben. Sie kann hier nicht bleiben. Sie muss raus. Sie haben alles akribisch geplant. Sie wird dieses Spiel mitspielen, nur noch ein paar Monate, nicht mal ein Jahr, und dann ist sie im Westen. Sie wird sich offenbaren, es wird Wege geben, dort drüben gibt es doch Demokratie, und sie will ja nichts weiter, als Ärztin sein. Kinder kommen immer zur Welt, da wird sie gebraucht.

»Wir halten Sie unter Beobachtung …«

»Ich habe genug Leute für Sie, die mich auf dem Laufenden halten …«

»Ihre einzige Chance, sonst kriegen Sie Ihre Haftstrafe …«

»Glauben Sie denn, in einem Prozess vor Gericht würde Ihre Unschuld bewiesen …?«

»Ich biete Ihnen mehr, als Sie verdienen …«

Larissa denkt an den Winter in der Zelle. An die Wochen, in denen sie krank dalag, so krank, dass sie sogar eine Ärztin geholt haben. Fieber, Ausschlag, fast ein Darmverschluss. Denkt, wie soll ich weitermachen, unter diesen Umständen.

Larissa sieht Finkenstedts Hand, die den Kugelschreiber hält. Dicke, breite Hände, Arbeiterhände, Hände, wie ein Schmied sie braucht. Mit einem Kugelschreiber, der in diesen Händen schmächtig und krumm aussieht.

Sie weiß, sie wird schuldig werden. Dieser Konflikt wird sich nicht zugunsten aller auflösen. Es wird Opfer geben und es wird Schuldige geben. Sie selbst wird Opfer sein und Täterin. Sie lädt Schuld auf sich. Moralische Schuld. Tragödienschuld. Mit diesem bescheuerten Kugelschreiber.

Wofür stehe ich mit meinem Leben?, fragt sich Larissa, während ihre Muskeln, ihre Nerven schon den Griff nach dem Kugelschreiber vorbereiten. Sie trifft eine Entscheidung und ist entschlossen, sie durchzuhalten. So viel Schuld wie nötig. So wenig wie möglich. Ihr werdet noch alle bezahlen. Irgendwo und irgendwann gibt es eine Gerechtigkeit.

Sie muss aushalten bis zu dem Moment, in dem sie dieses Land verlässt. Nur an diesen Schritt denken! Finkenstedt und seine Leute werden ihr gesamtes Umfeld infiltrieren. Sie wird völlig einsam und isoliert sein. Aber sie wird es schaffen. Sie schafft das.

Larissa nimmt den Stift und unterschreibt.

38

Loo und Litz schnatterten schlaftrunken und zeigten sich mürrisch wegen der Störung, als wir nach halb elf eintrudelten. Ich verriegelte die Stalltür und trottete ins Haus. Noch konnte ich nicht ganz glauben, dass meine Beine mich wirklich trugen.

In der Küche kramte Juliane schon in meinen CDs.

»Etwas Schmissiges kann jetzt nicht schaden«, erklärte sie.

Ich setzte mich aufs Sofa. Ich liebte dieses Haus. Es war wirklich ein Zuhause geworden, nicht nur ein Unterschlupf oder ein vorübergehendes, spießiges Glück. Bisweilen dachte ich darüber nach, wie es wäre, weiterzuziehen. Mit dem Fluss der Jahreszeiten meldete sich der Instinkt, der einer Schneegans in der kanadischen Subarktis den Floh ins Ohr setzte, zum Golf von Mexiko aufzubrechen. In jedem von uns floss Nomadenblut. Es gab aufregendere Orte als Ohlkirchen im Münchner Südwesten. Zwar mochte ich die Landschaft, genoss die Nähe zum Fünfseenland, fuhr ab und zu nach Kloster Andechs, um das weltberühmte Bier zu genießen, oder verbrachte einen freien Tag im Allgäu, wo das Gras noch grüner und satter leuchtete als hier und echte Streichelkühe über die Wiesen zogen. Aber was mich an Ort und Stelle hielt, war das Haus. Es schien mir, als lächle es mir zu. Als sei es zufrieden, mich nun endgültig überzeugt zu haben, dass ich es nicht aufgeben dürfe.

Juliane hatte eine CD von Grupo Sal aufgelegt, die Musik lateinamerikanischer Liedermacher interpretierten. Keine Folklore, sondern sozialkritische Songs mit Hintergedanken.

Ich ging in mein Arbeitszimmer. Hier würde ich zur Ruhe kommen und schreiben, meine Gedanken sortieren. Ich sah aus dem Fenster. Auf dem Hügel, an den mein Grundstück angrenzte, bogen sich die Bäume im Wind. Der Mond schien hell, alles wirkte unecht, wie ein Gemälde von Turner, mit dick aufgetragener Farbpaste und diffusem Licht.

Fast hätte es mich zum zweiten Mal erwischt. Aber mein Herz pumpte Blut durch meinen Körper. Ich hatte einen Schutzengel. Wahrscheinlich meine strenge Oma Laverde, die an höchster Stelle ein gutes Wort nach dem anderen für mich einlegte. Bestimmt wartete sie nun auf eine Gelegenheit, mir einen Denkzettel zu verpassen. Ihre rechte Hand konnte zu Lebzeiten hart sein wie Palisander.

»Kea?« Juliane kam mir nach. »Hast du Hunger oder was?«

»Es wird nichts im Haus sein, was der Rede wert ist«, erwiderte ich. »Und hier draußen was zu bestellen … das dauert.«

»Du hast Knoblauchbaguette in deiner Tiefkühltruhe und Oliven inklusive einem Quader Käse im Kühlschrank. Wäre das was?«

Ich nickte. Ging ins Schlafzimmer, schlüpfte aus meinen ramponierten Klamotten, kuschelte mich unter meine Bettdecke und bohrte die Nase tief in die Kissen. Über mir baumelte die Wäscheleine mit meinen Lieblingshaikus. Ich liebte die dreizeiligen japanischen Gedichte, und solche, die mir besonders gefielen, tuschte ich auf Architektenpapier und klammerte sie an die Leine. »Zur Tempelglocke – Ist eingekehrt und schläft nun – Der kleine Falter«, zitierte ich leise für mich ein Haiku von Buson.

Ich wachte auf, als jemand zu mir unter die Decke kroch.

»Nero?«, murmelte ich.

»Was war los?« Er legte den Arm um mich.

Vorsicht, Kumpel, nicht zu viel Mitleid, nicht zu viel Nähe, sonst fange ich an zu heulen.

»Ein Auto hat mich angefahren. Es ist nichts passiert. Ich habe nur blaue Flecken abgekriegt. Es ist alles im Lack.«

»Lass sehen!«

Widerwillig knipste ich das Licht an. Nero geriet außer

sich, als er das Landkartenhämatom in tiefem Atlantikblau auf meinem Oberschenkel sah.

»Ist der Arzt wahnsinnig, dich so nach Hause zu schicken? Das kann eine Thrombose geben.«

»He, langsam. Der Doc hat mir schon eine Spritze reingejagt.«

Nero schüttelte nur den Kopf. »Hat er dir was mitgegeben? Tabletten? Ein Rezept?«

»Nein!«

»Du musst morgen sofort zum Arzt. Das kann gefährlich sein, wenn sich ein Blutgerinnsel bildet, das in deinem Herzen oder Gehirn stecken bleibt und einen Verschluss bildet …«

»… dann Schluss, aus, Gartenhaus«, beendete ich seinen Satz. »Keine Sorge, die alte Oma Laverde passt auf mich auf.« Ich warf einen Blick auf die Uhr. Es war nach Mitternacht, und aus der Küche kroch Knoblauchduft zu uns herüber.

Nero küsste mich. Seine warmen Lippen taten mir gut, besser als jede Injektion. Ihm konnte ich mich zeigen, so verletzt, wie ich jetzt war. Er ahnte, was geschehen würde, wenn der erste Schock überwunden war. Wenn ich begann, über das nachzudenken, was mir heute Abend passiert war. Ich würde nicht ertrinken, das nicht, aber mächtig seekrank werden.

Vielleicht lag hier der Ansatzpunkt für Larissas Geschichte. Ich musste von den Wunden der Menschen ausgehen. Bisher hatte ich rein rational geforscht, die Geschichten, die ich gehört hatte, aus der Distanz betrachtet. Zusammenhänge hergestellt, Fakten aufgelistet. Daraus würde ein kaltblütiges, herzloses Buch werden. Doch eine Autobiografie musste berühren, die Gefühle der Leser ansprechen, sie auf ihre eigene Verletzlichkeit stoßen. An die Risse in den Seelen der Menschen, die im Buch eine Stimme bekommen würden, kam ich nur heran, wenn ich meine eigenen Schwachstellen zugab.

Ich seufzte.

»Ich bin hier«, sagte Nero.

Ich drückte seine Schulter. Ich wollte an ihn denken. An das, was vielleicht aus uns werden konnte. Ich wollte nicht an Larissa denken, die womöglich schon in einer anderen Welt war. Konnte sein, dass ich dieses Buch gar nicht schrieb.

»Ich habe Namen«, sagte ich. »Alexander Finkenstedt ist Larissas Geliebter gewesen. Und sein Vater war in der DDR eine große Nummer. Reinhard Finkenstedt. Dagmar Seipert meinte, er hätte die große Parteikarriere geplant.«

Ich schauderte, während ich für Nero die Gespräche mit Chris Torn und Dagmar Seipert zusammenfasste. Plötzlich sackte ich in die Story hinein. Dagmars und Larissas Erlebnisse waren einerseits repräsentativ für ihre Zeit, viele Menschen teilten ähnliche Erlebnisse; aber andererseits gehörten ihre Geschichten doch auf einzigartige Weise zu ihrem individuellen, nicht austauschbaren Leben und waren damit zutiefst persönlich.

»Ich werde so lange an dem Buch schreiben, wie Larissa am Leben ist«, beschloss ich.

»Kinder, kommt essen!«, rief Juliane aus der Küche.

Ich sah Nero an.

»Los. Lassen wir sie nicht warten«, sagte er. In seiner allumfassenden Sorge half er mir behutsam aufzustehen.

Das brachte mich doch beinahe zum Heulen. Kea Laverde, die Kratzbürste, mutierte zum Lämmchen.

39

Nero arbeitete nun ein knappes Dreivierteljahr im LKA in der Mailinger Straße in München, und zum ersten Mal war er dabei, sich unbeliebt zu machen. Er hatte gleich an diesem Mittwochmorgen mit Martha Gelbach in Würzburg telefoniert und währenddessen Polizeioberrat Woncka warten lassen, der dringend ein Gespräch wegen der Fortbildungsseminare mit ihm führen wollte. Kaum hatte Nero aufgelegt, stürmte Woncka das Zimmer und legte los.

»Was soll das heißen, Keller? Warum berichten Sie mir nicht? Erst liegen Sie mir in den Ohren, Sie wollen diese Fortbildungen halten, und nun verkneifen Sie sich das Feedback!«

»Ich komme sofort zu Ihnen«, hörte Nero sich sagen. Er wollte unbedingt die Namen, die Kea ihm genannt hatte, an Freiflug weitergeben.

»Im Konferenzzimmer. In fünf Minuten.«

Woncka ging, und Freiflug grinste höhnisch.

»Besprechung ist angesagt, was?«

»Hör mir auf damit. Markus, tust du mir einen Gefallen?«

»Mit Vergnügen.« Es klang resigniert.

»Forsche mal nach zwei ehemaligen DDR-Bürgern: Alexander und Reinhard Finkenstedt. Sohn und Vater. Der Vater Parteimitglied. Der Sohn 15 Jahre im Zuchthaus und von der Bundesrepublik freigekauft. Und dann wäre da noch ein gewisser Chris Torn.«

»Mach ich.« Freiflug hob die Hand zum Gruß, als Nero das Büro verließ.

40

Nero war nicht ganz klar, wie es ihm gelang, Woncka mit seinem Bericht zufriedenzustellen. Er *wollte* weiterhin diese Seminare halten, und er musste Woncka möglichst unterschwellig signalisieren, wie wichtig Fortbildungen in Sachen Cyberkriminalität waren. In kühnen Tagträumen malte sich Nero manchmal aus, wie es wäre, nur noch Curricula zu entwerfen und zu unterrichten. Die Ermittlungsarbeit loszuwerden. Doch bevor er den Polizeioberrat mit seinen Plänen konfrontierte, musste er den Boden bereiten. Woncka unterjubeln, dass Bedarf da wäre, dass er, Nero, bereit war, diesen Bedarf zu decken, obgleich er wusste, dass er an anderer Stelle im LKA gebraucht würde. Dies würde an Woncka nagen, er würde sich umhören, Meinungen einholen, auch hier musste Nero taktieren, um Kollegen dazu zu bringen, in seinem Sinne zu reagieren. Was für ein Stress, dachte Nero. Politik wäre nichts für mich. Doch als er den Besprechungsraum verließ, wirkte sein Chef zufrieden.

41

Freiflug empfing Nero aufgeregt.

»Hör zu. Wegen deiner Interessen für Leute aus der ehemaligen DDR.«

»Hast du was gefunden?«

Freiflug reichte seinem Kollegen zwei Fotoausdrucke.

»Alexander Finkenstedt, geboren am 1.1.1953. Vater Reinhard Finkenstedt, Mutter Rosa Finkenstedt, beide Jahrgang 1930. Er lebt noch, sie ist 1995 gestorben.« Freiflug sah auf seinen Zettel. »Reinhard ist Professor an der SED-Kader-Hochschule für Recht und Verwaltung gewesen. Hat einen rasanten Aufstieg vom einfachen Handwerker zum Juristen und schließlich zum Prof hinter sich. Alexanders Mutter, Rosa Finkenstedt, geborene Haller, arbeitete als Lehrerin für Kunst und Deutsch. Sie machte sich als Künstlerin einen bescheidenen Namen. 1973 wurde Alexander Finkenstedt verhaftet. Man legte ihm Verbindung zu staatsfeindlichen Organisationen, Menschenhandel und Beihilfe zur Republikflucht zur Last.«

»Menschenhandel?«, fragte Nero verblüfft. Er studierte Alex' Foto. Ein weibliches, schmales Gesicht, dazu ein kantiger Herrenhaarschnitt, auffällig kleine Ohren.

»Die SED-Führung bezeichnete westliche Fluchthelfer als Kriminelle, die willenlose DDR-Bürger um des Profits willen verschleppten und als Arbeitskräfte an die Bundesrepublik verkauften.«

»Kurios.«

»Aus heutiger Sicht, ja!«

Nero ließ einen Kuli um seinen Mittelfinger wirbeln, während Freiflug weiterredete.

»Er bekam 15 Jahre. 1988 hätten sie ihn spätestens rauslassen müssen, aber er griff einen Aufseher im Knast an und bekam noch einmal drei Jahre.«

»Das könnte getürkt sein.« Nero vermochte sich nicht vorzustellen, wie dieser schmächtige Mann auf einen Aufseher einprügelte.

»Eben«, nickte Freiflug und wedelte mit seinen Papieren.

»Und dann kam die Wende.«

»Die Bundesrepublik hat ihn freigekauft«, fuhr Freiflug fort. »Acht Monate vor dem Zusammenbruch der DDR. Alexander Finkenstedt war nie verheiratet und hat keine Kinder. Zuletzt war er ein gutes Jahr lang Patient in einer Klinik in der Nähe von Frankfurt. Dort zog er am 31. Juli aus. Die Klinik ist auf Angsterkrankungen spezialisiert. Vor einem guten Monat hat er sich dort abgemeldet, sich aber nirgendwo anders angemeldet.«

Nero starrte aus dem Fenster, in den unwirklich blanken und blauen Spätsommerhimmel.

»Chris Torn ist Geschäftsführer einer Firma für transnationale Dienstleistungen. Er betreut gut betuchte Ausländer, die sich in einer von Münchens besseren Kliniken behandeln lassen. Sorgt für die Absprachen zwischen Klinik und Patient, betreut Verwandte während des Klinikaufenthaltes und organisiert Ausflüge und Besichtigungen für sie. Das Gros seiner Kunden stammt aus Saudi-Arabien.«

»Ist da irgendwas faul?«

»Nicht auf den ersten oder zweiten Blick.«

»Torn machte früher in Fluchthilfe. Schleuste Leute aus der DDR aus. Für richtig gutes Geld.«

»Woher weißt du das?«, erkundigte sich Freiflug.

»Nicht wichtig. Und Katja?«

»Ich habe unsere offiziellen Wiesen abgegrast, aber Katja ist ein häufiger Name und … Wie war das eben mit Woncka?«

»Woncka? Ach, schon okay. Gestern Abend ist Kea Laverde angefahren worden.« Nero hatte heute Morgen auf der Fahrt nach München mit sich gerungen, ob er Freiflug einweihen sollte. Nun tat er es automatisch.

Freiflug schien die Zusammenhänge allmählich zu begreifen. Schließlich fragte er: »Also, was genau ist vorgefallen?«

»Ein Wagen, anscheinend ohne Kennzeichen, hat Kea in Berg am Laim angefahren. In der Neumarkter Straße. Das ist nachts eine einsame Gegend, wo niemand etwas sieht oder hört. Kaum Wohnungen, nur am unteren Ende, Ecke Baumkirchner. Sonst Autohäuser und Firmengebäude. Es gibt eine Verbindung zwischen diesem Alex Finkenstedt, der Attacke auf Kea gestern, den unsere Kollegen von der PI Perlach bearbeiten, und dem versuchten Mord in Unterfranken.« Nero berichtete Markus Freiflug in groben Zügen. In den vergangenen Wochen war ihm der jüngere Kollege immer vertrauter geworden. Es hatte sich noch nicht die Freundschaft gebildet, die Nero mit seinem ehemaligen Fürstenfeldbrucker Kollegen Peter Jassmund verband. Peter und ihn trug einfach mehr als eine ähnliche Arbeitseinstellung. Aber Freiflug war im LKA ein

Vertrauter für Nero. Einer der wenigen, auf die er sich verließ.

»Sonderbare Geschichte«, sagte Freiflug leise. »Nur hat das mit uns gar nichts zu tun.«

»Behördlich nicht.«

Freiflug musterte Nero und schenkte dann ein kleines Grinsen her. »Verstehe.«

»Ich hoffe es.« Nero betätigte ein paar Tasten an seinem PC.

»Herzlichen Glückwunsch!«, grinste Freiflug. »Ich habe Frau Laverde ja nur einmal kurz gesehen. Aber – nur für den Fall, dass du sie nicht mehr willst – kann ich sie dann haben?«

Nero lachte unwillkürlich. »Keine Chance!« Er wurde ernst. »Ich möchte in ihrer Nähe sein. Wer weiß, was als Nächstes passiert.«

»Du meinst, da bläht sich irgendeine alte Geschichte auf?«, fragte Freiflug.

»Wir finden nichts über einen Mordfall an einer Katja, weil der Fall weder als Mord noch als versuchter Mord zu den Akten ging«, mutmaßte Nero.

»Das wäre eine logische Erklärung. Ich habe sämtliche Register abgefragt. Nichts, was brauchbar wäre.«

»Gut. Dann bedeutet das nur, dass – in den Augen der Gräfin – Katja ermordet worden ist, was aber damals in der DDR unter Verschluss gehalten wurde. Nur Larissa Rothenstayn weiß etwas darüber. Dieses Wissen möchte ein nächtlicher Angreifer ausschalten.«

Freiflug hockte sich aufs Fensterbrett. »Sicher, das klingt ansprechend. Aber es klingt auch ziemlich nach Märchenstunde. Zumal wir nicht einmal eine Jahresangabe haben. Wann soll das passiert sein? Die DDR ist 40 Jahre alt geworden. Und wieso soll Katja ausgerechnet in der DDR umgebracht worden sein?«

»Die Würzburger Kollegen sagen ungefähr dasselbe.« Nero machte eine wegwerfende Handbewegung. Es ärgerte ihn, darauf hingewiesen zu werden, dass er keine materielle Grundlage für Nachforschungen besaß. »Sie haben keine Anhaltspunkte, nur eine DNA-Probe. Nehmen wir an, sie wollten überprüfen, ob sie mit einem von den Finkenstedts zusammenpasst.«

Freiflug schüttelte den Kopf: »Vergiss es. Darauf geht kein Richter ein.«

»Man braucht nicht viel für eine DNA-Probe. Eine Zahnbürste würde genügen.«

»Wo Alex lebt, wissen wir nicht. Seine Zahnbürste kannst du abschreiben.«

»Lass uns annehmen, er lebt mit falschen Papieren. Wenn er clever ist, im Ausland, und zwar nicht in der EU.«

»Dann«, dachte Markus Freiflug laut, »sollten wir uns mal fragen, weshalb er das tut.«

»Was ist mit dem Vater?«

»Nero, ich weiß nicht. Da ist mir ein wenig zu viel Fantasie im Spiel.«

»Das gebe ich zu.« Nero sank auf seinen Schreibtischstuhl. Er sehnte sich nach Kea. Woncka würde durchdrehen, wenn er um Urlaub bat.

Freiflug las ihm die Gedanken vom Gesicht ab.

»Nimm dir Urlaub. Seit du hier angefangen hast, hattest du noch keinen Tag frei. Woncka und sein Genörgel können dir egal sein. Wenn du richtig aufkrachst, nimmt er dich endlich mal ernst. Dann kümmerst du dich um deine Freundin. Und suchst die Zahnbürsten, die dich interessieren.«

42

Als ich am Mittwochmorgen gegen neun aufwachte, fühlte mein Körper sich an, als hätte ich während der Nacht mindestens drei Prügeleien durchgemacht. Mein Unwohlsein schob ich auf den teerschwarzen Bluterguss. Jede Bewegung tat mehr weh, als ich zugeben wollte. Meine rechte Schulter, auf der ich nach meinem Flug durch die Luft gelandet war, verfärbte sich nun ebenfalls tintenblau. Dazu quälten mich unerklärliche Kopfschmerzen.

Außerdem fehlte mir Nero.

Der Zettel, den er in der Küche hinterlassen hatte, um mir anzukündigen, dass er am Abend wiederkäme, war lieb gemeint und brachte mich zum Heulen. Ich war ein ziemliches Wrack.

Aus diesem Grund hatte ich mich nicht an ihn gewöhnen wollen: Weil die Leere so schmerzte. München lag nicht am Ende der Milchstraße, aber von meiner Einsiedelei bis zu seiner Schwabinger Wohnung oder zum LKA brauchte er mindestens eine Stunde mit dem Auto. Und nun, in den letzten Ferientagen, da die Leute wie die Wespen umherschwirrten, um Vorbereitungen für das neue Schuljahr zu treffen, schwoll der Verkehr noch weiter an.

Den Vormittag über irrte ich wie betäubt durch mein Haus, schaltete den Anrufbeantworter zwischen mich und die Welt und erschrak zu Tode, als das Telefon klingelte. Lynn quatschte mir aufs Band; ob ich mich nicht doch für die Bayerische Wellnesswelt erwärmen könnte. Die Reportage sollte noch im Herbst erscheinen, quasi als Werbung für die Winterangebote der Hotellerie, und ich müsste ja auch gar nicht weit reisen dafür, kein Vergleich zu früher. Der zweite Anruf kam von Juliane, und ich ging dran.

»Gib dich bloß nicht irgendwelchen verwirrten Stimmungen und Panikattacken hin!«, mahnte sie mich. »Sieh zu, dass du deinen Haushalt in Ordnung bringst und dich um die Gänse kümmerst.«

»Rührend, wie du dich darum sorgst, dass mir vielleicht langweilig wird.«

»Käseköpfchen. Ich fahre zu meiner Schwester. Es geht ihr gar nicht gut. Sie wird wunderlich auf ihre alten Tage.«

»Ist sie nicht ein paar Jährchen jünger als du?«

»Du kannst uns nicht eins zu eins vergleichen«, behauptete Juliane.

»Richte ihr liebe Grüße von mir aus.« Wo Juliane recht hatte, hatte sie recht. Ihre Schwester entsprach in beinahe allem dem Bild einer alleinstehenden Dame um die 70; sie trug Jerseyhosen mit Gummizug, Dauerwellen und Gesundheitsschuhe. Alles Attribute, die Juliane komplett ablehnte. Juliane hatte etwas Wildes an sich. Sie erinnerte mich manchmal an einen Hagebuttenstrauch. Man pflückte ein paar von den reifen Früchten und hielt sie in der Hand, unschlüssig, was mit ihnen zu geschehen hatte. Zwar leuchteten sie verheißungsvoll in ihrem warmen Rot, aber einfach hineinbeißen, wie in einen Apfel, das ging nicht.

Ich jedenfalls fühlte mich im Augenblick viel älter als 70, rundum elend, winselte über meine Schmerzen, heulte ohne Grund los und wusste nichts mit mir anzufangen. Die Kraftlosigkeit hielt mich sogar vom Essen ab. Ein schlimmes Zeichen bei einem Gourmand wie mir.

Die Bruchstücke der Geschichten all der Menschen aus Larissas Umfeld stürzten auf mich herab und begruben mich unter sich. Trümmer aus fremden Schicksalen. Ich setzte mich mit einem Block und einer Box mit meinen grünen Lieblingsbleistiften an mein Barbrett und wartete zwei Stunden ab.

Ich schrieb nichts.

Kein Sterbenswort.

Ich vermisste Nero.

Ich fragte mich, ob wir ein Paar waren.

Ich zerbrach mir den Kopf darüber, kam aber zu keinem Ergebnis.

Ich schob Panik, Martha Gelbach könnte anrufen, um mir mitzuteilen, dass Larissa gestorben war.

Einerseits wünschte ich der Gräfin Erlösung. Dann wieder sehnte ich sie ins Leben zurück. In der Unvereinbarkeit von beidem rieb ich mich auf.

Gegen zwei Uhr kreuzte ein Polizist aus München bei mir auf und befragte mich zum x-ten Mal über den Unfallhergang. Er gab sich nett und einfühlsam. Aber ich spürte: Er glaubte mir nicht. Er und seine Kollegen hatten sich darauf eingeschossen, dass ich im Dunkeln über die Straße gelaufen war, ohne nach links und rechts zu schauen. Wie ein übereifriges Kind. Dass der Wagen ohne Licht unterwegs gewesen war, tat man als Einbildung ab. Ghostwriter hatten ja wohl Fantasie, nicht wahr? Es gab keine Zeugen des ›Unfalles‹, wie der Polizist es nannte, und dass Juliane keine Nummernschilder an dem VW gesehen hatte, bedeutete in den Augen der Staatsmacht nichts: Juliane war 77 und man musste damit rechnen, dass sie allmählich erblindete. Litten nicht alle in dem Alter an Grauem Star? Und waren nicht etliche von ihnen gar unzurechnungsfähig? Die Polizei hatte keine Zeugen aufgetrieben, die unsere Aussagen bestätigen konnten. Außerdem wäre ja alles glimpflich abgegangen, behauptete der Polizist.

Ich dachte an die Thrombosegefahr, meine malträtierte Seele und an Larissa und schwieg. Der Mann legte mir ans Herz, von einer Anzeige gegen unbekannt abzusehen. Was er mir durch die Blume damit sagte, war: Es würde nicht viel dabei herauskommen. Es gab einfach keine Anhaltspunkte. Stattdessen würde es ihm und seinen Kollegen nur Arbeit aufhalsen.

Ich begleitete den Uniformierten nach draußen und sah dem Streifenwagen nach, bis er nach Ohlkirchen abbog.

Die Luft war warm, roch nach Heu und Sommer. Der Himmel glänzte blau wie Muranoglas.

Ich ging zurück ins Haus, nahm drei Schmerztabletten, schlüpfte in alte Jeans und Gummistiefel und stapfte zum Gänsefreilauf hinauf.

Ich mistete aus, streute frisch ein, säuberte die Futterkiste und schleppte einen neuen Sack Futterkorn aus dem Keller. Anschließend reinigte ich den Teich, grub eimerweise schleimige Wasserpflanzen aus und schnitt das wuchernde Schilf zurück. Währenddessen redete ich ohne Unterlass mit Waterloo und Austerlitz, zu deren Vorzügen es gehörte, dass sie mich weder analysierten noch für verrückt erklärten. Ich sang ›There's Whiskey in the Jar‹, während ich den Zaun am Freilauf abging und brüchige Stellen mit Resten von Maschendraht ausbesserte. Auf keinen Fall wollte ich nachdenken, und wenn mir die Shantys ausgingen, würde es andere Songs geben, deren Texte ich noch irgendwo in der Dunkelkammer meines Hirns verwahrte.

Die Spätsommersonne brannte mir auf den Pelz, als ich den Rasenmäher hervorholte, betankte und das Gras auf meinem Grundstück zurechtstutzte. Schließlich harkte ich die Abfälle zusammen und kippte sie auf den Komposthaufen. Als ich fertig war, schob sich von Westen her eine grauviolette Wolkenwand in meine Richtung.

Ich kehrte die Kellertreppe und pinselte ein neues Namensschild für meine Tür. Noch während ich es annagelte, begann es zu regnen. Feine Tropfen rieselten auf den Wald, die Hügel und mein kleines Zuhause herab. Der Duft nach nasser Erde durchdrang die Luft. Ich beobachtete Loo und Litz, die ihr ausgemistetes Revier neu in Besitz nahmen, und fühlte mich zum ersten Mal seit Langem ausgeglichen.

43

Ich saß mit einer Tasse schwarzem Kaffee unter dem Vordach auf den Stufen und lauschte dem Regen, als ein zitronengelber Twingo, von Ohlkirchen kommend, die Straße heraufzockelte und in meine Einfahrt bog. Ich war noch nicht dazu gekommen, die Auffahrt zu pflastern, und so wühlten sich die Räder des Autos durch die aufgeweichte Erde.

Erst einige Wochen später, als Larissas Buch geschrieben war, analysierte ich, warum mich meine Besucherin nicht besonders überrascht hatte. Wahrscheinlich war ich im Grunde meines Herzens überzeugt gewesen, dass die Geschichte neue Schubkraft bekommen würde. Geschichten waren so. Man steckte fest, jammerte und klagte, war drauf und dran, alles Geschriebene in den Müll zu werfen, aber dann löste sich der Knoten wie von Zauberhand, und die beteiligten Buchweltfiguren begannen zu handeln.

»Guten Tag«, sagte die Frau, die dem Wagen entstieg und durch den Morast zu mir herüberstakte. Sie mochte um die 70 sein und trug das graue, exakt gescheitelte Haar kinnlang. Dass sie nervös war, verriet nur die Ängstlichkeit, mit der sie ihre Handtasche unter den Arm klemmte. Als müsse sie ihre Sachen in einem römischen Linienbus gegen Taschendiebe verteidigen. »Frau Laverde?«

Ich stand auf und wischte mir die schmutzigen Hände an den Jeans ab. Die Wirkung der Schmerztabletten ließ allmählich nach. Mein Bein zog böse.

»Mein Name ist Simona Mannheim. Ich denke, es ist an der Zeit, dass wir miteinander sprechen. Ich bin Katjas Mutter.«

44

»Sie werfen Reinhard Finkenstedt vor, den Tod Ihrer Tochter verschuldet zu haben?«, fragte ich eine Stunde später. Wir saßen auf dem Sofa in meiner Küche. Kaum hatte Simona zu erzählen begonnen, war ich ins Arbeitszimmer gestürzt, um mein Werkzeug zu holen. Simona zögerte kurz, als sie das Aufnahmegerät sah, sprach dann aber konzentriert weiter.

»Mein Mann und ich waren katholisch. Wir lebten in der Überzeugung, dass es noch eine andere, mächtigere Instanz gibt als diesen Staat, der uns all unsere Handlungen vorschrieb.«

»Dennoch schickten Sie Katja zu den Jungen Pionieren.«

»Damals wäre es sehr, sehr schwierig gewesen, ein Kind von der Jugendorganisation fernzuhalten. Heute noch bin ich der Meinung, dass es zwei Arten des Mitmachens gibt: das Mitmarschieren aus Überzeugung und das Mitmachen, um Konfrontationen zu vermeiden, die man ohnehin nicht gewinnen kann. Ich hatte nie das Zeug zur Heldin.«

Schweigen. Kurz dachte ich an Larissa. Schließlich

fragte ich in die Stille hinein: »Sie sagten, Sie *waren* katholisch. Haben Sie Ihren Glauben aufgegeben?«

»Mein Mann beging 1978 Selbstmord. Katjas Tod hat ihn zerrüttet. Diese letzten zehn Jahre seines Lebens machte er mir und sich selbst das Dasein zur Hölle. Er war hochgradig depressiv. Ich selbst bin noch Kirchenmitglied. Ohne die Hilfe der Pfarrgemeinde hätte ich das alles nicht durchgestanden.«

Simona zog einen Kamm hervor und striegelte ihr Haar, dass es wieder glatt an ihrem Kopf lag. Ich kritzelte ein paar Stichpunkte auf meinen Block. Simona betrachtete mich aufmerksam. Sie verlangte nach Fragen, sehnte sich heraus aus der Reserve, wollte ihren Beitrag zur Erklärung der Welt leisten. Um zu reden, ohne gefragt worden zu sein, waren Menschen wie Simona zu zurückhaltend.

»Hätten Sie wohl noch eine Tasse Kaffee?«, bat Simona.

Ich goss ihr nach und gab mich den inneren Bildern hin. Ein neunjähriges Mädchen im Ferienlager auf Usedom. Vergnügen, Indoktrination, Drill. Die Kinder ruderten unter den Augen der Erwachsenen auf dem Balmer See. Ein Ruder ging verlustig. Aus Unachtsamkeit, nicht aus Absicht. Eine dumme Geschichte in einer Gesellschaft und zu einer Zeit, in der nicht sofort Ersatz besorgt werden konnte. Man machte Katja für den Verlust verantwortlich und veranlasste sie, ihre ›Schuld‹ auszubügeln. Ein Mädchen aus christlichem Elternhaus war der geeignete Sündenbock. Die Gefahren auf dem Wasser bei schlechtem Wetter wurden zweitrangig. Der Erwachsene, der das Kind hätte schützen müssen, brachte es in Gefahr.

Ich wagte mir Katjas Einsamkeit in ihren letzten Stunden nicht auszumalen.

»Was kosten Sie?«, fragte Simona.

»Wie bitte?«

»Sie arbeiten doch sicher nicht umsonst? Es wäre mir recht, wenn Sie *meine* Geschichte aufschreiben würden.«

Zurzeit konnte ich mich vor kurzentschlossenen Auftraggebern kaum retten.

»Erzählen Sie. Dann entscheiden wir, ob daraus ein Buch werden kann.«

»Würden Sie Musik auflegen?« Simona zeigte auf die vielen Regale mit den peinlich genau sortierten CDs.

Ich wählte eine CD von Zwetschgndatschi. Der bayerischen Band, die den Klezmer so melancholisch und doch witzig spielen konnte, dass einem die Schluchzer im Halse stecken blieben.

»Woher ist Ihnen der Hergang der Ereignisse damals auf Usedom so gut bekannt?«, nahm ich das Gespräch in die Hand.

»Alex hat mich besucht und mir alles erzählt.«

»Alex Finkenstedt?«

»Genau der. Kennen Sie ihn?«

»Nein. Ich suche ihn wie die Stecknadel im Heuhaufen.« Und die Polizei tut im Augenblick wahrscheinlich das Gleiche, hinderte ich mich gerade noch hinzuzufügen.

»Wir haben wieder Kontakt aufgenommen. Erst später. Nach der Wende. Ich zog 1990 aus Leipzig weg und fand eine Anstellung in einer Literaturagentur in Köln. In der DDR war ich Lehrerin, aber ich hatte von dieser Arbeit genug. Als Germanistin wollte ich mich gern eingehender mit Literatur beschäftigen, und dann ergab sich diese Chance. Ich war damals 54 Jahre alt und froh über den Neuanfang. Mit Katjas Tod war ich versöhnt, mit dem meines Mannes auch, irgendwie. Nun, kurz nach … diesem Unfall tauchte Alex bei uns zu Hause auf, völlig verstört, ein traumatisierter 15-Jähriger.« Sie hielt inne. »Jetzt habe ich den Faden verloren.«

»Nein, erzählen Sie weiter.«

»Alex hat alles beobachtet. Hat gesehen, was mit Katja passiert war. Er sah, wie sein Vater sie wegschickte, wie sie auf den See hinausschwamm. Er alarmierte die Erwachsenen, aber sein Vater jagte ihn zum Teufel. Katja wurde Stunden später tot im Schilf gefunden. Das Verhalten seines Vaters hat Alex den Boden unter den Füßen weggezogen. In seinen Augen sah es so aus, als habe Reinhard Finkenstedt Katja umgebracht. De facto war das so.« Ein Schatten glitt über Simonas Gesicht.

»Wie reagierten Sie, als Alex Sie mit seiner Version der Dinge konfrontierte?«

»Alex' Besuch bei uns war ja überfallartig. Wir saßen da in unserer Trauer, uns war noch gar nicht bewusst, was geschehen war. Wir glaubten irgendwo tief drinnen, Katja könne einfach zurückkommen. Deshalb kaufte ich Alex seine Geschichte erst einmal nicht ab. Aber Tage später änderte ich meine Meinung. Vielleicht brauchte ich nur einen kurzen Abstand, um alles zu überdenken. Man handelt in solchen Situationen nicht mehr. Die Zeit steht still. Man tastet sich durch den Tag.«

»Haben Sie versucht, an Reinhard Finkenstedt heranzukommen?«

»Finkenstedt war eine Nummer zu groß für uns, die Katholiken, die nicht in der Partei waren.«

»Aber wie ging es dann weiter?«, fragte ich.

»Die Uhren sprangen irgendwann wieder an. Wir kehrten an unsere Arbeitsplätze zurück und funktionierten. Wir erhielten eine offizielle Beileidskarte. Ich habe sie nicht einmal gelesen.«

»Haben Sie Alex' Weg weiterverfolgt? Was hat er getan, nachdem er bei Ihnen war?«

»Zunächst verloren wir ihn aus den Augen. Wir hatten mit unserer Trauer zu kämpfen, dann rutschte mein Mann in die Depression. Er bekam Stimmungsaufheller. Sie halfen nicht. Jemand besorgte Medikamente aus der Bundesrepublik, aber nichts konnte ihn aus dem Loch herausholen. Er sank so tief, dass er nur noch im Bett lag und an die Decke starrte. Ich verließ morgens das Haus, dankbar, dass ich zur Schule konnte. Über die Jahre habe ich alles getan, um ihm zu helfen. Stundenlang saß ich neben ihm und hielt seine Hand, sprach mit ihm, regte ihn an, sich auszusprechen. Es fruchtete nichts.«

Ich wurde rot und hoffte, dass Simona es nicht sah. Verglichen mit dem Entsetzen der Mannheims war ich ein kleiner Wurm auf dem weiten Gottesacker, der vor wenigen Stunden noch sein eigenes Unglück für besonders herausragend gehalten hatte.

»Im Juli kam ich von der Schule heim und fand ihn tot in der Garage. Er baumelte an der Decke. Wie eine … eine alte, hässliche Lampe.« Simona suchte wieder nach ihrem Kamm und fuhr hektisch durch ihr glattes Haar.

»Das war 1978?«

»Ja.«

Ich ließ ihr Zeit, sich zu sammeln, bevor ich fragte: »Alex Finkenstedt kam 1973 ins Zuchthaus. Er hatte sich einer Fluchthelferorganisation angeschlossen. Wussten Sie das?«

»Der Prozess gegen Alex blieb keinem Leipziger unbekannt. Man hat das groß ausgeschlachtet.« Simona verstaute ihren Kamm und räusperte sich. Diese Frau lebte von ihrer Selbstdisziplin. Erst jetzt fiel mir ihre fahle Gesichtsfarbe auf. »Entweder wurden die Leute, die anderen zur Republikflucht verhalfen oder selber abhauen wollten, in Schauprozessen vorgeführt wie Alex oder in Geheimprozessen abgeurteilt. Wer damals aus der DDR zu fliehen versuchte und aufgegriffen wurde, den erwarteten ungefähr drei Jahre Haft. Wer dagegen anderen half, der kriegte 15 Jahre aufgebrummt. Alex' Straftatsbestand nannte sich ›Verleiten zum Verlassen der DDR‹.«

Wieder schien sie den Faden verloren zu haben. Müde nickte sie im Takt der Musik. »Die Schauprozesse sollten abschrecken. Die geheimen Verhandlungen dagegen waren angesagt, wenn der DDR-Führung gerade nichts daran lag, dem Volk zu signalisieren, dass es noch Menschen gab, die nicht im Arbeiter- und Bauern-Paradies leben wollten.«

»Verstehe.«

»Wirklich?«

»Soweit es mir möglich ist, ja«, versicherte ich. »Alex wurde also in einem Schauprozess verurteilt?«

»Reinhard Finkenstedt bekam großen Bahnhof. Der tapfere Sozialist, der sogar seinen eigenen Sohn der Sache opfert, fühlte sich auf der Bühne sichtlich wohl. Doch wir normalen Leute fanden sein Handeln infam. Er hat sein eigenes Kind ins Zuchthaus getrieben.«

»Wurde Alex denunziert?«

Simona nickte. »Muss so gewesen sein.«

Der Regen klatschte gegen das Fenster.

»Von wem?«

Schulterzucken.

»Was war Alex' Mutter für eine Frau?«

»Rosa Finkenstedt!« Simona Mannheim räusperte sich. »Sie war damals auch im Ferienlager dabei, hat, wenn ich Alex glauben kann, Katjas Leiche gefunden. Jahre später, 1980, eröffnete sie eine kleine Kunstausstellung, parallel zur Leipziger Messe. Die Messe war immer ein großes Thema. Die DDR musste ja etwas vorweisen, den Leuten einreden, wir wären unter den zehn stärksten Wirtschaftsnationen der Welt! Die Vernissage fand im Foyer eines Hotels statt. Alles wirkte sehr zweitklassig.« Sie tupfte sich mit einem bestickten Taschentuch den feinen Schweißfilm von der Stirn. »Das Thema lautete ›Künstlerisches zur Messe‹ – oder so ähnlich. Damals war ja alles kleinkariert. Rosa stellte Leipziger Ansichten aus. Gefällige Bilder. Brave, solide Arbeiten. In meinen Augen nicht unbedingt Kunst. Eben gefällig. Zu dem Zeitpunkt hatte ich gerade mein Leben wieder zu genießen gelernt. Ich hatte Freunde, eine Pfarrgemeinde im Rücken, ich mochte meinen Beruf. Eigentlich kein ganz schlechtes Leben. Auch mit dem Alleinsein kam ich besser zurecht. Verzeihung, hätten Sie ein Glas Wasser?«

Ich holte ein Glas aus dem Schrank, füllte es mit Leitungswasser und stellte es Simona hin.

»Ein Gönner, dessen Namen ich nicht kannte, der

aber ein Parteiabzeichen trug, eröffnete die Ausstellung. Währenddessen musterte ich Rosa. Sie war eine kleine, zarte Frau mit einem einfachen, fast bäuerlichen, runden Gesicht. Ich weiß nicht, ob ich zu dieser Vernissage ging, um sie zu sehen. Im Nachhinein denke ich fast, ich wollte ein Zusammentreffen mit ihr provozieren.«

»War Reinhard Finkenstedt auch anwesend?«

»Nein. Er hatte sicher Wichtigeres zu tun.« Simona lachte auf. »Noch während der kleinen Begrüßungsrede sah Rosa mich im Publikum stehen. Wir hielten uns an unseren Sektgläsern fest und starrten einander an. Sie erkannte mich sofort.«

»Fiel das nicht auf?«, fragte ich. »Wenn Sie sich gegenseitig begafften?«

»Allerdings. Aber Rosa war allerhand gewöhnt. Sie bekam sich schneller in den Griff als ich und tat ganz unbeteiligt.« Simona trank das Wasser aus. »Katja war zwölf Jahre tot. Sie wäre 1980 schon eine erwachsene Frau gewesen und ich vielleicht Oma. In der DDR waren wir früher dran als Sie heute.«

Ich zuckte zusammen. Mit fast 40 hatte man als kinderlose Frau seine Rechtfertigungstraumata.

»Später wurden Häppchen gereicht. Ich stellte mich mit einem Schinkenteilchen vor ein Aquarell, das die Thomaskirche zeigte, und kam so mit Rosa ins Gespräch.«

»Worüber unterhielten Sie sich?«

»Es war seltsam. Ich zitterte vor Aufregung. Rührte ein Gemisch aus Hass, Angst, Verzeihen an. Rosa war kaum ein Vorwurf zu machen. Sie stand komplett unter der Regentschaft ihres bekannten Mannes. Das verschaffte ihr auch Vorteile. Sie konnte ihren Neigungen nachgehen, ohne dass jemand ein großes Theater darum machte. Freiberufliche Künstler hatten in der DDR etwas Anrüchiges. Man witterte Dissidententum. Wobei Rosa kaum etwas Herausragendes geschaffen hat. Sie stellte nichts infrage, griff nichts an, schuf keine Gegenentwürfe, verhielt sich sehr brav und angepasst. Wie zu erwarten. Ein Jahr nach dieser Ausstellung gab Rosa ihre Lehrertätigkeit auf und widmete sich ganz dem Malen.«

»Sprachen *Sie* Rosa an? Oder war es umgekehrt?« Kleinigkeiten wie diese waren wichtig für Bücher.

»Sie fragte mich: ›Bevorzugen Sie Aquarelle? Oder Bleistiftskizzen?‹ Dabei wies sie mit dem kleinen Finger auf das Bild vor uns.«

Ich fuhr auf. Rosa, klar, Rosa! Die Skizzenbücher auf dem Speicher von Schloss Rothenstayn!

Kein Zufall, Kea, dachte ich und schrieb ›Dachboden‹ auf meinen Block. Verstohlen musterte ich Simona, die den Blick aus dem Fenster schweifen ließ. Draußen wirkte alles mit einem Mal herbstlich und grau. Der Sommer lief an diesem dritten September auf der Auslaufrille.

45

»Ich antwortete, dass ich klare Linien favorisierte. Rosa verstand sofort. Sie sagte: ›Ich weiß um Ihre Tochter. Ich habe sie gefunden. Nun haben wir beide ein Kind verloren.‹ Ich begriff zunächst nicht. Aber dann wurde mir klar, was sie mir sagen wollte: Ihr Sohn saß seit sieben Jahren im Gefängnis.« Simonas Blick verlor sich im Regen vor dem Fenster.

»Konnte Rosa nichts für ihn tun?«

»Seien Sie nicht naiv«, gab Simona heraus. »Natürlich konnte sie das nicht. Denn Reinhard Finkenstedt nutzte die Rache an seinem Sohn, um seine Position zu stärken. Ein Genosse, der seinen eigenen Sohn dem Regime auslieferte, im Kampf für Frieden und Sozialismus, dem konnte niemand mehr einen Stein in den Weg legen. Finkenstedt wollte ins Politbüro, und er plante seine Schritte sehr sorgfältig. Er besaß exzellente Kontakte zu Honecker. Wenn ihm die Wende nicht dazwischengekommen wäre, vielleicht wäre er irgendwann zum Oberschurken der DDR avanciert.«

»Das ist unglaublich grausam«, sagte ich.

»Was dachten Sie denn?«

»Kannten Sie Larissa Gräfin Rothenstayn?«

Simonas Gesicht wurde noch eine Spur fahler. Nun sah sie krank aus.

»Ja. Und nein. Alex hat mir von ihr erzählt. Sie war seine Geliebte. Nachdem Alex freikam, versuchte er, an die alten Geschichten anzuknüpfen, aber zwischen den beiden lief nicht mehr viel. Sie waren beide zu verändert.«

»Woher wissen Sie das?«

»Nun – von Alex.«

Ich glaubte kein Wort.

»Lassen Sie mich noch ein wenig mehr von mir erzählen. Dann beantworten sich manche Fragen von selbst«, bat Simona. »Nach der Wende ging es mir wie vielen Bürgern der DDR, die wie ich eine eher kritische Grundhaltung dem Regime gegenüber eingenommen hatten. Wir konnten kaum fassen, was da geschah. Im März 1990 freie Volkskammerwahlen, dann im Herbst die ersten gesamtdeutschen Wahlen. Alles erschien wie ein Traum. Aber wir fühlten auch eine extreme Verunsicherung. Vor der Währungsunion lag ich nächtelang wach und rechnete nach, wie ich mit meinem Geld auskommen würde. Ich sah mich in der Gosse. Heute kann ich darüber lachen, aber damals schien die Erde unter unseren Sohlen zu wanken. Nichts war mehr sicher. In der Pfarrei fiel die Gemeinschaft auseinander. Nach dem Sonntagsgottesdienst zerstreuten sich alle. Jeder war mit sich selbst beschäftigt. Ich begann zu begreifen, was ›freier Markt‹ bedeutete. Jeder hatte für sein eigenes Wohl zu sorgen. Im Zweifelsfall auch zu kämpfen. Das kannten wir so nicht, denn der Staat hatte uns immer an die Hand genommen.« Sie musterte den Rekorder auf dem Tisch. »Stört die Musik die Aufnahme nicht?«

Ich schüttelte den Kopf.

»Na gut«, nahm Simona den Faden wieder auf. »Ich zog also in den Westen, nach Köln, und eines Tages erhielt ich einen Anruf von Alex. Er hätte meine Adresse herausgefunden, er plante, ein Buch über seine Haftzeit zu schreiben, und fragte, ob ich etwas für ihn tun könnte. Schließlich war ich Agentin.«

Mein Bein schmerzte. Ich stand auf und drückte mir zwei Tabletten aus dem Blisterstreifen.

»Wir trafen uns«, fuhr Simona fort. »Mir wurde schnell klar, dass Alex ein gebrochener Mann und psychisch krank war. Er stand unter dem Einfluss starker Medikamente. Hatte sich gleich nach dem Freikauf durch die Regierung der Bundesrepublik in einer Klinik behandeln lassen. Er litt an Wahnvorstellungen und Verfolgungsängsten. Was bei dem, was er durchgemacht hat, kein Wunder ist.« Simona Mannheim bat um mehr Wasser. Während ich zur Spüle ging, sprach sie weiter. »Also wurde nichts aus dem Buch, aber wir blieben in Kontakt. Wenigstens einmal im Jahr telefonierten wir. Oft auch mehrmals. Sogar Rosa meldete sich bei mir. Sie hatte sich von ihrem Mann getrennt.«

»Wow!«, sagte ich.

»Eine große Leistung für jemanden wie Rosa. Sie hatte immer in Reinhards Schatten gestanden.«

»Sicher war ihr Mann nicht glücklich darüber.«

»Der hatte ganz andere Sorgen. Er war ja Jurist gewesen und hatte als Anwalt gearbeitet, auch noch während seiner Professorentätigkeit. Nun kamen Leute an die Oberfläche, die sich von ihm ausspioniert fühlten. Sie erstatteten reihenweise Anzeige, und nicht aus allen Vorwürfen kam Reinhard heraus. Er stellte sich öffentlich hin und bescheinigte den Gerichten Siegerjustiz. Sehr viele SED-Opfer jedoch sahen im Laufe der Zeit ihre Stasiakten ein. Deshalb meldeten sich auch immer mehr zu Wort, denen Reinhard Finkenstedt das Leben sauer gemacht hatte. Er verlebte keine leichten Jahre.«

»Haben Alex und seine Mutter wieder einen Draht zueinander gefunden?«

»Soweit ich weiß, nicht. Er nahm es ihr übel, all die Jahre stillgehalten zu haben. Sie starb vor 13 Jahren an Krebs.«

»Haben Sie wegen Reinhard Finkenstedts Verhalten

im Zusammenhang mit Katjas Tod irgendetwas unternommen?«, fragte ich.

»Nun kommen wir zum Kern.« Zum ersten Mal seit Beginn unseres Gesprächs sah Simona Mannheim mir in die Augen. »Darf ich Ihre Toilette benutzen?«

Ich führte sie durch mein Schlafzimmer ins Bad. Was Besucher anbelangte, war mein Haus ziemlich unpraktisch konstruiert. Ich musste über ein extra Gästeklo nachdenken.

Simona blieb eine ganze Weile weg. Ich saß auf einem meiner Barhocker an meiner improvisierten Theke am Küchenfenster und sah hinaus. Herbst. Düsternis. Frühe Dunkelheit, die ruckartig einsetzte und den Regen unsichtbar machte. Nur sein unbeirrtes Trommeln gegen die Fensterscheibe war zu hören. Ich sah die Pferdekoppeln nicht mehr, über die ich sonst einen weiten Blick genoss. Selbst mein Garten und die Straße lagen im Finstern. Ich zog das Rollo herunter.

Simona kam zurück, das Gesicht rosiger als vorher. Sie setzte sich, nahm ihre Handtasche auf den Schoß und redete weiter, als habe es keine Unterbrechung gegeben.

»Wenn man Dinge erlebt, wie ich sie erlebt habe, wenn die eigene Tochter stirbt, unter ungeklärten Umständen, wenn über allem ein Verdacht liegt, der in einem gärt …, dann gibt es eine Phase, in der man nach Rache trachtet. Aber diese Phase geht zu Ende. Man spürt, dass Rache nicht das Maß aller Dinge ist.« Sie schüttelte den Kopf, sodass ihr streng gekämmtes Haar in Bewegung geriet. »Eine Weile malte ich mir aus, Reinhard Finkenstedt zur Verantwortung zu ziehen. Aber in der DDR gab es keine

Möglichkeit. Ich hätte mich selbst vernichtet. Hätte ich nur ein einziges Mal aufgemuckt, man hätte mich nicht mehr als Lehrerin arbeiten lassen. Dann verlor sich der Wunsch nach Vergeltung. Mein Leben kam wieder in Ordnung. So seltsam es klingt, aber ich habe Katjas Tod verarbeitet. Es blieb eine Narbe, und die schmerzt nach wie vor, aber es ist keine vernichtende Qual mehr.«

Die Musik war längst verklungen. Ich wartete. Nun nahte der Teil des Gespräches, der Simona Mannheim am schwersten fiel. Die meisten Menschen schoben das Grausame, Mühevolle vor sich her. Sie gaukelten sich vor, wenn sie nur lange genug über anderes redeten, würden sie schon Mut fassen, auch den Abgrund in Worte zu kleiden. Bei manchen traf das zu. Aber lange nicht bei allen.

»Irgendwann tauchte dann Alex aus der Versenkung auf. Ohne Umschweife erklärte er mir, er würde seinen Vater zur Verantwortung ziehen. Er, Alex, habe sich endlich dazu durchgerungen, und er habe auch Beweise, dass Katjas Tod fahrlässige Tötung durch Unterlassen gewesen wäre. Auch nach DDR-Recht. Da wurde ich hellhörig.« Simona glättete ihr Haar mit den Händen. »Zuerst wimmelte ich Alex ab, doch er ließ nicht locker. Der Hass auf seinen Vater sitzt unglaublich tief.«

»Die Aussicht, Reinhard Finkenstedt nach so vielen Jahren noch dranzukriegen, hat Sie nicht losgelassen?«

»Juristisch ist da nichts zu machen, die Sache ist verjährt! Nein, es ging um etwas ganz anderes. Alex plante, mit der Geschichte von Katjas Tod und Finkenstedts Beteiligung an die Öffentlichkeit zu gehen.« Gierig trank Simona ihr Wasser. Sie verbarg ihre Erregung gekonnt, doch der Tic mit ihrer Frisur und ihr unstillbarer Durst verrieten das Feuer, das in ihrem Innern loderte. »Mein mühsam eroberter Seelenfrieden war dahin! Alex hatte in diesem Jahr öfter als sonst mit Larissa telefoniert und meldete sich vor wenigen Wochen, das muss Anfang August gewesen sein, ganz aufgeregt bei mir. Er wüsste von Larissa, dass Rosa ihr vor Jahren ihre alten Skizzen- und Tagebücher überlassen hatte. Rosa wusste, dass sie krank war und bald sterben würde. Als Künstlerin hatte sie versucht, das Erlebnis auf Usedom schreibend und zeichnend zu sublimieren.«

Ich schluckte. Unter Milenas wachsamem Blick hatte ich durch die besagten Kladden geblättert. Unaufmerksam, abgelenkt, zerstreut.

Fragen fluteten meinen Kopf: War Milena noch auf dem Schloss? Hatte sie sich Rosas Sachen näher angesehen? Wusste sie doch um die damaligen Ereignisse, obwohl sie mir gegenüber behauptet hatte, keine Ahnung zu haben, wer Katja war?

»Alex hoffte, dass seine Mutter in ihren Tagebüchern Namen genannt hätte, die uns bis dahin unbekannt waren«, fuhr Simona fort. »Er beabsichtigte, diese Leute aufzusuchen und zu befragen oder Larissa dazu zu animieren.«

Simona sank in die Sofapolster zurück und atmete tief durch. Ich ging zu ihr hinüber, griff nach meinem Block.

»Der abendliche Besuch auf dem Schloss war Alex?«, fragte ich. »Am 27. August? Heute vor einer Woche? War er der Letzte, der Larissa sah, bevor sie niedergeschlagen wurde?«

»Ich nehme es an.«

Wir blickten uns in die Augen. Gegen ihre Erschöpfung

ankämpfend, sagte Simona: »Aber er hat sie nicht umgebracht.«

»Noch lebt sie ja«, warf ich ein und sah auf die Uhr. Schon nach acht.

»Ich meine, *er* hat sie nicht niedergeschlagen. Er ist ein sanfter Mensch. Vergessen Sie nicht: Alex hat Larissa geliebt.«

Von der Liebe hielt ich in solchen Fällen nicht viel.

»Wo lebt Alex?«, fragte ich.

Simona zuckte die Schultern. »Ich weiß es nicht.«

»Sie müssen doch eine Telefonnummer, wenigstens eine Handynummer haben!«

Sie schüttelte nur stumm den Kopf.

»Wissen andere davon, dass Alex zu Larissa wollte?«

»Nein. Schreiben Sie für mich?«

Ich verstand. All die Jahre seit dem Tod ihrer Tochter war sie zurechtgekommen. Hatte sich immer wieder aufgerichtet. Den Selbstmord des Mannes verwunden. Einen Neunanfang gewagt und sich ein bescheidenes Glück erkämpft. Doch nun, da die Revanche so nahe gewesen war, nur um ihr erneut zu entgleiten, stand Simona Mannheim am Rande des Zusammenbruchs. Die Geschichte endlich loszuwerden, auszuspucken wie eine verschluckte Gräte, kam ihr wie die einzige Rettung vor.

Sie erwartete von mir eine Therapie. Deshalb war sie hier. Die konnte ich ihr nicht geben. Das erklärte ich ihr, suchte ihr die Visitenkarte einer Therapeutin heraus, die ich in solchen Fällen weiterempfahl, und drückte sie ihr in die Hand.

»Wie haben Sie zu mir gefunden?«, fragte ich.

Simona Mannheim sah mich nur an. Sie hatte ihr Pulver verschossen.

Ich ließ sie in Ruhe. Ich würde es schon noch herausfinden.

46

Am Donnerstagmorgen warf Nero Keller einen kurzen Blick auf Keas Haus, bevor er seinen Volvo bestieg und ein paar Augenblicke abwartete, um die betäubende Denkschwere abzuschütteln. Im trüben Licht dieses Morgens wurde er einfach nicht richtig wach. Er brauchte dringend Ruhe, würde vielleicht am Wochenende ausschlafen können. Jetzt kostete ihn das Pendeln von München raus zu Kea am Abend und die umgekehrte Strecke am Morgen zu viel Zeit. Er hätte gar nicht nach München ziehen müssen vor guten acht Monaten, wenn er jetzt doch wieder hier draußen in der Pampa siedelte. Er hätte nicht einmal seinen Job in Fürstenfeldbruck aufgeben müssen. Wobei nicht geklärt war, ob Kea überhaupt mit ihm zusammenziehen wollte. Er musste sich bremsen. Im Überschwang seiner Gefühle für sie machte er Pläne, die nicht mit ihr abgesprochen waren.

Nero kalkulierte am liebsten voraus, wie die Dinge zu laufen hatten, und war verunsichert, wenn sich die einzelnen Arbeitsschritte nicht von vornherein abzeichneten. Was nicht zu planen war, machte Nero nervös. Daher hielt er gerne Unterricht. Den Kursverlauf konnte er selber festlegen. Selbst wenn die Kursteilnehmer ihn mit Fragen oder Diskussionen kurzfristig ausbremsten, behielt doch er als Seminarleiter die Kontrolle.

Heute würde er Woncka um Urlaub bitten. Freiflug hatte recht: Nero schuftete seit Monaten ohne einen einzigen freien Tag.

47

»Morgen, Kollege. Kaffee?« Markus Freiflug hob die Hand mit dem Kaffeebecher.

»Gern.«

»Einen Augenblick, Sir«, witzelte Freiflug, »ich bin sofort für Sie da.«

Zwei Minuten später dampfte der Kaffee auf Neros Schreibtisch.

»Wir haben eine neue Mail bekommen«, sagte Freiflug und warf einen Ausdruck auf Neros Tisch. »Gesendet gestern Abend um 22.30 Uhr. Inhaltlich nichts Neues. Absender nicht auszumachen.«

›Die Täter sind unter uns. Wie lange will das demokratische Deutschland noch den Opfern ins Gesicht spucken?‹, las Nero und fragte: »Hast du Woncka informiert?«

»Wir sollen ein Auge drauf haben, aber in Absprache mit den Kollegen von Abteilung IV sieht er keinen Handlungsbedarf.«

Nero verabscheute diesen Ausdruck. Handlungsbedarf sehen. Entweder man handelte oder man handelte nicht, das war seine Meinung. »Ich werde Urlaub einreichen«, sagte er. »Aber zuvor muss ich noch was recherchieren.« Er berichtete Freiflug, was Kea von Simona Mannheim erfahren hatte.

Sein Kollege hörte aufmerksam zu. »Du willst, dass wir nach diesen Finkenstedts suchen?«

»*Ich* mache das.«

»Willst du mich aushebeln?«

»Davon kann keine Rede sein!«, rief Nero erschrocken. »Aber in etwas Unsicheres reinziehen will ich dich auch nicht.«

Sie sahen einander an und fuhren in stillem Einvernehmen ihre Rechner hoch. Sie teilten sich die Arbeit.

Kurze Zeit später hatte Nero gefunden, was er suchte. Er nickte Freiflug zu und verließ das Gebäude. Er brauchte Bewegung, um seine Gedanken zu sortieren. Wenn seine Beine ausschritten, arbeiteten seine grauen Zellen im Takt der Bewegung, rhythmisch und klar. Langsam ging Nero die Mailinger Straße entlang und über die Nymphenburger Straße Richtung Stiglmaierplatz, wo rechter Hand, nicht weit von der U-Bahn-Station, eine Espressobar lag. An Orten wie diesen genoss er die Großstadt, den brandenden Verkehr, die Eile und Anonymität.

Als er das Lokal betrat, hatte er sich zurechtgelegt, was er der Würzburger Kollegin sagen würde. Nero bestellte einen Kaffee und rief Martha Gelbach an.

»Nicht zu fassen!«, antwortete sie nach Sekunden des Schweigens. »Auf Usedom, sagen Sie? 1968? Dann könnte Katja Mannheim die Katja sein, auf die sich Larissa Rothenstayns Bemerkung bezog?«

»Es sollte Ihnen reichen, um nach Alex Finkenstedt zu fahnden.«

»Wir kriegen den Burschen. Darauf verwette ich mein Frühstücksei.«

48

Zwei Stunden später warfen Nero und Markus Freiflug ihre Ergebnisse zusammen.

»Fang du an«, sagte Freiflug, der sich inzwischen an Neros Pedanterie beim Zusammenfassen von Fakten gewöhnt hatte.

»Simona Mannheim wurde 1936 in Leipzig geboren und lebte dort bis 1990. Dann zog sie für zehn Jahre nach Köln, bevor sie Anfang 2000 zurück nach Leipzig ging und vor drei Jahren nach Halle an der Saale umzog.« Nero räusperte sich. »Da ist nichts Auffallendes zu finden. Sie fährt einen kleinen Wagen, wohnt zur Miete. Tja. Was hast du rausgekriegt?«

»Vermutlich hatte ich den interessanteren Part«, grinste Freiflug. »Die persönlichen Daten der beiden Finkenstedts haben wir schon. Aber nun die neuen Punkte: Alexander Finkenstedt hat seine EC-Karte zum letzten Mal am 27. Juli dieses Jahres benutzt. Er besitzt keine Fahrerlaubnis, keinen eigenen Grund und Boden.

Sein Konto bei der VR-Bank in Frankfurt-Sachsenhausen hat er seit besagtem Tag im Juli nicht mehr angerührt. Es gibt monatlich ein paar Abbuchungen über Lastschrift. Eine Gärtnerei in Leipzig zieht 40 Euro für Grabpflege ein. Außerdem hat er ein englischsprachiges Monatsmagazin abonniert. Er selbst hat im letzten Jahr immer nur kleine Beträge abgehoben. Mal 50, mal 100 Euro.«

»Keine Hinweise, wo er sich aufhalten könnte?«

»Nichts!«

»Das gibt's nicht.«

»Doch, Nero, das gibt es.«

Nero stützte das Kinn in die Hände. »Er kann vergessen haben, sich an seinem neuen Wohnort anzumelden.«

»Märchenstunde!«, lästerte Freiflug.

Neros Puls beschleunigte sich. »Sein Vater? Was macht der?«

»Reinhard Finkenstedt lebt in Leipzig. Er hat die Stadt seit seiner Geburt nie verlassen. Ist Mitglied bei den Linken. Du weißt schon, die Partei von Gysi und dem beleidigten Typen aus dem Saarland.«

Nero lachte. »Hör auf! Politik hat in diesem Gemäuer nichts zu suchen. Sagt Woncka doch immer.«

»Er wäre stolz, wenn er hörte, dass du ihn zitierst«, entgegnete Freiflug ironisch. »Gegen Reinhard Finkenstedt laufen noch fast 20 Jahre nach der Wiedervereinigung eine Menge Klagen ehemaliger DDR-Bürger, denen er Unrecht getan hat. Außerdem steht er im Verdacht, die Millionenersparnisse der seinerzeitigen SED nach der Wende mit Tricks aller Art ins Ausland verfrachtet zu haben. Vermögensverschiebung eben. Mit Hilfe der KPdSU transferierte Finkenstedt Gelder nach Moskau, getarnt als Altschulden.«

»Hat er das alleine auf seine Kappe genommen?«

»Im Dezember 1989 konstituierte sich eine ›Arbeitsgruppe zum Schutz des Vermögens der SED-PDS‹. So nannte sich die Partei damals. Finkenstedt konnte gute Dienste leisten, weil er viele Auslandskontakte hatte.«

»Auch westliche Parteien haben ihre Spendenskandale«, fiel Nero seinem Kollegen ins Wort. »Denk an Helmut Kohl.«

»Gegen die Machenschaften der SED-PDS nimmt sich die Spendenaffäre um Kohl, Schreiber und Schäuble geradezu wie ein Schülerstreich aus«, behauptete Freiflug. »Die Genossen haben ordentlich kriminelle Energie entwickelt. Im Namen einer Moskauer Firma verfasste Finkenstedt mehrere Mahnschreiben, in denen bei der PDS Altforderungen geltend gemacht wurden. In Höhe von mehr als 100 Millionen D-Mark. Ich wiederhole: D-Mark!«

»Nicht zu fassen!«

»Aber historisch belegt. Ich habe mit meinem Schwager telefoniert. Der ist Professor für Neuere und Neueste Geschichte an der LMU. Seine Habilitationsschrift hat er über das Ende der DDR geschrieben. Er meint, es sei vollkommen unverständlich, warum die SED 1990 nicht verboten wurde. Wie die NSDAP nach 1945. Oder die KPdSU 1991 in Russland. Aber hör zu. Weitere zwölf Millionen D-Mark hatte die DDR angeblich für die Behandlung von Augenkrankheiten von Dritte-Welt-Studenten zu blechen. Die müssen alle halb blind nach Europa gekommen sein. 25 Millionen gingen drauf für ein ›Zentrum der internationalen Arbeiterbewegung‹.«

Freiflug kniff die Augen zusammen, um seine Notizen lesen zu können. »Einige Transaktionen fielen auf, weil die SED die Geschäfte über Banken in Norwegen und Holland laufen ließ. Die schöpften Verdacht und sperrten die Konten, um die Genossen anschließend beim Bundeskriminalamt zu verpetzen. Einiges ist also aufgeflogen, aber mein Schwager sagt, in dem Stil sei noch viel mehr passiert, und wenn es nur allein um die Finanzen der Nachfolgepartei ginge, müsste man die Hälfte ihrer Helden in U-Haft setzen. Einige der allerhöchsten Funktionäre haben damals die Aussage verweigert. Darunter auch Leute, die heute im Bundestag sitzen. Einer der Herren, die mit Finkenstedt zusammen die Transaktionen nach Moskau einfädelten, starb 1993 bei einem Verkehrsunfall. Eine Stasi-Spezialität.«

»Aber …«, wandte Nero ein, doch Freiflug unterbrach ihn.

»Hör mal. Ich bin ein konservativer Knochen. Politisch, meine ich. Bayerisch-bodenständig, okay?« Er nahm die Nickelbrille ab. »Obwohl ich wie ein Roter aussehe.«

Nero lachte, doch Freiflug redete ungerührt weiter.

»Von daher habe ich eine gewisse Abneigung gegen linke Parteien. Aber wir sind ein pluralistischer Staat, und es steht uns nicht nur zu, politische Meinungen zu bevorzugen oder abzulehnen, sondern es ist Teil der gesellschaftlichen Logik. Habe ich recht?«

»Klar.« Nero spürte, dass die Recherchen in der deutschen Vergangenheit seinen Kollegen aufwühlten. Er selbst war politisch nicht festgelegt. Er hatte es schon mit der CSU, der SPD und den Grünen probiert, war aber nach jeder Wahl aufs Neue enttäuscht von den Resultaten.

Daher wartete er gespannt auf die bayerische Landtagswahl in wenigen Wochen. Irgendwann musste sich auch im Freistaat etwas ändern.

»Was ich aber sagen will«, fuhr Freiflug fort, »ist etwas ganz anderes: Mag ja sein, dass die Linke eine demokratisch gewählte Partei ist. Aber sie ist keine demokratische Partei. Das ist meine Meinung. Beides geht nicht automatisch Hand in Hand!« Er atmete tief durch. »Entschuldige. Ich wollte dir nicht auf die Zehen treten.«

»Das tust du nicht«, versicherte Nero. »Was macht Finkenstedt eigentlich beruflich? Als Jurist konnte er doch sicher nie mehr arbeiten?«

»Natürlich nicht, er wurde freier Unternehmer und machte einen Gebrauchtwagenhandel auf. 1998 wurde er wegen Versicherungsbetrugs angezeigt und zu einer Bewährungsstrafe verurteilt. Er hatte Kunden animiert, Schäden an ihren Fahrzeugen als Unfallschäden zu deklarieren. Teilweise rumste noch mal einer mit dem Auto gegen eine Mauer. Die Versicherungssumme teilten dann Finkenstedt und der Kunde. Das Konstrukt flog auf, als ein echter Unfall passierte.«

»Gab es mal eine Anzeige wegen Körperverletzung?«

Freiflug schüttelte den Kopf. »Nichts aktenkundig. Alexander Finkenstedt übrigens kam in der Bundesrepublik nie mit dem Gesetz in Konflikt.«

»Könnte er wieder bei seinem Vater wohnen?«, kam Nero auf sein eigentliches Anliegen zurück.

»Nach allem, was der ihm angetan hat?« Freiflug schüttelte den Kopf. »Never ever.«

Einen einzelnen Mann zu finden, der sich vorsichtig verhielt, nicht Auto fuhr und keine Kreditkarten benutzte, war selbst im Rahmen einer Fahndung ausgesprochen schwierig. Martha Gelbach würde Glück brauchen.

»Was hat er zuletzt bezahlt, am 27.?«, fragte Nero.

»Für 89,99 hat er bei Karstadt in Frankfurt eingekauft. Warte mal … hier: Bekleidung.«

»Womit hat er Geld verdient?«

»Ein Antiquariat in Leipzig überweist seit Anfang des Jahres regelmäßig 400 Euro pro Monat. Sieht nach einem kleinen Job aus.«

»Anfang des Jahres? Da war er doch noch in der Klinik! Und außerdem kann er davon wohl kaum leben.«

»Apropos Klinik. Er ist bei der AOK versichert.«

»Bist du reingekommen?«

Markus Freiflug sah Nero an. Seine Augen hinter den Brillengläsern waren gerötet. »Das ist mir zu heiß, Nero.«

»Gib mir die Telefonnummer von Finkenstedt senior.«

Freiflug schob einen Zettel über den Schreibtisch. Nero wählte die Nummer und lauschte dem gleichmäßigen Tuten. In Leipzig, in Reinhard Finkenstedts Wohnung, klingelte das Telefon.

»Er nimmt nicht ab.« Nero gab sich nicht geschlagen. »Wenn einer abtaucht, mit falschen Papieren von mir aus, dann …«

»Er muss keine falschen Papiere haben«, entgegnete Markus Freiflug. »Innerhalb der EU kannst du reisen, ohne dass jemand dich auch nur anschaut. Seit Kurzem führen auch die neuen Beitrittsländer keine Grenzkontrollen mehr durch. Er kann zwischen Portugal und Estland unterwegs sein. Sofern er nicht fliegt oder eine

Bahnfahrkarte im Internet bucht, wird kein Mensch auf ihn aufmerksam.«

Nero verstand, dass Freiflug die Vermutungen nicht ins Kraut schießen lassen wollte. Falsche Papiere kosteten eine Stange Geld. Geld, das Alex Finkenstedt offensichtlich nicht hatte.

»Handy: Fehlanzeige«, sagte Freiflug. »Keine Kreditkarte, keine Kundenkarten. Er kauft nichts im Internet und lebte bisher wohl davon, bei seiner Bank oder am Geldautomaten Bares abzuheben und ebenso zu bezahlen: in bar.«

»Das ist sowieso das Sicherste«, murmelte Nero. »Auch wenn es bieder klingt. Aber woher hat der Mann Bargeld, wenn er sein Konto seit über einem Monat nicht angerührt hat?«

»Nimm an, er sitzt in Lappland in einem verlassenen Sommerhaus«, fantasierte Freiflug drauflos. »Er bricht die Tür auf, besorgt sich irgendwo Vorräte … er kann wochenlang dort sitzen, vielleicht den ganzen Winter, wenn er es schlau anstellt.«

»Von mir aus. Aber wie kam er hin? Wo kauft er die Vorräte? Er fällt doch auf! Ein Ausländer, der die Sprache nicht kann.«

»Ich mache das nicht«, betonte Freiflug, »aber oben in Meck-Pomm muss es einen Kollegen geben, der den Fall ›Katja‹ damals bearbeitet hat.«

»Ich habe auch schon dran gedacht. Wenn der Mann noch lebt.«

»Ein Versuch lohnt sich.«

Nero räumte seine Papiere auf. Martha Gelbach war sicher auf dieselbe Idee gekommen. Und dennoch …

Eine halbe Stunde später stand er von seinem Stuhl auf.

»Ich melde mich bei Woncka«, sagte er.

Freiflug wandte den Blick nicht vom Bildschirm, als er zum Gruß die Faust hob. »Freundschaft!«

»Du bist ein Spinner, Markus!«

Grinsend verließ Nero das Büro.

49

Es nieselte, als Nero aus dem LKA-Gebäude trat und sich zu seiner Wohnung aufmachte. Er brauchte ein paar frische Sachen für das Wochenende.

Woncka war einverstanden, dass Nero Urlaub eintrug. Er hatte sich nicht einmal lange bitten lassen. Die einzige Bedingung des Polizeioberrates war gewesen, dass Nero erreichbar sein sollte. So ein Unfug, dachte Nero, während er zu Fuß durch den Nieselregen nach Schwabing ging, jeder ist sowieso 24 Stunden am Tag erreichbar. Polizisten zumal.

Er genoss es, die Stadt zu erkunden, ohne Auto oder S-Bahn. Er war gerne zu Fuß unterwegs, auch bei schlechtem Wetter. Gerade dann. München zeigte so viele Gesichter, die er noch nicht kannte. Seit seiner Kindheit hatte die Stadt ihn angezogen. Jahrelang hatte er sich gewünscht, hier zu leben. Doch kaum hatte er seinen Traum endlich in die Wirklichkeit getragen, kam ihm die Liebe dazwischen.

Im Ernstfall, das hieß, wenn Kea einverstanden wäre, würde er München aufgeben und zu ihr ziehen.

Eine Fernbeziehung kam für ihn nicht infrage. Nero brauchte Routine. Wenn er mit einer Frau zusammenlebte, dann wollte er sie jeden Tag sehen, nicht nur am Wochenende. Er wollte der Telekom nicht Geld in den Rachen werfen für verwirrte Telefongespräche, die das tägliche Zusammensein nicht ersetzen konnten. Er sah einigen seiner Kollegen an, wie sie zersetzt wurden vom Hin und Her ihrer Wochenendbeziehungen, geschlaucht von langen Fahrten in überfüllten ICEs, vom Rumhängen an zugigen Bahnhöfen oder leeren Stunden in den Staus auf den Autobahnen.

In seiner Ehe mit Leonor hatte es ein halbes Jahr gegeben, in dem Leonor pendeln musste. Sie schloss ihr Studium in Frankfurt ab. Er brachte sie jeden Montagmorgen noch vor fünf Uhr nach München, wo sie am Hauptbahnhof in den ICE stieg. Nero hatte die Abschiede gehasst, die Abhängigkeit vom Fahrplan, der jede Minute maß, die er mit seiner Frau am Bahnsteig stehen durfte. Umgeben von anderen Paaren, die ebenso wie er und Leonor die Trennung hinauszögern wollten. Auseinandergerissen. Damals am Bahnhof, und dann, später, in diesem vermaledeiten, dreimal verfluchten Supermarkt.

Ein Überfall. Drei Typen, die an die Bareinnahmen wollten. Eine ungewollte, ungeplante Bewegung. Schüsse. Leonor, die plötzlich zu Boden sank.

Nero hatte nicht schnell genug begriffen.

Er rieb seine Schläfen.

Sieh nach vorn, befahl er sich. Du hast nichts für sie tun können. Der Räuber hat sie erschossen, du konntest nichts tun, alles geschah in Sekunden.

Sieh nach vorn sieh nach vorn sieh nach vorn.

Nero ging seine Lieblingsroute. Über den Königsplatz, an den Pinakotheken vorbei, machte einen Umweg über die kleinen Schwabinger Sträßchen.

Denk an Kea.

Er war sich sicher, dass Kea seine Gefühle erwiderte. War sich nicht sicher. War sich sicher. Okay, sie schliefen miteinander, aber was bedeutete das schon. Kea hatte mit anderen Männern geschlafen. Nero war sich unsicher, ob sie das immer noch tat. Ob sie noch Eisen im Feuer hatte. Vor Kurzem hatte ihm Juliane am Telefon klargelegt, dass er der einzige Mann sei, dem Kea ihre schwache Seite zeige. Wenn das ein gutes Zeichen war … Im Augenblick musste er einfach Julianes Weisheit vertrauen.

Nero bog in die Nordendstraße ein. Er schlüpfte am Eingang zur italienischen Buchhandlung vorbei, ging hinauf in seine Wohnung, packte frische Wäsche ein, Jeans, warme Schuhe. Sah durch die großen Fenster hinunter auf die laute, chaotische Straße. Gegenüber bei Karo saßen die Leute gemütlich vor einem Latte Macchiato oder einem Weißbier.

Kea würde nicht in dieser Wohnung leben wollen. Nicht in dieser Straße. Nicht in dieser Stadt. Bei jeder sich bietenden Gelegenheit betonte sie, wie sehr sie das Landleben genoss und die Einsamkeit in ihrem Haus am toten Ende.

Nero glaubte, er könnte das alles hier wieder verlassen. Hatte voller Vorahnungen nur ein einziges Bild aufgehängt. Eine Ansicht von Orvieto, mit dem Dom im Vordergrund. Die alte Sehnsucht nach Italien.

Wie stark sind Gefühle.

Wie lange hält eine Beziehung.

Wie wichtig ist eine Frau.

Nero war niemand, der alleine glücklich werden könnte. Für Kea galt das wohl nicht.

Nero hätte gerne Juliane um Rat gefragt. Eigentlich verstand er nur jene Seiten an Kea, die ihre klarsichtige Freundin ihm analysiert hatte. Ohne Julianes Unterstützung wäre er jetzt immer noch der Träumer, der an Kea dachte, ohne sie zu berühren.

Er packte eine CD in seine Tasche. Tangos aus Finnland. Nero liebte Tangomusik. Im Tango-Kurs hatte er Leonor kennengelernt. Zum ersten Mal konnte er lächeln, wenn er daran dachte, wie der Tanzlehrer ausgerechnet ihn und Leonor zusammengebracht hatte. Ja, lächeln. Wehmütig zwar, doch die Bitterkeit schwand.

Jetzt war da Kea. Ein ganz anderer Typ als Leonor. Oder doch nicht? Auch Leonor hatte das Haar lang getragen, aber es war kastanienbraun und lockig, nicht schwarz und glatt. Er fühlte Keas schlanke, muskulöse Hände auf seinem Körper. Wie Leonor besaß Kea die Begabung, Angedeutetes, im leeren Raum Schwingendes zu benennen. Und wie Leonor wusste sie nichts von diesem Talent.

Ob er Kea überreden könnte, einen Tangokurs zu belegen?

Ob sie mit ihm in Urlaub fahren würde?

Er wusste, dass sie sich für Kunst interessierte. Wie er. Sollte er einfach eine Reise buchen – für sie beide? In die Provence, um auf den Spuren von Matisse und Cocteau zu wandeln?

Auf seinem Couchtisch lag ein Bändchen mit Haikus, das er für Kea gekauft hatte. Er zögerte noch, es ihr zu schenken. Schwankte zwischen der Angst, ihr etwas Banales mitzubringen, das sie schon kannte, und der Sehnsucht, ihr zu zeigen, dass er sich für ihre Interessen starkmachen wollte. Er ließ das Buch liegen.

Nero stellte den Kühlschrank ab, in dem nichts zu finden war außer zwei Flaschen Bier und einer Tüte Milch. Abgelaufen seit über einer Woche. Er warf die Milchtüte in den Müllsack, in dem Kaffeesatz und Apfelbutzen schimmelten, nahm Tasche und Sack auf und ging hinaus. Schloss seine Tür ab. Stieg die Treppe hinunter und stopfte den Müllsack in die Tonne.

Direkt vor seiner Haustür hielt die Tram. Er sprang hinein, löste ein Ticket am Automaten und setzte sich ganz nach hinten. Er wollte in Ruhe telefonieren.

Sein Kollege im LKA in Schwerin verstand sofort, was Nero von ihm wollte. Manche Ermittler hatten den sechsten Sinn. Nero hatte sich sehr genau überlegt, wen er ansprechen würde. Er hatte Ralph Dönges überprüft.

»Wenn Sie kommen wollen«, sagte Dönges, »dann kommen Sie morgen. Ich fahre nach Hause. Meine Frau und ich wohnen in Wolgast, auf der Insel Usedom. Unter der Woche bin ich in Schwerin. Am Samstag hat meine Frau 60. Geburtstag. Das heißt, morgen Abend bin ich auf der Insel und hätte Zeit.«

»Gut«, bestätigte Nero und dachte: Wieder einer, der im Zug wohnt oder auf der Straße. Er sprang an der nächstbesten Haltestelle aus der Tram, überquerte die Gleise und fuhr mit der nächsten 27er zurück.

50

»Danke«, sagte Nero später zu Freiflug. Sie verabschiedeten sich vor dem Haupteingang, als die Nacht schon undurchdringlich geworden war und der Regen frenetisch auf die Straße prasselte.

»Passt schon«, entgegnete Freiflug. »Sag mal, wie hat diese Simona Mannheim eigentlich zu Frau Laverde gefunden?«

»Das frage ich mich auch schon die ganze Zeit.« Nero zog die Brauen zusammen.

»Was hat Woncka gesagt?«

»Ab morgen habe ich sieben Tage frei.«

»Na, das ist doch was«, kommentierte Freiflug und stülpte die Kapuze seines Sweatshirts über den Pferdeschwanz. »Erhol dich gut. Und pass auf deine Freundin auf.« Er winkte und joggte durch den Regen davon.

51

Manche Dinge bekamen schnell und unerwartet ein neues Gesicht.

Es war kurz nach halb neun am Freitagabend. Wir hielten vor einer kleinen Villa in einer schmalen Seitenstraße des Ostseeheilbades Bansin. ›Ferienwohnung frei‹ stand auf einem Schild, das sorgsam an einen Pfahl genagelt worden war; dieser wiederum steckte im Rasen direkt neben dem Gartentor. Ich hatte die Unterkunft auf Neros Anweisung im Internet gebucht. Soweit war es also schon, dass ich auf Anweisung handelte!

Hinter uns lagen 900 Kilometer und zehn Stunden Autofahrt vom Süden Bayerns in den äußersten Nordosten Deutschlands. Hier oben fegte der Wind und brachte den feuchten Geruch des Meeres. Die Seeluft und die Erschöpfung nach der langen Fahrt machten meine Schritte schwer. Als hätte ich getrunken.

»Nur gut, dass ich heute morgen rechtzeitig aufgestanden bin«, gähnte ich, nachdem Nero den Schlüssel für unser Apartment vom Vermieter entgegengenommen hatte, einem hageren, älteren Herrn mit krummer Nase, der sich für seine Gäste nicht besonders zu interessieren schien, sofern diese sich mit Vorauskasse einverstanden erklärten.

Nero warf mir einen belustigten Blick zu. Die lange Fahrt hatte uns zusammengeschweißt. Abwechselnd hatten wir am Steuer gesessen. Den grauen Asphalt vor Augen, waren wir Kilometer um Kilometer auf unser Ziel zugerauscht. Während die Landschaft sich veränderte, Mittelgebirge und flache Ebenen einander ablösten, blieb das Band der Autobahn gleich und eintönig.

Nero hatte zeitweilig ganz entspannt auf dem Beifahrersitz geschlafen. Zwischendurch hatten wir geredet. Unsere Sicht der Dinge ausgetauscht. Nero glaubte, am Ort des Geschehens, dort, wo Katja Mannheim gestorben war, eine Antwort zu finden. Er hatte den Ermittler aufgetrieben, der Katjas Tod untersucht hatte. Ich wusste nicht, was mich erwartete, und genau das war die richtige Nahrung für meine Neugier auf Menschen.

Wir stiegen über knarrende Holzstufen in den ersten Stock.

»Juliane kommt morgen nach«, sagte ich überflüssigerweise. »Mit Dolly.«

»An Juliane kommt man nicht vorbei, was?«, fragte Nero belustigt.

»Sie hat was gut bei dir«, erinnerte ich ihn. Dass wir beide ohne viel Federlesens zueinandergefunden hatten, ging auf Julianes Konto.

»Sie ist jedenfalls kein Mensch, der sich nicht einmischt.« Nero hielt mir die Tür auf.

»Sie meint, ihrer Schwester würden ein paar Tage an der See guttun.«

»Das ist bestimmt so.«

Wir traten in das Apartment, das für die nächsten Tage unser gemeinsames Zuhause sein würde. Ein junges, hoffnungsfrohes Paar auf Urlaub. Na ja, ›jung‹ traf es wohl nicht mehr ganz. Aber hoffnungsfroh ganz sicher. Ich trat ans Fenster. Die Villa lag direkt am Rand eines Kiefernwaldes. Das Wohn- und Schlafzimmer bot einen großzügigen Blick hinaus ins Grüne, nur die Küche wies zur Straße.

»Wir werden es ruhig haben«, sagte Nero. »Aber Ausspannen ist nicht. Dönges wartet an der Seebrücke auf uns.«

Ich sank auf das Bett und streckte die Beine aus.

»Schon gut. Gib mir 20 Sekunden.«

Nero grinste und verschwand im Bad.

Ich schloss die Augen, wusste nicht recht, wo ich war. Mein Kopf erzeugte die Illusion, mich noch immer in einem Auto bei Tempo 130 fortzubewegen. Ich richtete mich auf und begutachtete meinen mittlerweile dunkelgrünen Bluterguss. Das Bein schmerzte vom langen Sitzen. Ich kramte ein frisches T-Shirt aus meiner Reisetasche, die ich heute Morgen in aller Eile gepackt hatte. Sogar an Essensvorräte hatte ich gedacht. Hungrig riss ich eine Packung Butterkekse auf. Mein Appetit hatte mich wieder.

52

Kurz darauf spazierten Nero und ich die Seestraße hinunter, untergehakt wie ein altes Ehepaar. Ich war dankbar um meine Regenjacke und das warme Halstuch. Es nieselte leicht, und je näher wir dem Strand kamen, desto heftiger blies der Wind. Wenige Feriengäste waren unterwegs, die meisten saßen in den Restaurants und betrachteten das Leben von dort drinnen. Einige der Villen, an denen wir vorbeikamen, stellten den Prototyp der Bäderarchitektur dar, wofür der südöstliche Abschnitt Usedoms so bekannt war: hell gestrichene Häuser mit üppig verzierten Holzveranden, großen Rundbögen, Giebelreliefs und gepflegten Vorgärten.

Das Rauschen des Meeres wurde lauter und lauter, als die Straße kurz vor der Promenade wieder anstieg. Wir gingen zwischen windschiefen Kneipen und einem verwaisten Parkplatz hindurch auf die Strandpromenade hinauf.

»Puh!«, schrie ich, aber der Wind trieb alle Töne davon.

Ich sah auf das Meer. Vergaß mich, Nero, den Fall, Larissa und Simona Mannheim.

Das Meer war ewig. Beinahe. Es war größer als alles, was dieses Leben sonst bot. Es brüllte, schäumte und tobte. Konnte sich alles nehmen, ohne je zu geben. Einem Menschen würde man das übel ankreiden. Die Wellen krachten auf den Strand, wirbelten Sand auf, rissen ihn mit sich und schlugen erneut zu. Im hereinbrechenden Dunkel schwebte Ehrfurcht über dem Wasser. Ich sah einzelne Schiffsleuchten in der Ferne aufflackern. Weit rechts erkannte man im Dunst die Lichter an der polnischen Küste. Die Pommersche Bucht machte einen weiten Bogen, lag da wie ein Hufeisen.

Nero drückte kurz meine Schulter. »Wach auf, Kea! Dort wartet unser Informant.«

Der kleine, vierschrötige Mann stand auf der Seebrücke. Seine Windjacke plusterte sich im Sturm auf wie ein Wetterballon.

»Nero Keller«, stellte Nero sich vor.

»Ich bin Kea Laverde, guten Abend.«

»Ralph Dönges. Ich hoffe, Sie haben Verständnis, dass ich Sie nicht zu Hause empfange.«

Wir nickten einander zu. Ein paar Arbeiter waren dabei, die Sitzbänke von der Seebrücke auf einen Laster zu verladen. Neben der Konzertmuschel direkt am Strand knatterten Flaggen im Wind.

»Gehen wir ein Stück«, schlug Dönges vor. »Weiter die Promenade hinunter hat eine Pizzeria eröffnet, wo wir auch um diese Zeit noch etwas zu essen kriegen. Es ist sogar besser, etwas später zu kommen. Die Touristen auf Usedom sind immer früh dran. Hatten Sie eine gute Fahrt?«

»Ja«, antwortete Nero knapp.

»Dann gehen wir.«

Wir setzten uns in Bewegung. Belauschen würde uns hier niemand. Dazu brüllte der Wind zu laut. Wir konnten uns kaum gegenseitig hören.

»Ich habe die Akten eingesehen, um die Sie mich gebeten hatten«, sagte Hauptkommissar Dönges. »Ich habe alles bei mir. Katja Mannheim ist im Sommer 1968 gestorben. Das ist 40 Jahre her. Man kann es kaum glauben.«

Ich war dem Meer dankbar, dass es so viel Lärm machte. So konnten weder Nero noch Ralph Dönges mein leises ›Uff‹ hören. Ich war 1968 geboren. Hatte bald Geburtstag. Dasselbe Jahr. Für die eine der Tod, für die andere das Leben.

»Ich habe Sie überprüft«, fuhr Dönges an Nero gewandt fort. »Ich nehme an, das haben Sie mit mir auch getan?«

»Genau.«

»Es wäre mir recht, wenn Sie auf Usedom nicht allzu viele Spuren hinterließen. In bar zahlen, wenn möglich. Nicht mit dem Handy telefonieren. Und so weiter.«

»Das ist ganz in unserem Sinn«, bestätigte Nero. »Danke, dass Sie sich Zeit nehmen heute Abend, wo doch Ihre Frau morgen Geburtstag hat.«

»Sie wird 60. Ein großer Tag«, lächelte Dönges. »Meine Töchter wirbeln inmitten ihrer Kinderschar durch das ganze Haus, um letzte Vorbereitungen zu treffen. Da störe ich nur.«

Ich sah, dass Dönges' Hinweis auf seine Familie Nero einen Stich versetzte. Über diesen Mann musste ich noch manches lernen.

»Außerdem kommt man tagsüber auf der Insel kaum voran, außer in den frühen Morgen- und späten Abendstunden. Der Verkehr in der Saison nähert sich dem GAU. Das ist eine der Schattenseiten, die wir Einheimischen bei aller Freude über die Feriengäste auszuhalten haben.«

Dönges überlegte, als habe er kurzfristig vergessen, was wir von ihm wollten.

»Katja Mannheims Tod ging damals als Unfall zu den Akten«, begann er. »Seit ich denken kann, ertrinkt jeden Sommer mindestens ein Feriengast auf Usedom. Wir hatten erst diesen Sommer hier in Bansin einen Fall. Ein Junge, sieben Jahre alt. Viele unterschätzen Wetter und Meer. Von Kindern kann man nicht verlangen, dass sie vorsichtig sind. Sie sind eben begeistert vom Wasser. Damals, 1968, hatten wir gutes Wetter. Es war über Wochen sehr warm und sonnig. Aber an jenem Abend kamen am Balmer See Wind und Regen auf. Das Wetter kippte, die Folgetage waren sehr kühl.«

»Wo liegt dieser See?«, unterbrach ich.

»Im Rücken der Küste. Er ist ein Teil des sogenannten Achterwassers«, erklärte Dönges. »Der Peenestrom formt dort allerhand Buchten. Die Ecke ist ruhiger als die Seeseite, viele Gäste, die mit dem Boot kommen, suchen sich dort einen Liegeplatz. Das offene Meer ist für kleinere Boote ohnehin zu rau. Die Jungen Pioniere hatten damals am Balmer See einen Lagerplatz. Ferien an der See waren begehrt. Nicht jeder durfte mit.« Dönges schwieg. Wir gingen die Strandpromenade entlang. Zwischen uns und dem Meer lagen Dünen, dicht mit Kiefern und Birken bewachsen. Auf der anderen Seite Villen, die meisten dienten als Hotels, Pensionen, Ferienwohnungen und Kneipen.

»Lassen Sie uns zum Strand hinuntergehen«, bat Dönges und wies auf einen mit Holzbohlen befestigten Durchgang, der über die Düne führte.

Waren wir auf der Promenade noch einigermaßen vom Wind geschützt gewesen, boten wir am Strand den Böen nun volle Angriffsfläche. Ich lehnte mich gegen den Sturm. Winzige Sandkörner schlugen in mein Gesicht. Ich kniff die Augen zusammen.

Wind, Lebensatem.

Frei. Ich war frei.

Ich musste nur die Arme ausbreiten, wie ein Vogel seine Flügel, und abheben.

»Das Wetter änderte sich also«, knüpfte Nero an Dönges' letzte Bemerkung an.

Mein Leben als Möwe musste warten.

»Ja. Damals wurde die Polizei eingeschaltet, weil bei Todesfällen von Kindern eine gewisse Aufregung in der Bevölkerung zu erwarten war. Deshalb bekamen wir Order, auf alle Fälle einen tragischen Unglücksfall zu destillieren, der durch nichts zu verhindern gewesen war, so schlimm das auch sei. Keinesfalls habe irgendjemand eingreifen können. Das Kind sei unvorsichtig gewesen, habe sich den Anweisungen der Erwachsenen widersetzt und sei schwimmen gegangen. Gegen Bockbeinigkeit kommen auch die verantwortungsvollsten Betreuer nicht an.«

»Das war die offizielle Version?«, fragte Nero.

Dönges lachte heiser.

»Das war das Ermittlungsergebnis, das wir feststellen sollten. So lief das damals. In der Polizeiarbeit standen viele Resultate schon fest, bevor auch nur ein Ermittler sein Notizbuch gezückt hatte. Ich bin 64. Nächstes Jahr gehe ich endlich in Pension. Dann war's das. Dem Himmel sei Dank.«

Ich sah die tiefen Falten in seinem offenen Gesicht, die bläulichen Lippen. Er war herzkrank. Und nach den dunklen Schatten um seine Augen zu schließen, stand es auch um seine Leber nicht zum Besten.

»Aber Sie haben doch die Zeugen befragt?«, wollte ich wissen.

»Natürlich. Wir sollten als Vertreter der Staatsmacht Vertrauen erwecken. Und ich wollte mir ein eigenes Bild machen. Auch wenn ich in die Berichte schrieb, was erwartet wurde. Ich war Berufsanfänger. Ich konnte mir keine Schlampereien leisten!«

Wir gingen durch den nassen Sand, nah an der Wasserlinie. Meine Ohren begannen vom Wind zu schmerzen. Ich zog die Kapuze über den Kopf und drehte mich um, schaute zurück zum Ortszentrum. Sah die Villen und eleganten Hotels. Seine Majestät, der Kaiser, hatte an dieser Küste mitsamt seinem Gefolge die Ferien verbracht. Das war noch nicht einmal 100 Jahre her. Meine Oma Laverde war noch im Kaiserreich geboren.

»Wer hat damals die Eltern benachrichtigt?«, hörte ich Neros Stimme.

»Das haben Kollegen aus Leipzig übernommen, wo das Kind herstammte.«

»Haben Sie die Zeugen alleine vernommen?«

»Wie stellen Sie sich das vor? Im Lager verbrachten an

die 40 Kinder ihre Ferien, und ungefähr«, er überlegte, »na, zehn erwachsene Betreuer werden das gewesen sein. An jenem Abend war noch eine Gruppe Junger Pioniere von der Insel eingeladen. Wir hatten zwischen 70 und 80 Personen zu befragen.«

»Also waren Sie zu mehreren?«, fragte ich.

»Wir waren vier Ermittler. Erst mussten wir die Kinder befragen, damit die ins Bett kamen. Sie waren verängstigt und überdreht. Wir nahmen die Personalien auf, Name, Wohnort, Adresse, Namen der Eltern, und fragten, ob sie Katja Mannheim an dem Abend gesehen hätten. Wenn sie ›ja‹ sagten, das taten ungefähr 50 Prozent, fragten wir weiter. Wo habt ihr Katja gesehen, wann war das ungefähr, was hat Katja gemacht. Wie immer bei solchen Geschichten bekamen wir eine Menge loser Ideen und einander widersprechende Angaben.«

»Wer hat mit Reinhard Finkenstedt gesprochen?«, wollte Nero wissen.

»Mein damaliger Vorgesetzter hat die Zwölfender übernommen. Sie können das nicht nachvollziehen, schätze ich, aber es durfte auf gar keinen Fall so weit kommen, dass man Finkenstedt wegen irgendeiner Sache verdächtigt hätte. Oder auch nur anklingen ließ, dass man ihm etwas vorwarf. Obwohl er als Gruppenpionierleiter der Verantwortliche gewesen war, durfte er nicht einmal besonders scharfen Fragen ausgesetzt werden. Niemand wollte sich die Finger verbrennen. Falls überhaupt jemand seine Aufsichtspflicht verletzt hatte, dann sicher nicht Finkenstedt.« Dönges zwinkerte. Unklar, ob er sich vor dem beißenden Sand schützte oder ein resigniertes ›Sie wissen schon‹ signalisierte.

Wir kamen an einem Pärchen vorbei. Die beiden mühten sich mit einem Lenkdrachen, der wie besoffen im Sturm tanzte, um dann dem Strand entgegenzurasen, wo er in letzter Sekunde die Kurve kriegte und wieder in die Höhe schoss.

»Können Sie sich daran erinnern, wie Sie als Ermittler von Reinhard Finkenstedt aufgenommen wurden?«, schaltete ich mich wieder ein. »Wie hat er Sie begrüßt? War er freundlich, zuvorkommend, spielte er Ihnen etwas vor, war er geknickt, angespannt …«

Dönges dachte nach. »Das ist nun schon sehr lange her. Wir hatten die Leiche im Schilf, das war schauerlich, ein ertrunkenes Mädchen. Die Wellen hatten den Leichnam einfach an Land geworfen. Ich hatte noch nie ein totes Kind gesehen. Meine Frau war damals gerade das erste Mal schwanger. Ich habe mich gerade noch so weit in den Griff gekriegt, dass ich mich nicht übergeben musste.« Dönges seufzte. »Es regnete wie aus Eimern, das Lager war durchweicht, die Kinder außer Rand und Band. Finkenstedts Frau weinte. Reinhard Finkenstedt wollte vor allem Ruhe ins Lager bringen. Es gab einen Bootssteg mit einem halb verrotteten Bootshaus am Ende. Dorthin verlegten wir Ermittler unsere Basis. Wir konnten dort einigermaßen im Trockenen sitzen. Wie Sie ja wissen, gibt es bei solchen Prozeduren immer viel Papier. Und das durfte auf keinen Fall nass werden.« Dönges lächelte. Ich mochte sein Gesicht. Er hatte etwas von dem Großvater, den jedes Kind sich wünscht.

»Machte Finkenstedt einen freundlichen Eindruck? Bemühte er sich um Sie?«, hakte ich nach. Nero sah mich nachdenklich an. Er verstand wohl allmählich, dass man in meinem Job vorzugsweise auf die Emotionen abhob.

»Er lief zur Höchstform auf«, antwortete Dönges. »Erinnerungen sind unzuverlässig, aber ich hatte den Eindruck, er sei durchaus Herr der Lage, erschrocken, sich der Tragik der Ereignisse bewusst. Aber er war funktionsfähig.«

»Welche Zeugen haben Sie persönlich befragt?«, wollte Nero wissen.

»Neben anderen seinen Sohn.«

Ich hielt den Atem an. Nun wurde es spannend.

Wir gingen immer weiter, durch die Dunkelheit dieser feuchten, stürmischen Nacht, an den Schatten verlassener Strandkörbe vorbei. Meine Lungen tankten die salzige Luft. Ich fühlte mich stark. Als sei mein Kopf mit einem Mal durchsichtig geworden, mein Gehirn aus Kristall. Als könnte ich klarer denken.

»Alexander war ein schmaler Junge, schmächtig, kann man sagen, mit hängenden Schultern. Ein Gegenstück zu seinem muskulösen, sportlichen Vater. Ich glaube, Finkenstedt schämte sich für seinen Sohn. Am liebsten wäre es ihm gewesen, wenn er Alexander da hätte heraushalten können, aber auch ein Reinhard Finkenstedt konnte nicht alles gleichzeitig im Griff haben.« Dönges blieb stehen und wandte sein Gesicht dem Meer zu. »Ich genieße diesen Anblick. Sehen Sie dort hinten die Lichter von Swinemünde? Heute nennt sich die Stadt Swinoujscie. Sehr polnisch, sehr fremd – aber die Landschaft ist uns doch vertraut. Die Grenze ist offen. Die haben den Zaun einfach durchgeschnitten und ein paar

Betonplatten für die Radfahrer in den Sand geworfen. Schon sonderbar. Erst wird einem eingetrichtert, dass die Welt aus sorgsam voneinander zu trennenden Bausteinen besteht, hektarweise wird Wald gerodet, um das Papier für Visa und Zollbescheinigungen zu produzieren, und mit einem Mal wechseln die Vorzeichen und nichts davon hat mehr Bedeutung.«

Ich sah in die Richtung, in die er wies. Erkannte dunkelgelb beleuchtete Hafenkräne und ein Schiff, das sich auf Zehenspitzen in den Hafen der polnischen Stadt schlich.

»Alex war fürchterlich verstört«, berichtete Dönges weiter. »Ich konnte kaum etwas aus ihm herausbringen. Er starrte mich mit riesigen Augen an. Ich musste vorsichtig sein. Ich wollte nicht, dass Finkenstedt mir nachher vorwarf, ich hätte seinen Sohn unter Druck gesetzt. Ich fasste ihn sehr behutsam an. Er war ein Jugendlicher. 15 Jahre alt. Sein Vater saß während der Vernehmung neben ihm.«

»Sie hatten den Eindruck, Alex wusste, wie es zu dem Unfall gekommen war, aber er packte nicht aus, weil er Angst hatte und unter Schock stand?«, unterstellte ich.

»Heutzutage wird in solchen Fällen sofort ein psychologisches Einsatzteam bestellt«, murrte Dönges. »Da kippt in einer Schulklasse die Tafel um, und schon steht der Notfallseelsorger parat. Nichts gegen Krisenintervention, aber damals war keine Rede davon. Einen Pfarrer hätte man ohnehin nicht geholt.«

Ich verstand. Dönges hatte die Not des Jungen gesehen und menschlich gehandelt. Er hatte ihn getröstet, ihm gut zugeredet. Hatte eine fremde Aufgabe zu seiner gemacht. Aus Mitleid, Unerfahrenheit und Angst.

»Rosa Finkenstedt«, mischte sich Nero ein. »Wer hat mit ihr geredet?«

»Sie ist nie vernommen worden«, antwortete Dönges. »Lassen Sie uns weitergehen, es wird kalt.«

»Warum nicht?«, fragte ich. Weit draußen auf dem Meer sah ich ein Leuchtfeuer aufblinken und die grünen und roten Positionsleuchten von Schiffen.

»Sie stürzte ab. Weinte haltlos. Finkenstedt bestand darauf, dass ein Arzt kam und ihr ein Beruhigungsmittel verabreichte. Weil es sich so ergab, kümmerte sich gleich der Pathologe darum.«

»Hätte man sie nicht später vernehmen können?«

»Wozu?«, schnaubte Dönges. »Es war doch klar, was geschehen war. Ein ungehorsames Mädchen war ertrunken. Dumm gelaufen. Rosa Finkenstedt noch einmal zu vernehmen, hätte nichts, aber auch nichts gebracht.«

Mir schien, als wehre sich Dönges, der zu Beginn des Gespräches unsere Fragen bereitwillig beantwortet hatte, immer heftiger gegen jede Nachfrage. Seine Feigheit, die aufgrund der Umstände mehr als verständlich war, ging ihm noch nach 40 Jahren gegen den Strich.

»Ihrer persönlichen Überzeugung nach«, formulierte Nero umsichtig, »was ist damals passiert?«

»Das war nicht schwer herauszufinden. Einige Kinder sagten aus, Katja habe ein Ruder verloren und Finkenstedt habe sie aufgefordert, es zu suchen. Andere Kinder wussten nichts davon, und Alex konnte und wollte ich nicht fragen, da Finkenstedt ja neben ihm saß. Allerdings auf Abstand. Ein halber Meter lag zwischen ihnen. Es war eine kalte, windige Nacht. Dazu der Regen. Die Kinder froren, und Alex sehe ich noch heute, dieses magere Bürschchen, das in einem zu großen Pullover steckte und vor Kälte zitterte.« Dönges schüttelte den Kopf. »Ich habe drei Kinder und drei Enkel, und ich hätte jedes einzelne von ihnen in die Arme genommen, wenn sie dort in diesem lausigen Lager gewesen wären, das kann ich Ihnen flüstern!

»Dieser Sache mit dem Ruder ist aber nie nachgegangen worden?«, erkundigte ich mich.

»Nein, selbstverständlich nicht. Das hätte zwangsläufig bedeutet, dass Katja nicht aus freien Stücken schwimmen gegangen ist. Denn welche Neunjährige schwimmt in der Abenddämmerung auf den See hinaus, um ein verlorenes Ruder zu suchen?«

»Noch dazu, wenn Regen und Wind aufkommen«, bestätigte ich.

»Es war ein sehr kalter Abend für Juli. Und eine noch kältere Nacht.«

Ich griff nach Neros Hand, als wir durch den Sand hinauf zur Promenade stapften. Dönges führte uns die paar Meter zur Pizzeria. Kaum waren wir durch die Tür getreten, schienen mich die plötzliche Stille und Wärme zu erschlagen. Weit nach 22 Uhr bestellten wir unsere Pizzen.

»Das ist kein Thema«, sagte der Wirt auf die bange Nachfrage von Ralph Dönges. »Unser Ofen ist noch heiß.«

53

Nachdem Dönges sich vor der Pizzeria von uns verabschiedet hatte und in die Dunkelheit getaucht war, schlenderten Nero und ich Arm in Arm durch den schlafenden Ort. Hie und da sah man noch Reste des Verfalls, der lange vor 1989 eingesetzt hatte, aber die meisten Häuser waren schön hergerichtet. Mit ihren herrlichen Holzveranden und verschnörkelten Giebeln strahlten sie Heiterkeit und Würde aus. Die Lichter der Hotels und Restaurants strahlten in die Nacht.

»Reinhard Finkenstedt hat Katja auf dem Gewissen«, sagte ich leise zu Nero. Einige Hundert Meter vom Strand entfernt, konnte man sich wieder in normaler Lautstärke unterhalten. »Er ist ›Katjas Mörder‹, den Larissa finden will!«

»Dafür haben wir keine Beweise.«

»Was denkt Martha Gelbach?«

»Sie weiß nicht, dass ich hier bin.«

»Wird das keinen Ärger geben?«, fragte ich.

»Vergiss nicht, wir machen hier Urlaub. Aber mir geht eines nicht aus dem Kopf: Wer hat dich angefahren und warum? Wohl jemand, der sich sicher sein konnte, dass du ihm auf die Spur gekommen bist.«

»Ich bin niemandem auf die Spur gekommen«, protestierte ich.

»Wer auch immer es war, er hat deine Schritte beobachtet. Du hast entscheidende Zeugen befragt. Gerrit Binder, Kendra White, Dagmar Seipert. Und diesen Chris Torn, den ich für mehr als zwielichtig halte.«

Ich fand die Vorstellung gruselig, dass mir jemand über die Schulter guckte. »Wie soll einer das geschafft haben?«

»Sei nicht naiv! Sogar Simona Mannheim hat dich aufgespürt.« Nero stieß das Gartentor zu unserer Villa auf und ließ mich hindurchgehen. Aufmerksam betrachtete er die parkenden Autos und die umliegenden Häuser. Alles war ruhig, verschlafen, provinziell. Nicht anders als Ohlkirchen. Ich dachte an Austerlitz und Waterloo, denen ich eine Menge Futter hingeschaufelt hatte. Sie mussten ein paar Tage alleine zurechtkommen.

»Nero«, flüsterte ich, während wir in den ersten Stock hinaufschlichen und doch nicht vermeiden konnten, dass die alten Holzstufen gehässig knarrten, »wer auch immer das sein soll, er hätte mich nach Heldburg zu Gerrit Binder verfolgen müssen. Von Rothenstayn nach Nürnberg und nach Hause. Nach München zu Dagmar Seipert, um mir dann in der Neumarkter Straße aufzulauern. Wo es zufällig am späten Abend ruhig zugeht.«

»Er hat auf eine günstige Gelegenheit gewartet, und du hast sie ihm geliefert«, wandte Nero ein. »Die meisten Kriminellen handeln so. Da werden keine großen Pläne geschmiedet. Man wartet einfach auf seine Chance.« Er schloss die Tür auf und machte Licht. Plötzlich bekam ich Angst. Ich sah, wie Nero sich umblickte, wachsam, angespannt, und sich gleichzeitig bemühte, es mich nicht merken zu lassen. Er ging zum Fenster und zog die Vorhänge zu. Ich setzte mich aufs Bett.

»Aber wer war es? Wer *ist* es? Ist er – hier?«

»Wenn es stimmt, was ich denke, dann ja.«

»Heiliger Bimbam!«

Wir sahen uns an. Spätestens heute Abend waren wir ein eingeschworenes Team geworden; jeder von uns wusste, was der andere dachte.

»Martha Gelbach sucht wie eine Verrückte nach einem Menschen aus Larissas Berufs- und Privatleben«, sagte Nero. »Aber sie findet nichts. Keine Person, auf die die Zeugenbeschreibung der Rothenstayner einigermaßen passen würde.«

»Ein dicker Mann und eine schlanke Frau.«

»Eine wertlose Beschreibung«, sagte Nero und setzte sich neben mich. Mein linkes Bein bitzelte. Und das geflügelte Reptil in meinem Bauch genauso.

»Du meinst, weil zu viele Leute so aussehen?«

»Würdest du eine Frau, die in einem deiner Bücher eine Rolle spielt, schlicht als schlank bezeichnen?«

»Zu langweilig. Es ist kein Detail, das etwas aussagt«, erklärte ich.

»Siehst du.«

»Ich verstehe ja, was du meinst. Du denkst, Gelbach ist auf dem falschen Dampfer.«

»Sie findet nichts. Sie stochert im Teich, ohne auf Grund zu tasten. Sie hat eine DNA-Spur, aber keinen Verdächtigen, den sie überprüfen könnte.«

»Denkst du, Alex ist es gewesen?«

»Er steht unter Verdacht, wenn er, wie Simona Mannheim behauptet, wirklich der Besucher am Abend des 27. August war«, sagte Nero.

»Warum sollte sie lügen?«

»Sie müsste nicht unbedingt lügen. Alex hat ihr gesagt, er wolle ins Schloss, aber wie kann Frau Mannheim sicher sein, dass er hinging?«

»Oder dass nicht jemand anderer an seiner Stelle dort war.«

»Oder jemand zusammen mit Alex«, vollendete Nero. »Ich rufe Gelbach jetzt an, um herauszufinden, ob sie Alex schon haben.«

»Nie im Leben«, sagte ich. »Außerdem hat Dönges doch gewarnt, wir sollten keine Spuren hinterlassen.«

»Keine Angst.« Nero packte sein Notebook und ein Handy aus und kabelte beides aneinander, fuhr den Rechner hoch und ging ins Netz.

»Hinterlässt du so nicht auch Spuren?«, fragte ich neugierig.

Nero legte sich quer übers Bett auf den Bauch, schob den Rechner zurecht und hackte auf der Tastatur herum.

»Theoretisch schon, aber praktisch nicht.«

»Wieso?«

»Ich telefoniere über einen anonymen Proxy.«

»Autsch!«

»Ich verwende mehrere Sicherheitsstufen. Im Browser habe ich einen anonymen Proxy eingetragen. Eine Nummer, bei der ein Auskunftsersuchen der Staatsanwaltschaft ins Leere läuft, weil nur die Adresse des Proxys gespeichert ist, aber nicht die des Internet-Zugangs.« Er klickte frenetisch herum.

»Ich verstehe nur Bahnhof.«

»Besser so.«

Ich streckte ihm die Zunge heraus. Nero aktivierte den Lautsprecher.

»Ach, Kollege Keller! Nein. Alex ist nirgendwo aufgetaucht«, sagte Martha Gelbach. »Wäre auch zu schön gewesen. Ich denke, Übersee oder Afrika können wir abhaken. Dorthin hätte er fliegen müssen.«

»Aber wenn er falsche Papiere benutzt?«, insistierte Nero.

»Ja, ist schon gut, selbst wenn er in Europa sitzt, muss er irgendwann mal Geld ausgeben. Wir fahnden EU-weit.«

»Was ist mit der Frankfurter Klinik?«

»Alex ist am 31. Juli entlassen worden. Seine Therapie war beendet. Der behandelnde Arzt stellte die besten Prognosen. Die Klinik nannte die Adresse von Alex' Vater als Anschlussadresse. Der Ex-Bonze. Alex hat angegeben, er würde zu seinem Vater ziehen, zumindest vorerst.«

»Haben die ihm das geglaubt?«, erkundigte sich Nero und sah mich fassungslos an.

»Die können ihn ja nicht zwingen, eine andere Anschrift anzugeben, selbst wenn sie von dem Zerwürfnis zwischen Vater und Sohn wissen«, gab Martha Gelbach zur Antwort.

»Haben Sie den Vater erreicht?«

»Nein. Wenn nichts dazwischenkommt, fahre ich morgen selbst nach Leipzig. Die Kollegen dort sind informiert. Die Nachbarn haben Reinhard Finkenstedt seit gut zwei Wochen nicht mehr gesehen.«

Nero fluchte. Ich schnitt ihm eine Grimasse.

»Aus den Gesprächen mit dem Klinikpersonal und den anderen Patienten ging nicht viel hervor«, berichtete Martha Gelbach. »Alex habe sich hervorragend angepasst, sich eingebracht, viel gelesen. Er ist wohl ein Mensch, der bestens mit sich selbst klarkommt und Gesellschaft genießt, aber nicht braucht. Null Aggressionspotenzial, sagte mir der Arzt. Alex leidet an einer Angstneurose, die auf die extreme Belastung durch die lange Haftzeit zurückgeht. Der Mediziner erklärte mir, häufig kämen die Betroffenen einige Jahre sehr gut im Leben zurecht, wenn sie aus dem Zuchthaus entlassen sind. Plötzlich werden sie von der Vergangenheit eingeholt, werden funktionsuntüchtig, verkriechen sich in der Wohnung, gehen nicht mehr raus, fürchten von jedem Regentropfen, dass er sie erschlagen könnte.«

»Sie zitieren Brecht, Frau Kollegin.«

»Nun hören Sie schon auf mit Ihren Komplimenten!« Martha Gelbach lachte leise.

Ich verdrehte die Augen.

»Alex' größtes Problem ist wohl seine Unentschlossenheit. Zu stringentem Handeln ist er nur eingeschränkt fähig. Er fasst Pläne, führt sie aber nicht oder nur zur Hälfte aus«, fuhr die Kommissarin fort. »Ändert währenddessen seine Absichten. So kommt er nie zu einem Ergebnis. Ein Zustand, der ihn frustriert, wodurch er seine weiteren Intentionen noch halbherziger in die Tat umsetzt.«

»Hat Alex in der Klinik jemandem von Larissa erzählt? Einem Arzt oder anderen Patienten?«, fragte Nero.

»Larissas Namen hat er nie genannt. Aber er sprach ab und zu von einer Frau, die er liebte. Ohne Groll äußerte er einem Mitpatienten gegenüber, dass er die Liebe dieser Frau wohl nie mehr erobern würde. Der Patient hatte den Eindruck, Alex sei damit ausgesöhnt. Wo sind Sie eigentlich?«, fragte Martha Gelbach unvermittelt.

»Zu Hause«, flunkerte Nero. »Ich habe wegen des Unfalls in München, bei dem Kea Laverde angefahren wurde, nichts Neues gehört.«

»Die Jungs in München geben den Fall zu den Akten. Das machen die gerne. Die beschäftigen sich mit den U-Bahn-Schlägern und Wahlkampfveranstaltungen. Der Punkt ist doch: Wir haben nichts. Nur eine zusammengeschlagene Gräfin, die mit dem Tod ringt. Heute Morgen war sie für eine gute halbe Stunde bei Bewusstsein. Der Arzt rief mich an, aber als ich hinkam, war sie schon wieder ins Leere gerutscht. Es besteht nicht viel Hoffnung.«

Mir sackte das Herz in die Hose.

»Wir haben zwei verletzte Frauen«, erinnerte Nero seine Kollegin. »Einen Kerzenleuchter, sprich die Tatwaffe, einen Wagen ohne Kennzeichen, der Kea Laverde rammte, und eine DNA.«

»Scheiße, ja!«, rief Martha Gelbach genervt. »Aber ich habe keine Person, der ich die Spur unterjubeln kann, wenn Sie verstehen, was ich damit sagen will.«

»Schon.« Nero rollte sich auf den Rücken. »Was können wir tun?«

»Außer die Fahndung europaweit laufen zu lassen? Vergessen Sie es. Alex lebt längst mit anderen Papieren in sonstwo.«

»Hat er Geld?«, fragte Nero. »Eine zweite Identität ist prima, aber ohne Zaster …«

»Sein Konto sieht magersüchtig aus.«

»Das ist es eben.«

»Ich habe nichts«, sagte Martha Gelbach wütend. »Und Sie? Können Sie mir ein wenig Mut machen?«

»Leider nein. Tut mir wirklich leid.«

»Grüßen Sie Frau Laverde«, schnaubte Martha Gelbach und legte auf.

»Vielleicht war es nicht Alex. Sondern Reinhard Finkenstedt«, sagte ich.

»Motiv?«

»Keine Ahnung! Aber welches Motiv sollte Alex haben?«

»Ich habe ein Foto von Reinhard Finkenstedt hier. Sobald Juliane kommt, soll sie es sich anschauen und mir sagen, ob er das Auto gefahren hat, das dich aufs Korn genommen hat.«

»Lass sehen!«

Er kramte aus seinen Unterlagen ein Foto hervor von einem Mann mit dichtem, grauem Haar, einer kantigen Nase und einem Doppelkinn.

»Sagt dir das was?«, fragte er angespannt.

Ich schüttelte den Kopf. Sah er aus wie Pinochet? Vielleicht. Ich hatte den Fahrer nicht gesehen. Nur die Schnauze des Wagens, die auf mich zuschoss. Schweiß trat auf meine Stirn.

»Markus Freiflug kümmert sich drum«, beruhigte Nero mich. »Er besucht Herrn Finkenstedt privat, sammelt ein paar Haare oder Speichel ein und dann haben wir seinen genetischen Fingerabdruck.«

Ich starrte Nero mit offenem Mund an.

»Seid ihr eine Art Mafia?«, fragte ich.

Er lachte. »Der Klabautermann ist in mich gefahren. Ich muss es einfach tun.« Mit einem Klick schlüpfte er aus dem weltumspannenden Netz, zog das Telefonkabel aus dem Laptop und fuhr den Rechner herunter. »Ich will dich behalten, Kea.«

54

Ich wachte auf, weil ich durstig war. Ausgetrocknet wie der Negev und verwirrt. Mein Kopf war nicht mehr aus Glas. Die vielen Fäden dieser Geschichte umschlangen mich wie Nattern, kalt, glänzend, gefährlich.

Wo waren die Zusammenhänge? Wohin gehörte ich?

Wer hatte Larissa niedergeschlagen? Wer hatte mich angefahren? Ein Mann mit einer Visage wie Pinochet. Warum war der Typ auf mich losgegangen?

Was wusste ich?

Wem war ich gefährlich?

Um Nero nicht zu wecken, schlüpfte ich leise aus dem Bett und tappte barfuß in die kleine Küche. Ohne Licht zu machen, trank ich Wasser direkt vom Hahn. Die Nacht war klar, der Wind rüttelte am Fenster.

Mein Durst schien unstillbar. Katja Mannheim und Larissa von Rothenstayn. Es fehlte ein Bindeglied, ein letztes Scharnier. Katjas Tod hatte Alexander Finkenstedt schockiert. Wenige Jahre später wurde er wegen staatsfeindlicher Umtriebe verknackt. Sein Vater wurde zu seinem persönlichen Feind und tat alles, um über das Schicksal des Sohnes seine Karriere zu befördern.

Simona Mannheim war Jahre danach mit Alex in Kontakt. Die Mutter des toten Mädchens und der Sohn des Mannes, dem man keinen Mord nachweisen konnte.

Ich sah aus dem Fenster zum Himmel. Die Regenwolken waren abgezogen und gaben dem fast kugelrunden Mond eine Chance.

Unten auf der Straße stand jemand. Neben unserem Gartentor. Ein Mann, der eine Zigarette rauchte.

Sofort trat ich einen Schritt zurück. Mein Herz tobte wie ein bekiffter Drummer.

Die Zigarette glühte auf, dann flog das rote Pünktchen durch die Nacht. Atemlos sah ich zu, wie der Mann sich hinunterbückte.

Er streichelte einen Hund. Richtete sich auf und zog das Tier weiter, die Straße hinunter.

Ich blieb eine ganze Weile stehen. Meine Füße waren eiskalt, als ich endlich ins Bett zurückkroch. Der Digitalwecker zeigte 3.32 Uhr an. Ich schob meine Beine zu Nero unter die Decke. Er war heiß wie ein Grill und brummte im Schlaf. Ich rollte mich zusammen und drückte meine Nase an seine Schulter.

Ich bin raus aus der Story, redete ich mir ein. Keine Verfolger, keine Stasi.

Da draußen war nur ein Mann, dessen Hund an Blasenschwäche litt.

55

Nach einem kurzen Frühstück in der Bäckerei um die Ecke machten Nero und ich uns am Samstagmorgen zum Balmer See auf, um den Tatort von einst zu besichtigen.

Während Nero fuhr, studierte ich die Karte. Der Balmer See war kein See, wie wir Süddeutschen ihn kannten. Die Peene, der westliche Mündungsstrom der Oder, trennte Usedom vom Festland und bildete eine pilzförmige Ausbuchtung im Rücken der Insel, das sogenannte Achterwasser. An manchen Stellen war Usedom nicht mehr als ein schmaler Strich Land von etwa einem Kilometer Breite zwischen Meer und Achterwasser. An anderen Stellen wiederum verdickte sich das Land. So im Dreieck der Orte Balm, Neppermin und Pudagla; dort lag eine geschützte Bucht mit dem Namen Balmer See.

Wir kamen langsam voran. Schier unendliche Schlangen von Autos verstopften die schmalen Straßen.

»Das gibt's doch nicht«, schimpfte Nero. »Und man kann nicht mal meckern. Wir fahren hier auch spazieren.«

Ich schwieg und ließ den Blick über die Hügel schweifen. Die Landschaft erinnerte mich an Ohlkirchen, an meine Talfalte weit draußen. Sollte noch mal einer sagen, dass es an der See flach wäre.

Wir hielten in Neppermin und gingen die paar Meter zum Ufer des Achterwassers.

»Das ist bereits der Balmer See. Wir müssen nach links«, bestimmte Nero, der Dönges' Kopien in den Händen hielt. »Zum ehemaligen Lagerplatz der Jungen Pioniere.«

Mir war nicht entgangen, dass er seine Dienstwaffe bei sich trug, obwohl er sie geschickt unter seinem Anorak verbarg. Noch hatte ich von dem Mann mit der Zigarette gestern Nacht nichts gesagt. Wozu auch. Ich wollte in Neros Augen nicht zur Neurotikerin werden.

Wir gingen den Uferweg entlang. Das Schilf wiegte sich im Wind. Immer wieder kamen wir an kleinen Einschnitten vorbei, in denen Boote ankerten. Wenige Leute waren unterwegs, nur ein paar Radfahrer, die gegen den Wind ankämpften.

»Schöne Gegend. Wäre das was für Urlaub?«, fragte Nero wie nebenbei, aber ich spürte sofort, dass er sich zu diesen zwei Sätzen regelrecht durchgerungen hatte. Er, der Italienliebhaber. Er, der verantwortungsvolle bayerische Bulle. Der mit seinen Torfaugen über das Wasser spähte wie Lederstrumpf.

»Schon«, sagte ich.

»Zu spießig in deinen Augen?«

»Nicht unbedingt.« Im Grunde fühlte ich mich sehr wohl. Die prickelnd frische Luft tat mir gut, die Weite, der Geruch nach Salz, das blaugraue Wasser, das an der Insel fraß. Der Tag war klar und kühl. Der beständige Wind blies mir den Kopf frei. Mir schien, als könne allein die Kraft der Luft und des Meeres alle drögen Gedanken tilgen.

»Eigentlich gefällt es mir.«

»Und uneigentlich?«

Ich lachte und boxte ihn in die Seite. »Mach es nicht so kompliziert.«

»Was mache ich denn kompliziert?« Nero setzte eine gespielt empörte Miene auf.

»Du sprichst von Ferien. Darf ich dir ein Pensionszimmer in der Nähe von Ohlkirchen anbieten?«

»Ehrlich gesagt, das ist mir zu nah an meinen alltäglichen Verpflichtungen. Ich meine, wenn ich in Urlaub fahre, dann muss ich schon mindestens 200 Kilometer zwischen mich und meinen Alltag legen, wegen des inneren Abstandes … versteh mich nicht falsch.«

»Schon klar.«

Nach einem guten Kilometer, den wir einsam an nassen Wiesen, verlassenen Straßen und Schilf entlanggelaufen waren, erreichten wir Balm.

»Dönges sagte, heute steht ein Golfhotel an der Stelle, wo die Jungen Pioniere früher Ferien machten.« Er wies auf einen Hügel, auf dem sich ein modernes Gebäude erhob. Im Hintergrund sah ich zwei Männer mit Caddies über das Grün schlendern.

»Was hoffst du hier zu finden?«, fragte ich. Ein nagelneuer Holzsteg führte hinaus aufs Wasser. Kein einziges Boot war daran vertäut.

»Ich glaube, hier herrscht schon die Nachsaison«, bemerkte Nero anstelle einer Antwort.

Ich folgte ihm über die Planken.

»Hier rechts«, er wies auf den Wildwuchs aus Schilf am Ufer, »haben sie die Leiche gefunden.« Er vertiefte sich in seine Papiere. »Ja. Hier muss es sein. Hör mal, Kea.« Er sah mich an. »Wenn du die Szene schreiben müsstest, in der Katja ins Wasser geht … wie würdest du es anstellen?«

»In ein paar kurzen Sätzen würde ich die Stimmung schildern. Jahres- und Tageszeit. Um die Atmosphäre einzufangen. Ich skizziere mit ein paar Pinselstrichen die Bühne, auf der gleich die Schauspieler in Aktion treten.« Ich sah mich um. Die Weite der Landschaft berauschte mich. Zu Hause stieß mein Blick immer an ein Hindernis. An einen Hügel. Ein Haus. Einen Ort. Hier machte das Wasser alles frei und unendlich. Ein Hausboot trieb weit draußen. Die Wellen schlugen leicht gegen den Steg.

»Weiter«, bat Nero.

»Danach kommt die Hauptfigur dran. In unserem Fall Katja. Was treibt sie an, was ist ihr Ziel, wie geht sie darauf zu, welche inneren Konflikte beherrschen sie. Warum willst du das wissen, Nero?«

»Ich brauche ein Bild«, sagte er. »Ich muss mir etwas vorstellen können. In meiner Zeit bei der Mordkommission hing ich stundenlang an den Tatorten herum, um einen Eindruck zu gewinnen.«

Ich verstand, was er meinte. Ein Bild sagte mehr als trockene Fakten in einer Akte. Sehr viel mehr.

»Ich habe immer gedacht, Polizisten verlassen sich auf das Objektive. Auf Tatsachen.«

»Das auch. Aber Fakten sind noch keine Aussagen. Aussagen sind Interpretationen von Fakten. Und seit der Quantentheorie wissen wir, dass alles, was wir beobachten, nicht einfach in der Welt ist, sondern vom Beobachter abhängt.«

Quantentheorie gehörte nicht gerade zu meinen Hobbys, deshalb tastete ich mich auf bekanntes Gebiet zurück: auf das Strukturieren eines Plots, in dem alles, was für eine Story wichtig war, zusammenfand.

»Als Nächstes kommt die Hauptsache«, fuhr ich fort. »Wir brauchen eine Handlung. Bücher ohne Handlung sind langweilig. Handlung entsteht, wenn eine Figur ihr Ziel unbedingt erreichen will. Katja will, sie muss das Ruder finden. Sie geht vielleicht erst am Ufer entlang und sieht auf den See hinaus. Hofft, das Ruder vom Ufer aus zu entdecken. Gab es damals einen Steg, von dem aus sie ins Wasser hätte steigen können?«

Nero konsultierte seine Unterlagen. »Nein. Der

damalige Steg lag weiter hinten«, er zeigte mit der Hand in die umgekehrte Richtung, »gehörte zu einem Bootshaus. Das ist längst abgerissen.«

»Katja sucht eine günstige Stelle, von der aus sie ins Wasser kann. Wenn das Schilf schon genauso dicht wuchs wie heute, wie hätte sie durchkommen sollen? Nero, das alles ist 40 Jahre her!«

»Wir rekonstruieren ja keinen Tathergang. Erzähl mir einfach eine Geschichte.«

Das fiel mir nicht schwer. Inmitten der klaren, kühlen Natur arbeitete meine Fantasie schneller als in der üblichen Routine vor dem Computerbildschirm.

»Katja findet einen Einstieg in den See. Es ist Sommer. Uhrzeit?«

»Sie muss ungefähr zwischen neun und halb zehn losgegangen sein. Nach 21 Uhr hat niemand sie mehr gesehen.«

»Also ist es noch hell. Es ist Hochsommer. Aber ein Unwetter zieht auf. Wolken treiben über den Himmel. Sommerwolken, die heftigen Regen und Gewitter bringen. Außerdem blies bestimmt ein starker Wind.«

»Der Regen brach ungefähr um 21.40 Uhr los«, sagte Nero. »Dönges' Angaben sind relativ genau, weil die Kriminalpolizei sich beim Meteorologischen Dienst der DDR die Daten bestätigen ließ. Man wollte ja Katjas Unfall darauf münzen, dass sie sich nicht an die Anweisungen der Erwachsenen gehalten hat und trotz des schlechten Wetters baden gegangen ist.«

›Baden gegangen‹, dachte ich, ist der passende Ausdruck, wenn man es metaphorisch sieht.

»Ein neunjähriges Mädchen steht im Schilf und überschlägt seine Chancen«, sagte ich. »Sie wird angemotzt, weil sie ein Ruder versemmelt hat. Will es wiederhaben. Aber dann rollt dieses Gewitter an. Es ist empfindlich kühl und das Wasser nicht gerade einladend.« Ich ging in die Hocke und tauchte die Hand in den blaugrauen See. »Eiskalt!«

Nero setzte sich auf einen Poller.

»Sie ist mit Todesverachtung ins Wasser gegangen«, war ich überzeugt. »Jemand muss ihr wahnsinnige Angst eingejagt haben, sonst wäre sie nicht rausgeschwommen.«

»Es könnte sein, dass sie das Ruder sogar auf dem Wasser treiben sah und meinte, es locker erreichen zu können«, sagte Nero.

»Aber wenn Gewitterwolken aufziehen, schlucken sie das Licht. Vielleicht bildete Katja sich ein, das Ruder zu sehen, irgendwo draußen auf dem See. Das könnte auch der Schatten einer Welle gewesen sein. Mensch, Nero, selbst bei Tageslicht erkennst du weiter draußen doch kein Stück Holz mehr!«

»In den Akten steht, Katja sei eine gute Schwimmerin gewesen.«

»Wie ich«, dachte ich laut. »Ich war die reinste Wasserratte. Keiner kriegte mich aus dem Pool raus.«

Nero nahm meine Hand in seine.

»Sind dir Schwimmhäute gewachsen?«

»Ja, aber im Laufe der Zeit haben sie sich zurückgebildet.«

56

Juliane hatte zwei Zimmer im Forsthaus Langenberg gebucht, das auf der Steilküste nordwestlich von Bansin lag. Nero und ich fuhren mit dem Wagen durch den Wald hinauf, über alte Wege aus Betonplatten, die inzwischen in trauter Nachbarschaft mit den Wurzeln der Bäume zusammenlebten.

Das Hotel erhob sich an exponierter Stelle 50 Meter über dem Strand. Der Wind pfiff hier oben besonders heftig, und die Brandung des Meeres dröhnte lauter als unten. Die Baumwipfel rotierten wie außer Kontrolle geratene Quirle. Juliane empfing uns auf dem Parkplatz am Steilhang.

»Na, Kinder? Hattet ihr einen schönen Tag?«

»Bestens.« Ich verdrehte die Augen. »Wie war eure Reise?«

»In Ordnung. Dolly hat sich hingelegt. Wir haben gestern in Potsdam übernachtet, aber die Fahrt hat sich doch ganz schön hingezogen.«

Ich sah Juliane an, dass sie sich Sorgen um ihre Schwester machte. Während wir plauderten, ging Nero ein paar Schritte zum Steilhang hinüber und gab sich der Aussicht hin.

»Traumhaft hier«, sagte ich. »Bestimmt wird Dolly sich erholen. Ich bin schon nach knapp 24 Stunden ein neuer Mensch.«

»Pass auf«, zischte Juliane und hakte sich bei mir ein. »Bevor Nero wiederkommt: Vor einer Stunde habe ich drüben im Restaurant einen Kaffee getrunken. Da kam ein

Typ auf mich zu. Vielleicht 40, vielleicht 50 Jahre alt. Sah aus wie seit Jahren ungeküsst. Ein Hänfling. Er will dich treffen. Heute Abend um 21 Uhr am Strand von Bansin, unterhalb des Promenadenhotels Admiral.«

»Heute …?«

»Dich allein. Ohne Nero.«

»Aber Juliane …«

»Er sah mir so aus, als hätte er dir etwas Wichtiges mitzuteilen. Mir gegenüber wollte er mit der Sprache nicht raus. Also sieh zu, dass du …«

»Aber …«

»Kannst du auch noch was anderes sagen als ›aber‹?«, fauchte Juliane mich an.

Aus den Augenwinkeln sah ich Nero zurückkommen.

»Meinst du, das war Alex Finkenstedt?«

»Woher soll ich das wissen? Er hat mir keine Visitenkarte übergeben.«

»Aber woher kennt er dich?« Ich spürte die Panik heranstürmen.

»Frag mich was Leichteres.«

»Frau Lompart«, Nero hielt Juliane das Foto von Reinhard Finkenstedt hin. »Könnte das der Mann gewesen sein, der Kea anfuhr?«

Juliane nahm ihm das Foto aus der Hand und betrachtete es mit gerunzelter Stirn. »Möglich. Die Visage war so eckig wie die von dem Typ hier. Aber andererseits, seine Frisur habe ich gar nicht gesehen.« Sie klopfte mit dem Zeigefinger auf Finkenstedts dichtes Haar.

57

Damit ich zu dem Treffen gehen konnte, ohne dass mein hauseigener Polizist argwöhnisch wurde, hatte Juliane zu einer List gegriffen und Nero gebeten, Dolly von der Ostseetherme abzuholen. Angeblich wäre ihr Wagen nicht in Ordnung. Damit Nero auch ja keinen Verdacht schöpfte, hatte sie sogar ihr Auto zur Werkstatt an der Bundesstraße gefahren.

Nero hatte mich argwöhnisch angesehen, als wir uns verabschiedeten. Mir war mulmig zumute. Die Sache konnte schiefgehen. Doch wenn ich schon scheiterte, dann war es mein eigenes Scheitern. Fremde Niederlagen würde ich nicht akzeptieren.

Der Wind dröhnte, toste, raste, riss die Blätter von den Bäumen an der Strandpromenade. Birken und Buchen. Solide, nordische Stämme. Die Gischt befeuchtete mir Haar und Gesicht.

Ich hockte mich an eine vernagelte Bude, wo zur Hochsaison Strandkörbe und Liegen vermietet wurden. Gelbes Holz, Fetzen einer Markise. Dahinter die stumme Reihe der Hotels. Ich stemmte meine Füße in den Sand, zog meine Jacke eng um mich. Wenn es innerlich brodelte, war das Meer genau die richtige Umgebung. Eine Umarmung, die nicht abwiegelte, nicht beruhigte, nicht säuselte, sondern die vor Kraft und Widerstand strotzte. Die Urkräfte freiließ, die einfach da waren, wie mein Zorn. Wie alles, was mich am Leben hielt.

Ewigkeit.

Larissa würde sterben.

Ich lehnte meinen Kopf an die Bretterwand. Wer auch immer sich nun zu erkennen gab – die Dinge würden sich klären. Ich konnte Larissas Geschichte zu Ende schreiben und zu meinem eigenen Leben zurückkehren.

Ein Mann kam um die Bude herum. Er ging lautlos durch den Sand.

»Alex Finkenstedt«, sagte ich und stand auf.

»Und Sie sind Kea Laverde. Guten Tag.«

Er reichte mir eine schmale Hand. Der Händedruck war nur kurz, ein Impuls, um unser Gespräch zu beginnen.

»Gehen wir ein Stück?« Alex war Mitte 50, ein schöner Mann. Einer mit Ausstrahlung. Das Mädchenhafte seiner Züge mochte mit den Jahren zurückgewichen sein. Sein Gesicht vereinte männliche und weibliche Vorzüge. Er hielt sich sehr gerade und wirkte mit Flanelljacke und Halstuch wie ein englischer Gentleman.

»Wie haben Sie mich gefunden? Und warum haben Sie meine Freundin angesprochen?«

»Antwort Nummer eins: Sie treten ziemlich laut auf. Da habe ich einen Standortvorteil. Ich weiß, wie man sich unsichtbar macht. Bin ein Mann im Schatten. Antwort Nummer zwei: Das ergab sich. Zufrieden?«

Ich war keineswegs zufrieden. Bevor ich widersprechen konnte, fuhr er fort: »Ich habe Larissa zum ersten Mal vor 35 Jahren gesehen. An einem warmen Tag im Mai. Die Maidemonstrationen waren vorbei. Ich hatte mich gedrückt, aber Larissa ging immer hin. Sie wollte keinen Anstoß geben, beobachtet oder drangsaliert zu werden.«

Schweigen. Nur das Tosen der Brandung umgab uns. Wir liefen nach Nordwesten. Über der Steilküste ging die Sonne unter. Hoch oben sah ich, wie sich die Bäume im Wind wiegten.

»Ich bin ihr sofort verfallen. Damals – und heute auch noch – fühlte ich mich von Frauen angezogen, die älter waren als ich. 14 Jahre sind nicht die Welt. Heutzutage nimmt die Gesellschaft das hin. Dennoch war ich überzeugt, dass ich sie nicht wiedersehen würde. Ich durfte nicht. Ich hatte ihre Adresse gar nicht, kannte nur ihren Vornamen. Tja. Schön, das Meer, nicht wahr?«

»Ja.«

»Damals übernahm ich für die Fluchthelfer um Gerrit Binder ab und zu einen Dienst. Forschte etwas aus, gab eine Information weiter. Ich sollte Larissa treffen und ein Codewort übergeben. Wir sahen uns und ich verliebte mich unsterblich in sie. Später gestand sie, dass sie auch starke Gefühle für mich empfand. Aber in dieser einen Begegnung lag der Zauber der ersten Stunde.«

Ich wusste, wovon er sprach. Der erste Anflug von Liebe, sehr zart, sehr zerbrechlich. Unvergesslich.

»Dann war diese Hochzeit, und der Zufall wollte, dass wir uns wiedertrafen. Nur der große Verfasser menschlicher Schicksale konnte das wollen. Gott oder wer auch immer hatte seinen Spaß an unseren verblüfften Gesichtern. Obwohl wir unbeteiligt taten. Ich kann gut schauspielern. Damals musste ich das können. Ich durfte nie auch nur eine Regung zeigen. Keine Angst, keine Nervosität. Niemals habe ich meine Emotionen rausgelassen. Kein zuckender Mundwinkel, kein zitternder Nasenflügel sollte verraten, was in mir wirklich los war.«

Alex Finkenstedt rückte an seinem Halstuch. »Und später, 15 Jahre lang, im Knast, waren alle Gefühlsregungen, alle menschlichen Anklänge tabu.«

»Von wessen Hochzeit sprechen Sie?«

»Eine Arbeitskollegin von Larissa heiratete, ich war der Trauzeuge des Bräutigams. Das war wirklich Zufall, eine Konstellation, die es eigentlich nicht geben durfte. Also, ich sah Larissa, sie sah mich. Die Braut stellte uns einander vor. Wir versuchten, uns während der ganzen Feier aus dem Weg zu gehen.«

»Aber dann schliefen Sie miteinander.«

»Sie hören die feinen Nuancen, Frau Laverde!« Er lachte.

Ich grinste. Alex gehörte jedoch nicht zu den Männern, die eine mitwisserhafte oder schlüpfrige Reaktion erwarteten.

»Wir sahen uns von da an regelmäßig. Beide wussten wir, dass hinter den Kulissen die Vorbereitungen für Larissas Flucht liefen. Sie sollte mit einem LKW rauskommen. Das erforderte eine Menge Kleinarbeit und Geld. Wir sprachen nie darüber, denn wir waren uns natürlich im Klaren, dass mit der Flucht, würde sie gelingen oder auch nicht, unser Zusammensein für immer beendet wäre.«

»Aber die Flucht wurde verraten«, wandte ich ein.

»Ja.« Alex' Gesicht versteinerte.

»Wer hat sie verraten?«

Ich hatte mit dem Gedanken gespielt, dass Alexander Finkenstedt selbst Larissa denunziert hatte. Vielleicht unter Druck. Vielleicht aus Eifersucht. Man konnte nie wissen. Aber seine Antwort riss mir den Boden unter den Füßen weg.

»Es war Milena.«

Das musste ich erst mal verdauen. Ich stemmte die Hände in die Hüften. »Warum? Weshalb sollte ausgerechnet Milena …? Larissas eigene Cousine? Sie war ein Kind! Sie ist 1968 geboren. Als Larissa verhaftet wurde, war sie fünf!«

»Eben. Sie war ein Kind. Der ideale Spion. Merken Sie, wie infam das System war? Milenas Vater Wolfgang, Larissas Onkel, muss zu Hause von Larissas Plänen gesprochen haben. Larissa war unvorsichtig, vertraute ihm gegen jede Vernunft. Kinder haben Ohren wie Satellitenschüsseln. Jedenfalls marschierte Klein-Milena, ganz das brave, sozialistische Mädchen, zur Kindergartentante und sagte: ›Meine Cousine fährt mit einem Laster über die Grenze.‹«

»Aber …«

»*Ich* habe Larissa gewarnt. Der LKW, mit dem sie geholt werden sollte, wurde an der Grenze aufgehalten. Der Fahrer verständigte die Kontaktperson. Es war ihm komisch vorgekommen, dass die Grenzer ihn schließlich doch durchgewinkt hatten. Er hatte den richtigen Riecher. Der Kontaktmann meldete sich bei mir, und ich radelte zu Larissa, um sie zu warnen. Damit sie die Wohnung nicht verließ, um zu dem Treffpunkt zu gehen. Wenn man sie dort aufgegabelt hätte …« Alex sah durch mich hindurch. »Noch in derselben Nacht wurde ich verhaftet.«

Ich war völlig verwirrt.

»Auch bei Larissa stand die Stasi auf der Schwelle.« Alex nickte versonnen. »Doch sie konnten nichts aus ihr herauskriegen. Sie hielt sich tapfer. Blieb bei der Story, dass ihr jemand etwas anhängen wolle. Nun zahlte sich aus, dass sie nie offen gegen den Staat gesprochen, nie rebelliert hatte. Sie war nie mit dubiosen Leuten – im Sinne der Stasi – gesehen worden. Das rettete ihr Leben! Nach wenigen Monaten war sie wieder auf freiem Fuß.«

»Aber wie kamen Sie in die Bredouille?«

»Ich wurde verpfiffen. Mich hatten sie schon lange unter Beobachtung. Mein Vater hat das veranlasst. Er hat mich observieren lassen.« Er schwenkte den Kopf hin und her, als müsse er die Erinnerung abschütteln.

»Die Stasi hat über Ihre Beziehung zu Larissa Bescheid gewusst?«

»Klar.«

»Was passierte mit Larissas Onkel?«

»Wurde ins Gebet genommen, aber er behauptete steif und fest, er wüsste nicht, wovon hier irgendjemand redete. Seine Tochter müsse da irgendwas ganz falsch verstanden haben. Sie sei ja noch so klein. Wolfgang Roth war ein Schwerenöter, einer, der Menschen einwickeln konnte. Er ist erst mit über 50 Vater geworden, hatte vorher schon zwei Frauen verschlissen, war zweimal geschieden. Larissa hat nach ihrer Entlassung wieder Kontakt zu einer Organisation aufgenommen. Sie wollte raus. Um alles in der Welt.«

Wir gingen durch den nassen Sand, nah an der Wasserlinie, ab und zu einer Welle ausweichend, die nach unseren Schuhen griff.

»Larissa hat mich gebeten, Katjas Mörder zu finden«, sagte ich. »Können Sie mir dazu etwas sagen?«

Er seufzte tief. Von der Seite hob sich sein Profil vor dem dunkler werdenden Himmel ab. »Katja war ein ernstes Mädchen. Mit neun Jahren schon sehr verständig.

Hatte manchmal Heimweh, damals, in diesen Ferien. Sie war eine Einzelgängerin, und in einer Gesellschaft, die das Kollektiv vergöttert, hatte sie daher nicht die besten Ausgangsvoraussetzungen. Können Sie sich das vorstellen? Wie wir gelebt haben?«

Ich schüttelte den Kopf.

»Es ist 40 Jahre her. Katja, sie war damals unendlich viel jünger als ich. Ich war 15, sie neun. Heute wäre sie 49, da hätten die sechs Jahre nun wirklich keinen Unterschied mehr gemacht.«

»Nein.«

»Wir hatten dort am Balmer See ein paar Paddelboote. Schliefen in Zelten, wuschen uns im See.« Er wies nach Westen, wo der Himmel sich in grellem Orange über der Steilküste wölbte. »Sie haben sich die Stelle sicher angeschaut. Heute steht da ein schickes Golfhotel. Damals wussten wir gar nicht, was Golf ist.«

Der Wind wälzte Wolken auf das Land zu. Es würde bald zu regnen beginnen.

»Jedenfalls ging Katja an jenem verhängnisvollen Tag alleine rudern. Das war natürlich total verboten. Einzelaktionen sah mein Vater nicht gern. Er war der Verantwortliche, auf sein Wort hatten alle zu hören.«

»Auch Ihre Mutter?«

»Ja. Auch meine Mutter.«

»Erzählen Sie weiter von Katja.«

»Sie ruderte auf den See, kam mit den Rudern aber nicht zurecht. Eines glitt ihr aus der Hand, als sie das Boot schon wieder festmachte, und trieb rasch auf den See hinaus. Das Wetter wurde schlechter. Die Strömung veränderte sich. Mein Vater geriet in Rage.«

»Aber dann schickte er sie weg?«

»Er hasste Katja. Ihre Eltern waren keine konformen Leute. Keine überzeugten Sozialisten, sondern katholisch.«

»Simona Mannheim hat mir davon erzählt.«

»Ja. Simona.« Alex schwieg.

Es begann zu tröpfeln. Ich zog die Kapuze über meinen Pferdeschwanz. Alex störte sich nicht am Regen.

»Mein Vater machte einen irrsinnigen Aufstand«, redete er weiter. »Das Ruder würde allen gehören, und Katja sollte nur zusehen, dass sie es wiederbekäme, denn sonst würde Volkseigentum abhandenkommen – ach, was weiß ich.« Ein feines Tremolo schlich sich in Alex' Stimme. »Diese Phrasen machen mich heute noch fertig.«

Ich sah die Szene vor mir. Eine verängstigte Neunjährige, zusammengestaucht von einem cholerischen Ideologen, hätte jedes Risiko auf sich genommen, um wieder hoffähig zu werden.

»Also ist Katja losgegangen. Obwohl ein Unwetter aufzog«, fuhr ich an Alex' Stelle fort.

»Sie konnte gut schwimmen. Ein kleines Kraftpaket war sie. Aber gegen die Strömung kam sie nicht an.«

»Sie hat sich überschätzt«, ergänzte ich. »Ist weit hinausgeschwommen, um dann festzustellen, dass ihre Kräfte für den Rückweg nicht ausreichten.«

»Aber da war es zu spät!«, schrie Alex. »Zu spät!«

Es war kein Mord. Nie im Leben. Fahrlässige Tötung vielleicht. Verletzte Aufsichtspflicht. Körperverletzung mit Todesfolge. Aber kein Mord. Reinhard Finkenstedt hatte dem Mädchen nicht den Hals umgedreht. Sich nicht die Hände schmutzig gemacht. Niemanden dazu angestiftet. Er hatte nur abgewartet.

»Sie haben sie ein paar Stunden später im Schilf gefunden. Auf der dem Lager abgewandten Seite«, sagte Alex. Er lief ein paar Schritte, bückte sich, grub seine zarten Hände in den Sand. Warf den Sand in hohem Bogen in alle Richtungen und über sich selbst. Ich wartete, bis er sich beruhigt hatte. Zitternd wischte er sich die Finger an den Bundfaltenhosen ab.

»Entschuldigen Sie.«

»Es gibt nichts zu entschuldigen.«

Er machte eine abfällige Handbewegung.

»Sie haben Larissa davon erzählt, nicht wahr?«, fragte ich. »Schon damals. Das wollte aus Ihnen heraus, der Hass auf Ihren Vater, Ihr Entsetzen über Katjas Tod.«

»Katjas Tod hat in Leipzig die Runde gemacht. Wer nicht auf den Ohren saß, kriegte Wind davon. Die Empörung war groß, aber niemand konnte etwas tun.«

Ich wandte mich dem Meer zu und atmete tief durch.

»Larissa wird sterben, nicht?«, fragte er.

Die Verlorenheit in seinem Blick tat mir weh. »Wahrscheinlich.«

Ein fanatisches Glimmen stahl sich in Alex' Augen. »Dann ist er diesmal dran. Er ist dran.«

»Wer?«

Er schwieg.

»Nachdem Sie aus der Klinik entlassen waren, haben Sie die alten Kämpfer zusammengetrommelt. War es so?«, fragte ich. »Simona Mannheim, Gerrit Binder, Kendra White, vielleicht ein paar andere. Sie wollten eine verschworene kleine Truppe gegen Ihren Vater in Stellung bringen.«

»Ich habe Larissa um die Tagebücher meiner Mutter gebeten. Sie wollte nicht damit herausrücken. Wir haben ein bisschen gestritten. Nicht ernst. Nichts Dramatisches. Nach meiner Haft hatten wir an die alte Leidenschaft nicht mehr anknüpfen können. Etwas war zerstört. Es gab Brüche. Kleine Risse in unseren Gesprächen. Kein Zank. Nur …«

»Ich verstehe.«

»Ich hoffte, dass in den Notizen meiner Mutter Namen stünden. Leute, die ich nach so langer Zeit noch ansprechen könnte.« Alex rieb sich das totenblasse Gesicht. »Ich wollte einen Blog einrichten. Den Opfern eine Stimme geben. Es gibt so viele Opfer, denen nicht einmal ein Gerichtsverfahren Genugtuung verschaffen kann, weil das, was ihnen angetan wurde, juristisch nicht zu greifen ist! Dann tauchte plötzlich mein Vater auf.«

Ich starrte ihn verdutzt an. »Wo tauchte er auf?«

»Im Schloss. Vor neun Tagen. Am 27. August. Er stand einfach im Salon, in diesem scheußlichen Zimmer, das so gar nicht zu Larissa passt.«

»Wusste Ihr Vater, dass Sie in Rothenstayn sein würden?«

»Ich hatte ihn angerufen. Manchmal rief ich an. Nur so. Weil man doch Anschluss sucht an die eigenen Leute. Ich rief an und redete mit ihm. Wir haben nie gestritten. Er hat auch nie versucht, schönzureden, was er mir angetan hat.«

»Ihr Vater reiste nach Rothenstayn? Am selben Abend? Das kann nie im Leben Zufall gewesen sein!«

»Er war schon ein paar Tage dort«, sagte Alex. »Bevor ich kam. Er nahm ein Zimmer in einem anderen Städtchen, 50 Kilometer weiter.«

»Das macht doch nur Sinn, wenn er ahnte, was Sie vorhatten!«, warf ich ein. Ich schätzte, Alex hatte genau das durchblicken lassen. Hatte es sich nicht verkneifen können, seinem Vater zu signalisieren: Wir haben etwas gegen dich in der Hand. Du wirst büßen.

»Wir standen im Salon. Larissa und ich. Und er. Er hat Geld aus der Tasche gezogen und damit um sich geworfen …« Alex fuhr sich durch das Haar. Es war nun ganz nass und lag glänzend an seinem schmalen Schädel. Er sah krank aus.

»Welches Schweigen hätte er sich kaufen sollen, Alex? Ihr Vater wird davonkommen. Wegen Katjas Tod wird es keine Mordanklage geben. Auch Simona weiß das.« Alex oder Larissa musste das Geld wieder aufgesammelt und den einen Hundert-Euro-Schein übersehen haben, den Martha Gelbachs Leute im Grünen Salon gefunden hatten.

Tränen liefen Alex über die Wangen. »Ich bin auf ihn losgegangen. Plötzlich war etwas in mir, das ist zerrissen, richtig zerfetzt, irgendwo tief drin. Ich bin auf ihn los. Habe ihn am Hals gepackt, ihn gegen die Wand gepresst und angeschrien.« Er keuchte. »Ich hätte ihn umgebracht. Das hätte ich getan. Aber Larissa brachte mich aus dem Konzept. Sie war ganz sachlich, redete einfach. Ich ließ ihn los. Kurz nur. Wir standen einander gegenüber. Und dann schnappte er sich den Kerzenleuchter von der Anrichte und hechtete auf mich. Larissa warf sich dazwischen. Und er schlug auf ihren Kopf. Nicht auf meinen. Auf ihren! Nur einmal, aber so brutal, dass das Blut spritzte. Sie fiel hin. Lag leblos. Die Arme und Beine eingeknickt. Wie eine Puppe.«

Er jaulte wie ein Hund. Ruderte mit den Armen und lief auf das Meer zu. Ich packte seine Jacke und hielt ihn fest. Aus Bansin kam jemand in unsere Richtung. Einer, der seinen Hund ausführte.

»Er schlug voller Hass zu«, flüsterte Alex. »Der Schlag galt mir. Er wollte *mich* treffen. *Mich* endlich loswerden. Wenn Larissa den Mund gehalten, sich nicht gerührt hätte, ihr wäre nichts passiert.«

Ich schluckte. Mein Atem ging schnell. »Warum haben Sie Larissa nicht geholfen?«

»Ich warf mich über sie. Da war so viel Blut. Blut überall. Es sickerte aus ihrem Kopf. Und dann wurde alles schwarz.«

Ich wusste nicht, ob ich ihm das abkaufen sollte. Tatsächlich wirkte Alex nicht wie einer, der die Traute hatte, sich einem Angreifer entgegenzustellen oder der versuchte, mit Hilfe der Vernunft die Situation unter Kontrolle zu kriegen.

»Als ich zu mir kam … da war niemand mehr da. Mein Vater nicht und Larissa auch nicht. Nur Blut. Eine Blutspur. Ich habe gedacht, er hat sie umgebracht, und dann bin ich gelaufen, gelaufen, gelaufen …«

Ich drehte mich um. Der Hundemann war näher gekommen. Ein ungeschlachter, dicker Typ, hässlich wie sein Pitbull. Einer mit der klassischen Visage des lateinamerikanischen Diktators.

Auch Alex sah zu dem Mann hin. »Du?«, sagte er tonlos.

Der Dicke kam noch näher.

Ein Gesicht wie Pinochet.

Dudumm, dudumm, machte mein Herz.

Reinhard Finkenstedt, der Ideologe, der Kader, der Mann, der Katja in den Tod geschickt und seinen eigenen Sohn für mehr als 15 Jahre hinter Gittern hatte schmoren lassen.

Ich blickte von Alex zu Reinhard.

Keine Ähnlichkeit.

Die scheinbar so widersprüchlichen Aussagen der Rothenstayner Zeugen bekamen jetzt ihren Sinn. Der eine hatte Alex gesehen, ihn für eine Frau gehalten. Dem anderen war Reinhard begegnet. Womöglich kurz hintereinander. Beide waren zu Fuß auf dem Weg zum Schloss. Reinhard auf den Fersen seines Sohnes. So erklärten sich die scheinbar widersprüchlichen Angaben der Zeugen.

Der Hund zerrte an seiner Leine. Reinhard Finkenstedt griff in seine Anoraktasche. Ich wusste schon, was passieren würde. Er hatte eine Knarre drin. Da war der Hund, das Meer toste, niemand war unterwegs, niemand würde etwas sehen oder hören.

Instinktiv wich ich ein paar Schritte zurück. Blickte nach oben, den Steilhang hinauf, sah dort in der zunehmenden Dunkelheit die Bäume sich wiegen. Gegenüber, auf dem Meer, erkannte man vereinzelt die Positionsleuchten von Schiffen, und weit hinten, im Südosten, die Lichter auf der polnischen Seite der Bucht.

»Ein paar Dinge müssen zurechtgerückt werden«, sagte Reinhard Finkenstedt, die Hand immer noch in der Tasche. »Weil Sie sich so für Larissa einsetzen.« Er sah mich an. »Das ist löblich, sehr löblich. Aber haben Sie sich gefragt, wie Larissa Roth so schnell aus der Haft freikam und in den Westen ausreisen konnte? Haben Sie das?«

Der Hund riss an der Leine, knurrte, hob die Lefzen.

»Weil sie unterschrieben hat!« Er gluckste vor Lachen.

»Was meinen Sie?«, fragte ich, starr vor Angst.

»Wir haben ihr ein Angebot gemacht. Das konnte sie nicht ausschlagen.«

»Was für ein Angebot?«

»Sie durfte ausreisen. Aber sie musste sich im Gegenzug verpflichten, für uns zu arbeiten. Das hat sie getan.«

»Zu … arbeiten?«, echote ich.

Alex heulte auf. Der Hund begann zu kläffen.

»Sie hatte wirklich gute Kontakte zu Binders Komplizen. Wir erhofften uns von ihr konkrete Angaben. Die Herrschaften im Westen würden ihr vertrauen, wenn sie nur auf möglichst abenteuerliche Weise in die BRD käme.«

»Dann war die Flugzeugtour eine Farce?«

»Wir hatten doppelten Gewinn«, lachte Reinhard Finkenstedt. »Denn wir bekamen eine Informantin, die in die engsten Zirkel der Fluchthilfe vordringen konnte. Und wir erhielten Infos über die Flugzeugtour und konnten dem Treiben am Flughafen in Prag ein Ende bereiten.«

»Herr Finkenstedt«, begann ich und ging noch ein paar Schritte rückwärts. »Ich …«

»Ich hätte Sie suchen sollen«, sagte er kalt. »Im Park, neulich. Ich ahnte, dass jemand zu Besuch war, ich sah den Wagen mit dem auswärtigen Kennzeichen vor der Tür. Bin durch den Park gestreift, nachdem mein hasenfüßiger Sohn längst getürmt war. Aber ich fand Sie nicht. Nicht schnell genug, und ich wollte schleunigst weg. Das verstehen Sie sicher.«

Mein Körper begann zu zittern.

»Alex«, flüsterte ich. »Warum haben Sie Ihren Vater nicht angezeigt? Sie waren Zeuge des Angriffs!«

»Das hätte er vielleicht noch getan. Aber er ist ein Angsthase. Er scheißt sich in die Hosen vor Angst! Besser, wir finden zu einem gemeinsamen Ende.« Reinhard Finkenstedts Stimme klang nach Aas. »Verlierer!«, knurrte er Alex an. »Du bist selbst schuld. Selbst bist du an allem schuld!«

»Mutter wusste es, nicht wahr?«, stammelte Alex. »Sie wusste, dass du Katja auf dem Gewissen hast.«

Ich entfernte mich rückwärts von ihnen. Vielleicht konnte ich mich nach ein paar Metern in der Dunkelheit absetzen. Die Steilküste hinaufklettern, durch den Sand, dem Hund einen Ast oder einen Stein auf den Kopf knallen. Da war doch Nero, irgendwo da draußen in der Wirklichkeit. Zu dem wollte ich zurück. Noch eine Frau durch die Hand eines Kriminellen zu verlieren, konnte ich ihm nicht zumuten. Ich gelobte, in Sachen Nero Nägel mit Köpfen zu machen. Wenn ich nur weiterleben durfte.

Reinhards Hand steckte immer noch in der Anoraktasche.

»Du hast Mutter nie auch nur ein bisschen ernst genommen!«, tobte Alex. »Für dich war sie im Leben nicht existent, und im Tod auch nicht. Die Pflege ihres Grabes zahle *ich*. Du warst nicht einmal auf dem Friedhof! Du hast überhaupt nicht kapiert, dass sie dich hasste. Sie hat dich wirklich gehasst, … Vater!«

Wie er ›Vater‹ sagte, zerriss mir das Herz. Er war über 50, ein erwachsener Mann mit seinen eigenen Kämpfen,

Siegen und Niederlagen, und er suchte immer noch die Anerkennung seines Altvorderen. Wahrscheinlich aus diesem Grund hatte Alex ihn indirekt in seinen Plan eingeweiht, Zeugen gegen ihn aufzutreiben. Vielleicht hatte er aus Reinhard Finkenstedts Mund nur hören wollen: ›Es tut mir leid.‹

Ich war weit von den beiden zurückgewichen, rückwärts in die Dunkelheit, sah die Männer und den Hund nur noch verschwommen, drei ungleiche Schatten im Wind.

»Mutter hat all ihre Anklagen aufgeschrieben. Du hast ja nie damit gerechnet, dass sie eine Persönlichkeit sein könnte, die selbst entscheidet und handelt. Du dachtest immer nur, sie lebt neben dir her wie ein Einrichtungsgegenstand!« Alex' Stimme überschlug sich.

»Halt!« Reinhard zog seine Hand aus dem Anorak. Mein Herz setzte kurz aus. Er richtete den Strahl einer Taschenlampe auf mich. Geblendet blieb ich stehen. Reinhard bückte sich, machte den Hund los.

Ich sah das Vieh lospreschen, direkt auf mich zu, den Sand aufwühlend, mit einem Knurren, das sogar den brüllenden Seewind übertönte. Vierbeiner dieser Art konnte man nicht überlisten, indem man stehen blieb und wartete, bis sie sich beruhigten. Sie zerrissen, was sie kriegen konnten, ohne einen Funken von jenem Instinkt, der Lebewesen beibringt, den Unterlegenen zu schonen.

Ich dachte, es ist aus. Hier und jetzt. Das Biest zerfleischt erst mich, dann Alex. Reinhard lässt uns im Sand liegen, wir verbluten. Dann geht er und wäscht seinem Köter die blutige Schnauze.

Sinnloserweise machte ich noch einen Schritt nach hinten. Und noch einen. Jeder will so lange leben wie möglich.

Ich hörte jemanden schreien. Das war ich selbst. Und dann krachte ein Schuss, übertönte das Rauschen des Meeres und des Regens.

Der Hund sprang hoch, mitten im Lauf. Er jaulte auf und stürzte zurück auf den Boden in den spritzenden Sand.

Epilog

Ich schrieb und schrieb. Dazu hörte ich quasi 24 Stunden am Tag dieselbe CD. ›Sin fronteras‹ von Grupo Sal. ›Ohne Grenzen‹. So wollte ich leben. Nicht unbedingt im politischen Sinn. Ich versuchte vielmehr, die Grenzen in meinem Inneren zu überwinden. Um das zu schaffen, durchlebte ich die Ereignisse der letzten Wochen wie Kino im Kopf. Ich begann mit dem Schluss. Der Szene am Strand auf der Insel Usedom.

Juliane hatte uns vom Hotelparkplatz oben an der Steilküste beobachtet, das Jagdgewehr, ein Erbstück ihres Vaters, im Arm. Sie rettete mir mit ihrem gezielten Schuss auf das Pitbullmonstrum das Leben. Heldentat Nummer zwei in nicht einmal ganz fünf Tagen. Später beschlagnahmte die Polizei das Gewehr, nahm Reinhard Finkenstedt fest, der von den Ereignissen paralysiert war, und verursachte ansonsten eine Menge Stress.

Alexander Finkenstedt stellte sich als Hans Deller vor. »Ich bin belgischer Staatsbürger«, tat er kund. »Ich heiße Hans Deller. Ich weiß nicht, was Sie von mir wollen.«

Er zeigte einen belgischen Pass vor, der ihn als Bewohner des Kantons Eupen in Ostbelgien auswies.

Nero und ich fuhren einen Tag später heim. Sonntagabend kamen wir, betäubt von der langen Reise, bei mir zu Hause an, und ich stürzte mich sofort in die Arbeit. Zunächst rief ich Milena an und fragte sie, ob sie noch interessiert sei. Schreiben musste ich die Geschichte, da führte kein Weg dran vorbei. Warum also nicht gegen Geld?

Ich konfrontierte Milena mit der Wahrheit. Sie hatte ihre Cousine verraten. Sie war ein Kind gewesen, ein Opfer der Umstände, sie trug keine Verantwortung für die damalige Situation. Milena traf keine Schuld.

»Woher haben Sie das?«, fragte Milena.

»Von Alex.«

Sie schwieg lange.

»Soll ich nun für Sie arbeiten oder nicht?«, bohrte ich nach.

»Ich weiß noch nicht.«

»Dann melden Sie sich, wenn Sie sich entschieden haben«, sagte ich und legte auf, um Simona Mannheim anzurufen.

»Wie haben Sie zu mir gefunden?«, wollte ich wissen und blickte in den Regen, der vor meinem Arbeitszimmerfenster auf die matschige Auffahrt prasselte. Das braune Wasser floss in Bächen zur Straße hinunter.

»Das war einfach. Alex hatte mir ja mitgeteilt, dass er Larissa treffen wollte, und ich fuhr einfach zum Schloss und folgte später Ihrem Wagen nach Nürnberg und schließlich zu Ihrem Haus.«

Anscheinend lief ich gefühllos wie ein Pflasterstein durch die Welt. Jetzt klärte sich allerdings die Frage, welchen Kleinwagen der Zeuge gesehen hatte. Den von Simona. Hallenser Kennzeichen. HAL.

»In der Nacht vom 30. auf den 31. August: Standen *Sie* im Schlosspark und sahen durch die Terrassentür in den Speiseraum?«

»Ja, das war ich.«

Draußen schnatterten die Gänse los. Ich sah Nero zum Teich hinüberstapfen. Meine beiden Grauen hatten ihn noch nicht als einen der Ihren akzeptiert und verfolgten seinen Weg mit Argwohn.

»Haben Sie sich mit der Therapeutin, die ich Ihnen empfohlen habe, in Verbindung gesetzt?«

»Nein«, war Simonas Antwort. »Ich will vergessen.«

Kaum hatte ich aufgelegt, rief Milena an und erteilte mir den Auftrag, Larissas Geschichte zu schreiben. Ich verstand ihre Verwirrung. Sie musste der Tatsache ins Auge sehen, selbst das Ungemach erzeugt zu haben, das auf Larissas gescheiterten Fluchtversuch folgte.

»Wie geht es Larissa?«, fragte ich angstvoll.

»Lausig. Ihre Nieren arbeiten kaum noch. Ihr Bauch ist voller Wasser.«

Ich meldete mich bei Gerrit Binder, um ihn mit den neuesten Erkenntnissen zu Larissas Ausschleusung zu konfrontieren.

»Sie haben mir Alex' Nachnamen nicht gesagt, obwohl Sie ihn wussten«, warf ich ihm vor.

»Weil ich nicht wollte, dass Sie herausfinden, dass die Kameraden von einst Rache planten«, antwortete er ruhig.

Logo, eine schnüffelnde Ghostwriterin hätte den Ablauf gestört.

»Haben Sie geahnt, dass Larissa vom MfS ausgeschleust wurde, um Ihre Gruppe zu bespitzeln?«

»Es war doch ihre einzige Chance. Sie hat sich den bundesdeutschen Behörden offenbart, woraufhin der Staatsschutz eingeschaltet wurde. Und irgendwann hat sie auch mich eingeweiht. Sie hat nie auch nur eine Silbe über uns an die DDR weitergegeben.«

»Hat die Tatsache, dass Larissa sich anwerben ließ, Ihr Vertrauen in sie nicht erschüttert?«

»So kann nur eine junge Frau wie Sie fragen«, antwortete Gerrit. »Denken Sie in allem schwarz-weiß?«

»Wie meinen Sie das?«

»Larissa war im Knast. Sollte sie dort drinnen verschmachten? Meine Güte, sie wollte raus, sie wollte Freiheit. Ihre Unterschrift auf dem Stasipapier war ihre einzige Chance.«

»Aber das war auch gefährlich«, entgegnete ich. Dass Gerrit Binder mich des Schubladendenkens schalt, nahm ich ihm übel. »Das MfS hat sie doch als eine Art Überläuferin sehen müssen.«

»Soweit ich weiß, wurde sie über Jahre hinweg beschützt. Mehr kann ich Ihnen dazu nicht sagen.«

Ich verabschiedete mich und wollte auflegen, doch Gerrit fügte hinzu:

»Es gibt niemanden, der in der Diktatur seine Unschuld bewahrt. Und wer es tut, der zahlt mit dem Leben.«

Nero versorgte uns beide in der folgenden Woche mit Nahrung, kümmerte sich um die Gänse und ließ mich ansonsten in Ruhe. Auch die Aussprache mit Martha Gelbach übernahm er. Sein Kollege aus dem LKA, ein Typ mit Nickelbrille und Pferdeschwanz, der aussah wie ein Friedensbewegter aus den Siebzigern, besuchte uns am Montagabend. Nero lockte mich mit einem Glas Rotwein zu sich und seinem Besuch in die Küche. Sie diskutierten über irgendwelche anonymen Mails, die im LKA auf den Bildschirmen aufgetaucht waren. Alex Finkenstedt hatte sie geschickt.

Ich hatte den richtigen Riecher gehabt. Er hatte die alten Kumpels zusammengerufen. Gemeinsam mit Simona Mannheim schmiedeten sie Pläne, an Reinhard Finkenstedt für Katjas Tod Rache zu nehmen, indem sie seine Machenschaften an die Öffentlichkeit brachten.

Nun würde er für andere Verbrechen büßen. Reinhard Finkenstedt hatte in den Verhören bei der Anklamer Kripo gestanden, Larissa von Rothenstayn in der Nacht zwischen dem 27. und dem 28. August mit dem Kerzenleuchter niedergeschlagen zu haben und mich am Abend des 2. September in der Neumarkter Straße angefahren zu haben. Der Anwalt, der ihn verteidigte, war laut Ralph Dönges der Sohn eines ehemaligen Genossen, der mit Reinhard gemeinsam an der SED-Kaderhochschule gelehrt hatte.

Der private Ausflug von Neros Kollegen Markus Freiflug nach Leipzig mit dem Zweck, die Zahnbürste oder einen anderen DNA-Träger aus dessen Wohnung zu stehlen, war damit hinfällig geworden. Nero hatte Freiflug gerade noch rechtzeitig zurückgepfiffen.

Am Dienstag rief ich Alexander Finkenstedt an. Es war nicht ganz leicht, an seine Nummer heranzukommen. Das heißt, an die Nummer eines gewissen Hans Deller aus dem Kanton Eupen. Aber es gelang.

»Sie müssen aussagen. Als Zeuge«, sagte ich zu ihm.

»Das weiß ich.«

»Wie kommen Sie an einen belgischen Pass?«

»Ein Überbleibsel. Gerrits Gruppe bekam damals welche, um DDR-Bürger, als westliche Ausländer getarnt, auszuschleusen. Die Decknamen wurden sogar ins Melderegister eingetragen.«

»Von diesen Pässen war einer für Sie bestimmt?«, fragte ich.

»Ich sollte verhaftet werden. Die Festnahme stand unmittelbar bevor, als Larissas Flucht verraten wurde.

Daraufhin sollte mir ein Kurier den Pass bringen. Er reiste ein, aber ich war schon im Knast. Zu spät.«

»Sie haben den Pass behalten?«

»Ein Trick«, erklärte Alexander Finkenstedt. »Der Kurier hinterlegte den Reisepass bei Gerrit Binder, und weil er nie benutzt wurde, wurde er auch nicht an die Gemeinde in Eupen zurückgegeben. Mein Deckname blieb im Melderegister.« Ein sympathisches Lachen gluckste durch die Leitung.

Zum Glück lag es nicht an mir herauszufinden, ob das, was Alex erzählte, der Wahrheit entsprach. Ob es strafbar war, interessierte mich gleich gar nicht. Ich hatte zu schreiben.

Die Zeit schreitet voran und nur Buddha dreht das Rad, pflegte Juliane zu sagen. Aber sie war mit ihrer Schwester auf Usedom geblieben.

»Es ist wegen Dolly, sie braucht einen Tapetenwechsel«, erläuterte mir Juliane am Telefon.

Ich gönnte den Schwestern ihren Urlaub, doch Juliane fehlte mir. Nero sagte ich das nicht. Ich hatte den Eindruck, er war froh, eine Weile nicht mit Juliane konkurrieren zu müssen. Über ihre Finte, die ihn am Abend des 6. September weggelockt hatte, war er immer noch sauer. Nur Julianes beherztes Eingreifen schien ihn zu versöhnen. In den Nächten schlief er schlecht. Oft schreckte er hoch, mit einem panischen Aufschrei, oder er wälzte sich zwischen den Kissen hin und her. Ich nahm ihn in die Arme, wischte den Schweiß mit dem Pyjamaärmel von seiner Stirn. Es kam vor, dass wir stundenlang im Bett saßen und redeten. Über Alex und Larissa und ihre verlorene Leidenschaft. Über Milena und ihren Verrat, der aus Eifersucht oder Übereifer, vielleicht durch Gehirnwäsche zustande gekommen war. Über den Hass, den Reinhard Finkenstedt in seinem Sohn gesät hatte.

Untertags bekam ich kaum etwas von der Wirklichkeit mit. Wenn ich sehr hart an einem Projekt arbeitete, dann schien es mir, als geschähe das Leben außerhalb meiner Reichweite, als schliche ich durch die Welt wie ein Geist, fremd und greis. Ich schrieb bis zur Erschöpfung.

Am Freitagabend hatte ich die Rohfassung fertig. Ich setzte den letzten Punkt, speicherte und schloss das Dokument. Der Klick mit dem Zeigefinger löste eine Art Koma aus. Mein Kopf sank neben dem Laptop auf die Schreibtischplatte.

›Rohfassung‹ bedeutete ein Konglomerat aus Textfragmenten, das ich niemandem jemals zu zeigen beabsichtigte. Ich würde es liegen lassen und nach zwei Wochen erneut durcharbeiten. Solange konnte ich mich mit Wellness im Bayerischen Wald beschäftigen. Nero musste ab Montag wieder arbeiten. Ich rief Lynn an und fragte, ob das Angebot noch stünde.

»Du kannst jederzeit los. Soll ich die Hotels für dich buchen?«

»Gebongt. Aber denke nicht, dass das zur Gewohnheit wird«, baute ich den übersteigerten Erwartungen meiner Agentin vor.

Ich drehte ›Sin fronteras‹ noch etwas lauter auf und stellte mich ans Fenster.

›Visa para un sueño‹, sang Grupo Sal. Jemand brauchte dringend ein Visum, um seine Träume in einem anderen Land zu verwirklichen.

»Ich kann nicht mehr«, sagte Nero in meine Gedanken hinein. »Können wir nur mal für eine halbe Stunde eine andere Musik auflegen?«

Als er so vor meinem Schreibtisch stand, die Hände auf die Ohren gepresst, brachte er mich zum Lachen.

»Willst du Kaffee mit frischem Apfelkuchen? Ich war einkaufen.«

Wie sollte eine gefräßige Person meines Kalibers ein solches Angebot ablehnen?

Die Gräfin starb in der Nacht zum 13. September um 4.30 Uhr. Milena und Gerrit waren bei ihr, als es zu Ende ging.

Drei Tage später überwies mir Milena den vereinbarten Restbetrag und bat mich, ihr meine Dokumente zu mailen und anschließend zu vernichten. Sie wollte selber alles in Händen halten und entscheiden, was mit Larissas Geschichte geschehen sollte. Da war ich schon im tiefen Niederbayern und arbeitete mich in die Wellnessverführungen der Region ein. Ich schickte Milena das Textfragment, das ich auf dem Rechner hatte. Meine Sicherungen vernichtete ich nicht.

Ich telefonierte jeden Abend mit Nero und beendete meine Reise am 20. September, als Larissa auf dem Rothenstayner Kirchhof beigesetzt wurde. Dort traf ich Milena, Gerrit Binder, Kendra White-Höfner, Alex Finkenstedt und Chris Torn, der den verstümmelten rechten Arm in seiner Manteltasche verbarg und mich während der Zeremonie auf dem Friedhof nicht aus den Augen ließ. Ben Berger drückte sich im Hintergrund herum, eine dicke Leica schussfertig im Arm.

Alex brachte eine Violine mit und spielte am offenen Grab ›Strangers In The Night‹. Die Spätsommersonne brachte die Blumenbouquets zum Leuchten. In meinen schwarzen Kleidern war mir unerträglich warm.

»Sie kommen doch noch mit zum Tröster?«, fragte Milena, nachdem alle am Grab vorbeidefiliert waren.

»Ich würde gern die Skizzenbücher sehen, die Rosa Finkenstedt Larissa überlassen hat.«

»Keine Chance. Die sind sicher wie in Abrahams Schoß.« Sie wies mit dem Daumen hinter sich, wo die Friedhofsgärtner dabei waren, Larissas Grab zuzuschaufeln.

»Sie haben … sie in den Sarg gelegt?« Mir blieb die Spucke weg.

»Außerdem sind Sie nicht die Erste, die danach fragt. Der Herr mit der Geige wollte sie auch haben. Ist mir lieber, wenn keiner sie kriegt.« Milena ließ mich stehen. So betrat ich ein letztes Mal das Schloss Rothenstayn, wo diese seltsame Geschichte begonnen hatte.

Nach dem Kaffee ging ich in den Park. Torn kam mir nach.

»Sie haben Larissa ausgeschleust. Im Auftrag des MfS«, sagte ich.

»Wie kommen Sie darauf?«

»Weil die *Stasi* Larissas zweite Flucht eingefädelt hat. Larissa hatte sich als IM verpflichtet. Im Gegenzug kam sie aus dem Zuchthaus und durfte ausreisen. Aber offiziell wollte man vor der Gruppe um Gerrit Binder den Mythos aufrechterhalten, dass sie illegal in den Westen gekommen war. Sonst hätten die Fluchthelfer Verdacht geschöpft. Die Stasi hat Sie bezahlt.«

Torn starrte mich völlig verdattert an. Wir schwiegen einige Minuten.

»Geschäftlich machte es allerdings keinen Unterschied für Sie«, fügte ich schließlich hinzu. »Nur dumm, dass Larissas Flucht die Flugzeugtour hat auffliegen lassen.«

Chris Torn scharrte mit den Füßen im Laub. Ein Windstoß ging durch den Park, Ahornblätter trudelten an uns vorbei auf das Gras.

»Die Stasiakten, die ich einsehen konnte, waren nicht vollständig. Auch über Bundesbürger und westliche Ausländer wurden Akten angelegt. Die Abteilungen der Stasi arbeiteten spiegelbildlich zu ihren Aufgaben in der DDR auch in der Bundesrepublik. Aber ein gewaltiger Teil Akten ist 1990 geschreddert worden, und zwar ohne Bearbeitung. Noch vor dem 3. Oktober. Vernichtet wurden Akten, die hauptsächlich Abhördaten von Bundesbürgern enthielten. Das Papier wurde einfach in den Reißwolf geworfen. Vielleicht hätte ich ja sonst ...«

»Sie glauben, dass Unterlagen über Sie dabei waren?«

»Das ist nicht wichtig«, sagte Torn. »Was mich beunruhigt, sind Gerüchte, die damalige Regierung unter Helmut Kohl habe diese Akten vernichten lassen.«

»Wie kommen Sie darauf?«

»Keine Fantasie, Frau Laverde. Das stand in den Zeitungen. Die CDU-FDP-Regierung hat neun Monate nach der deutschen Einheit dem Innenausschuss des Bundestages lapidar mitgeteilt, die Akten seien futsch.«

»Soweit ich weiß, haben DDR-Bürger im Winter '89/'90 die Stasi-Zentralen besetzt, um zu verhindern, dass Akten vernichtet wurden«, wandte ich ein.

Torn lächelte. »Ja, das waren mutige Leute. Aber wir alle wissen, dass das Vernichtungswerk nicht aufgehalten werden konnte. Eine Menge Informationen sind im Schlund der Geschichte untergegangen. Ob von höchster Stelle angeordnet oder durch den vorauseilenden Gehorsam eines buckligen Archivars. Man hat sich damit zu versöhnen. Sonst wird man verrückt.« Er blickte auf seine rechte Manteltasche, in der sein Armstumpf ruhte. »Zudem können Sie den Stasiakten nicht trauen. Wahres steht zwischen Halbwahrem, Fakten neben Einbildungen. Diese Texte sind durchzogen von Paranoia und Ideologie.«

»Verraten Sie mir, weshalb Sie Reinhard Finkenstedt unter Beobachtung hatten?«

»Das können Sie sich doch selber denken.«

»Sannen Sie auch auf Rache?«

Torn grinste. »Ich würde sagen, Finkenstedt und ich sicherten beide unsere Territorien. Man sollte immer bereit sein. Immer auf der Hut.« Er berührte sanft meinen Arm. »Ich wollte Sie warnen. Deshalb habe ich Sie neulich ins Hilton bestellt. Das haben Sie schon kapiert, oder?«

Ich nickte trotzig.

Noch in der Nacht kehrten Nero und ich zurück in mein Haus.

Am Sonntag wachte ich früher auf als gewöhnlich. In meinem Kopf sauste und brauste es. Ich hüpfte aus dem Bett, brühte Kaffee auf und kramte in der Tiefkühltruhe nach Croissants. Dabei sang ich lauthals vor mich hin. ›What Shall We Do with a Drunken Sailor‹.

Über Nacht waren die Alpen näher gerückt. Föhn. Wie üblich bei dieser Wetterlage, gluckerte Prosecco in meinen Adern. Als Nero verstrubbelt aus dem Schlafzimmer kam, begrüßte ich ihn mit einem sauber intonierten ›Der Kaffee ist fertig‹.

»Habe ich was verpasst?«

»Schau mal raus.«

»Wow.« Er schwieg beeindruckt beim Anblick der verschneiten Berge, die so klar am Horizont standen, als habe jemand eine frisch gemalte Theaterkulisse zum Trocknen vor das Fenster geschoben.

»Siehst du, es lohnt sich doch, hier draußen zu leben«, versuchte ich ihn zu überzeugen.

»Wenn ich die Alpen sehen will, fahre ich auf den Olympiaturm.«

»Angeber, großstädtischer.«

»Wo ist nun der Kaffee?«

»Außer Großkotz auch noch Macho?«, reizte ich ihn.

»Lass mich erst mal wach werden. Du bist doch sonst nicht so drauf.«

»Das ist der Dämon in mir.«

»Den kenne ich noch gar nicht«, seufzte Nero und goss sich Kaffee ein.

»Keine Panik. Liegt nur am Wetter. Die Föhnluft ist so was wie LSD für mich.«

»Wie überaus beruhigend!«

»Visa para un sueño«, intonierte ich.

»Hä?«

»Visum für einen Traum.«

»Was für ein Visum?«

»Du kapierst echt nichts.«

Nero stellte die Tasse ab und grinste frech. Er sah unheimlich gut aus mit dem braunen Strubbelhaar, dem Drei-Tage-Bart, dem T-Shirt und den Boxershorts. Außerdem hatte er schöne Füße. Die meisten Männer hatten grässliche Mauken mit schartigen, vom Pilz zerfressenen Nägeln. Nicht so Nero.

»Also, was für ein Visum?«, wiederholte er und zog mich zu sich.

»Kann ich jetzt nicht erklären.«

»Habe ich eins?«

»Ein was?«

»Ein Visum.«

»Wofür?«

»Für die Dame, die nun auf meinem Schoß sitzt.«

Der Barhocker wackelte bedrohlich unter unser beider Gewicht.

»Hast du es schon beantragt?«

Nero nagte an meinem Ohr. »Ist es so richtig?« Er ging ziemlich ran.

Wenn Föhn war, bekam ich nicht genug. Sollte er ruhig noch ein paar Anträge stellen.

ENDE

Nachwort

Alle Personen in diesem Kriminalroman sind frei erfunden. Ähnlichkeiten und Übereinstimmungen mit Personen und Ereignissen aus der Welt außerhalb dieses Buches sind nicht beabsichtigt, sofern sie im Folgenden nicht entsprechend gekennzeichnet wurden. Die geschichtlichen Fakten, auf die der Roman Bezug nimmt, sind jedoch Realität.

Die Informationen zur Fluchthilfe, auf denen dieser Krimi fußt, sind historisch korrekt, wobei ich mich als Quelle besonders auf die Dissertation von Marion Detjen gestützt habe: Marion Detjen, ›Ein Loch in der Mauer. Die Geschichte der Fluchthilfe im geteilten Deutschland 1961-1989‹. München: Siedler Verlag 2005.

Die Fluchthelfer um Gerrit Binder, die ich im Roman schildere, sind als studentische Fluchthilfegruppe dargestellt, die mit ihren Aktionen kein Geld verdiente und aus Solidarität und Idealismus handelte. Ich habe mich dabei an Detjens Erläuterungen zur Gruppe um Detlef Girrmann orientiert (ebd., S. 97ff.). Auch die Fakten über Fluchthilfe, von denen Gerrit Binder Kea gegenüber spricht, basieren auf Detjens Buch. Gerrit Binder und seine Mitstreiter sind jedoch Erfindungen.

Der Student Herbert Belter hat wirklich gelebt und im Kampf für die Demokratie sein Leben verloren. Gemeinsam mit Kommilitonen hatte er im Herbst 1950 gegen die Behinderung von bürgerlichen Kandidaten bei den Studentenratswahlen protestiert und Flugblätter verteilt. Außerdem hatte Herbert Belter an den RIAS

Informationen zur politischen Entwicklung an der Universität Leipzig geliefert. Nach seiner Verhaftung am 5. Oktober 1950 warf man ihm wegen seiner Kontakte zum RIAS Spionage vor und lieferte ihn an den sowjetischen Geheimdienst aus. Das sowjetische Militärtribunal verurteilte ihn am 20.1.1951 zum Tode. Am 28. April 1951 wurde Herbert Belter 21-jährig in Moskau mit einem Genickschuss hingerichtet. Dort liegt er auf dem Friedhof Donskoje in einem Massengrab. 1994 erklärte die russische Militärstaatsanwaltschaft das Urteil für rechtswidrig und rehabilitierte ihn. (Quelle: http://www.jugendopposition.de/index.php?id=2867; eingesehen am 13.1.2009.) Weitere Studenten aus Belters Umfeld sind zu je 25 Jahren Zwangsarbeit in der Sowjetunion verurteilt worden. Sie konnten erst nach Stalins Tod 1953 beziehungsweise nach dem Besuch von Bundeskanzler Adenauer in der Sowjetunion im Jahr 1955 nach Hause zurückkehren. Die fünf Überlebenden aus der Belter-Gruppe erhielten für ihr demokratisches Engagement im Juni 2007 das Bundesverdienstkreuz (Quelle: http://news.abacho.de/politik/artikel_anzeigen/index.html?news_id=37305; eingesehen am 13.1.2009.)

Die Figur der Kendra White-Höfner ist zur Gänze erfunden. Allerdings kam im Jahr 1961 tatsächlich eine Besuchergruppe aus Harvard an die Freie Universität Berlin. Mit dabei war eine Studentin namens Joan Glenn, die in Berlin blieb, um sich in der Fluchthilfe zu engagieren. Sie hatte u. a. die Aufgabe, Kontakte zu den amerikanischen Soldaten herzustellen, die bereit waren, DDR-Flüchtlinge in ihren Fahrzeugen auszuschleusen (Quelle: Detjen, a.a.O.). Ein weiterer amerikanischer

Student aus der genannten Gruppe, Robert Mann, schloss sich ebenfalls den Fluchthelfern an, wurde am 22.1.1962 als ›Läufer‹ in Ostberlin verhaftet und zu 21 Monaten Gefängnis verurteilt, die er voll absitzen musste (ebd.). An sein Schicksal erinnert Kendra im Gespräch mit Kea, als sie der Ghostwriterin gegenüber von einem gewissen Martin Dexter spricht.

Kendra berichtet Kea über eine junge Wirtin, die ihre gerade ererbte Kneipe verliert, da sie all ihre Güter in die Fluchthilfe investiert und die Gaststätte schließlich veräußern muss. Dieser Hinweis bezieht sich auf die Erzählung ›Eine Kneipe geht verloren‹ aus dem Jahr 1965 von Uwe Johnson, in der dieser die Umstände der studentischen Fluchthilfe literarisch verarbeitet. Die Erzählung erschien noch im selben Jahr im Kursbuch und wurde später bei Suhrkamp abgedruckt: Uwe Johnson, ›Eine Kneipe geht verloren.‹ In: Ders., ›Berliner Sachen. Aufsätze‹. Frankfurt am Main: Suhrkamp 1975. S. 64-94. Nach Detjen (a.a.O.) hatte Johnson zuvor Interviews mit den Hauptakteuren der Girrmann-Gruppe geführt, um den Fluchthilfealltag zu dokumentieren, »gab sein Vorhaben jedoch wieder auf, als er merkte, daß eine zweifelsfreie Rekonstruktion nicht möglich war« (Detjen, S. 19).

Das Buch, das Dagmar Seipert aus ihrem Bücherregal nimmt und Juliane zum Lesen empfiehlt, stammt aus der Feder des 1977 aus der DDR ausgebürgerten Schriftstellers und Bürgerrechtlers Jürgen Fuchs: Jürgen Fuchs, ›Vernehmungsprotokolle‹. Reinbek: rororo 1978.

Jürgen Fuchs starb 1999 an Leukämie. Bis heute konnte der Verdacht, seine Krebserkrankung sei von Bestrahlungen verursacht, denen er als Häftling des

MfS ausgesetzt war, weder erhärtet noch entkräftet werden.

Die sogenannte ›Flugzeugtour‹, die Larissa Gräfin Rothenstayn in den Westen gebracht hat, wurde von der Fluchthelferorganisation Löffler ausgearbeitet und durchgeführt. Außer in Marion Detjens Buch ist dieser Fluchtweg auch in einem Spiegel-online-Artikel vom 12.8.2007 unter dem Titel ›Flieger in die Freiheit‹ zu finden. (Quelle: http://www.spiegel-online.de/panorama/zeitgeschichte/0,1518,druck-499295,00.html; eingesehen am 10.9.2008.)

Zwei belgische Gemeinden im deutschsprachigen Raum in den Kantonen Eupen und Malmédy stellten für die Fluchthelfer echte Pässe auf die Decknamen von Flüchtlingen aus. Die Namen wurden auch ins Melderegister eingetragen, um größtmögliche Sicherheit zu garantieren (vgl. Detjen, a.a.O.). Ob es allerdings möglich gewesen wäre, wie Alexander Finkenstedt einen solchen Pass zu verlängern und ihn Jahrzehnte später noch zu benutzen, quasi belgischer Bürger zu bleiben, weil der Name aus dem Register nicht mehr ausgetragen wurde, bleibt Spekulation.

Chris Torn, der mit kommerzieller Fluchthilfe Geld verdiente, ist eine Erfindung. Tatsache ist, dass ab den späten 1960er Jahren eine Reihe von Personen als kommerzielle Fluchthelfer operierten. Einer von ihnen, der Schweizer Hans Lenzlinger, wurde 1979 in seinem Haus erschossen aufgefunden. Eine Beteiligung des MfS konnte weder bestätigt noch ausgeschlossen werden (Detjen, S. 328). Andere Attentate des MfS sind erwiesen: ein geplanter Sprengstoffanschlag auf den Fluchthelfer Julius Lampl, ein

Briefbombenattentat auf Kay Mierendorff 1982, das dieser schwer verletzt überlebte, und die Vergiftung von Wolfgang Welsch mit Thallium im Jahr 1981. Welsch schwebte monatelang in Lebensgefahr, bis die Ärzte die Ursache der Vergiftung bestimmen konnten (ebd. S. 328f.).

Wie in der Presse mehrfach zu lesen war, hat die Bundesregierung unter Helmut Kohl im Jahr 1990 Stasiakten, die das Bundesamt für Verfassungsschutz erhalten hat, vernichten lassen. Diese Akten enthielten angeblich Abhördaten über Bundesbürger (Quelle: http://www.spiegel.de/politik/deutschland/0,1518,71950,00.html; eingesehen am 11.12.2008.) Chris Torn berichtet Kea darüber im Anschluss an Larissas Beerdigung. Im Verlauf der letzten Jahre hat es außerdem Gerüchte beziehungsweise Anschuldigungen gegeben, die Bundesbeauftragte für die Unterlagen des Staatssicherheitsdienstes der ehemaligen Deutschen Demokratischen Republik (BStU) habe ebenfalls Akten vernichtet. Dieser Vorwurf ist m. W. nicht abschließend geklärt (Quellen: http://www.faz.net/s/RubDDDF614E9B1C49B682201320840984FF/Doc~E5E4932917FD2443AA354E030FBE43792~ATpl~Ecommon~Scontent.html; http://www.welt.de/welt_print/article1026341/Rechtswidrig_Akten_vernichtet.html; http://www.welt.de/politik/article1024835/Stasi_Behoerde_soll_Akten_vernichtet_haben.html; eingesehen von Oktober 2008 bis Januar 2009.)

Die Informationen über die Vermögensverschiebungen der SED-PDS in den Jahren 1989 und 1990, die Markus Freiflug seinem Kollegen Nero Keller auseinandersetzt, stammen aus: Hubertus Knabe, ›Die Täter sind unter uns. Über das Schönreden der SED-Diktatur.‹ Berlin: List 2008.

Focus online berichtete am 4.3.2007, dass SED-Opfer bei der Rente (mit 48 Millionen Euro) schlechter gestellt seien als einstige SED-Funktionäre (mit 4,1 Milliarden Euro; die Daten beziehen sich jeweils auf das Jahr 2006; Quelle: http://www.focus.de/politik/deutschland/focus_aid_125733.html; eingesehen am 19.12.2008.)

Der Deutsche Bundesrat hat am 19.9.08 die Ehrenpension für die Mitglieder der letzten, und einzigen demokratisch gewählten, DDR-Regierung unter Lothar de Maizière beschlossen, nachdem der Bundestag die nötige Gesetzesänderung bereits im Juni 2008 abgenickt hatte. Opferverbände planen, dagegen vor dem Bundesverfassungsgericht zu klagen (vgl. u. a.: www.havemann-gesellschaft.de; www.chronikderwende.de; www.stiftung-hsh.de; www.stasiopfer.de; www.17juni1953.de)

Für Tipps zum Juristischen danke ich Gerlinde Kurzka; Nino Diroll gilt mein Dank für ihre unübertreffliche Übersetzungshilfe!

FRIEDERIKE SCHMÖE

Schweigfeinstill

371 Seiten, Paperback.
ISBN 978-3-89977-805-2.

TOTGESCHWIEGEN Ärger für Ghostwriterin Kea Laverde: Erst raubt ein Einbrecher all ihre Unterlagen und stirbt kurz darauf bei einem Verkehrsunfall; dann wird ihr Kunde, Andy Steinfelder, der nach einem Schlaganfall an Aphasie leidet und seitdem nicht mehr sprechen kann, des Mordes beschuldigt.

Doch wer die gerechtigkeitsliebende Ex-Journalistin einschüchtern will, sollte sich warm anziehen: Während die Polizei noch ermittelt, geht Kea den Dingen selbst auf den Grund. Gegen den Willen von Hauptkommissar Nero Keller nimmt sie im winterlichen München den Kampf gegen ihre unsichtbaren Feinde auf.

... Ein mysteriöser Unfall
... Ein dreister Diebstahl
... Eine kämpferische Ermittlerin
Ghostwriterin Kea Laverde in ihrem ersten Fall.

FRIEDERIKE SCHMÖE

Spinnefeind

374 Seiten, Paperback.
ISBN 978-3-89977-782-6.

Streng geheim Jens Falk, Mathematiklehrer und Hobby-Kryptoanalytiker, steckt in der Klemme: Im letzten Halbjahr sind nicht nur wichtige Klausuren und Schülerakten verschwunden, sondern auch sein Schüler Hannes Niedorf - während einer Exkursion mit Falk.

Aus Angst um seinen Job sucht er Hilfe bei Privatdetektivin Katinka Palfy. Sie soll die wahren Hintergründe aufdecken. Da wird Doris Wanjeck, Falks Ex-Verlobte, ermordet, und der Lehrer ist dringend tatverdächtig. Gemeinsam mit seiner Anwältin macht sich Katinka an die Aufklärung des Falls, fühlt sich aber bald von der Juristin hintergangen.

Es scheint, als würde jemand gezielt versuchen, die einzige Person aus dem Rennen zu werfen, die an Falks Unschuld glaubt ...

Wir machen's spannend

Das neue KrimiJournal ist da!

2 x jährlich das Neueste aus der Gmeiner-Krimi-Bibliothek

KRIMIJournal
Jüdisches Gold
Zurück im Spiel

In jeder Ausgabe:

- Vorstellung der Neuerscheinungen
- Hintergrundinfos zu den Themen der Krimis
- Interviews mit den Autoren und Porträts
- Allgemeine Krimi-Infos
- Großes Gewinnspiel mit ›spannenden‹ Buchpreisen

ISBN 978-3-89977-950-9
kostenlos erhältlich in jeder Buchhandlung

KrimiNewsletter

Neues aus der Welt des Krimis

Haben Sie schon unseren KrimiNewsletter abonniert?
Alle zwei Monate erhalten Sie per E-Mail aktuelle Informationen aus der Welt des Krimis: Buchtipps, Berichte über Krimiautoren und ihre Arbeit, Veranstaltungshinweise, neue Krimiseiten im Internet, interessante Neuigkeiten zum Krimi im Allgemeinen.
Die Anmeldung zum KrimiNewsletter ist ganz einfach. Direkt auf der Homepage des Gmeiner-Verlags (www.gmeiner-verlag.de) finden Sie das entsprechende Anmeldeformular.

Ihre Meinung ist gefragt!

Mitmachen und gewinnen

Wir möchten Ihnen mit unseren Krimis immer beste Unterhaltung bieten. Sie können uns dabei unterstützen, indem Sie uns Ihre Meinung zu den Gmeiner-Krimis sagen! Senden Sie eine E-Mail an gewinnspiel@gmeiner-verlag.de und teilen Sie uns mit, welches Buch Sie gelesen haben und wie es Ihnen gefallen hat. Alle Einsendungen nehmen automatisch am großen Jahresgewinnspiel mit ›spannenden‹ Buchpreisen teil.

Wir machen's spannend

Alle Gmeiner-Autoren und ihre Krimis auf einen Blick

ANTHOLOGIEN: Tödliche Wasser • Gefährliche Nachbarn • Mords-Sachsen 3 • Tatort Ammersee (2009) • Campusmord (2008) • Mords-Sachsen 2 (2008) • Tod am Bodensee • Mords-Sachsen (2007) • Grenzfälle (2005) • Spekulatius (2003) **ARTMEIER, HILDEGUND**: Feuerross (2006) • Katzenhöhle (2005) • Drachenfrau (2004) **BAUER, HERMANN**: Karambolage (2009) • Fernwehträume (2008) **BAUM, BEATE**: Ruchlos (2009) • Häuserkampf (2008) **BECK, SINJE**: Totenklang (2008) • Duftspur (2006) • Einzelkämpfer (2005) **BECKMANN, HERBERT**: Die indiskreten Briefe des Giacomo Casanova (2009) **BLATTER, ULRIKE**: Vogelfrau (2008) **BODE-HOFFMANN, GRIT / HOFFMANN, MATTHIAS**: Infantizid (2007) **BOMM, MANFRED**: Glasklar (2009) • Notbremse (2008) • Schattennetz • Beweislast (2007) • Schusslinie (2006) • Mordloch • Trugschluss (2005) • Irrflug • Himmelsfelsen (2004) **BONN, SUSANNE**: Der Jahrmarkt zu Jakobi (2008) **BOSETZKY, HORST [-KY]**: Unterm Kirschbaum (2009) **BUTTLER, MONIKA**: Dunkelzeit (2006) • Abendfrieden (2005) • Herzraub (2004) **BÜRKL, ANNI**: Schwarztee (2009) **CLAUSEN, ANKE**: Dinnerparty (2009) • Ostseegrab (2007) **DANZ, ELLA**: Kochwut (2009) • Nebelschleier (2008) • Steilufer (2007) • Osterfeuer (2006) **DETERING, MONIKA**: Puppenmann • Herzfrauen (2007) **DÜNSCHEDE, SANDRA**: Friesenrache (2009) • Solomord (2008) • Nordmord (2007) • Deichgrab (2006) **EMME, PIERRE**: Pasta Mortale • Schneenockerleklat (2009) • Florentinerpakt • Ballsaison (2008) • Tortenkomplott • Killerspiele (2007) • Würstelmassaker • Heurigenpassion (2006) • Schnitzelfarce • Pastetenlust (2005) **ENDERLE, MANFRED**: Nachtwanderer (2006) **ERFMEYER, KLAUS**: Geldmarie (2008) • Todeserklärung (2007) • Karrieresprung (2006) **ERWIN, BIRGIT / BUCHHORN, ULRICH**: Die Herren von Buchhorn (2008) **FOHL, DAGMAR**: Das Mädchen und sein Henker (2009) **FRANZINGER, BERND**: Leidenstour (2009) • Kindspech (2008) • Jammerhalde (2007) • Bombenstimmung (2006) • Wolfsfalle • Dinotod (2005) • Ohnmacht • Goldrausch (2004) • Pilzsaison (2003) **GARDEIN, UWE**: Die Stunde des Königs (2009) • Die letzte Hexe – Maria Anna Schwegelin (2008) **GARDENER, EVA B.**: Lebenshunger (2005) **GIBERT, MATTHIAS P.**: Eiszeit • Zirkusluft (2009) • Kammerflimmern (2008) • Nervenflattern (2007) **GRAF, EDI**: Leopardenjagd (2008) • Elefantengold (2006) • Löwenriss • Nashornfieber (2005) **GUDE, CHRISTIAN**: Homunculus (2009) • Binärcode (2008) • Mosquito (2007) **HAENNI, STEFAN**: Narrentod (2009) **HAUG, GUNTER**: Gössenjagd (2004) • Hüttenzauber (2003) • Tauberschwarz (2002) • Höllenfahrt (2001) • Sturmwarnung (2000) • Riffhaie (1999) • Tiefenrausch (1998) **HEIM, UTA-MARIA**: Wespennest (2009) • Das Rattenprinzip (2008) • Totschweigen (2007) • Dreckskind (2006) **HUNOLD-REIME, SIGRID**: Schattenmorellen (2009) • Frühstückspension (2008) **IMBSWEILER, MARCUS**: Altstadtfest (2009) • Schlussakt (2008) • Bergfriedhof (2007) **KARNANI, FRITJOF**: Notlandung (2008) • Turnaround (2007) • Takeover (2006) **KEISER, GABRIELE**: Gartenschläfer (2008) • Apollofalter (2006) **KEISER, GABRIELE / POLIFKA, WOLFGANG**: Puppenjäger (2006) **KLAUSNER, UWE**:

Wir machen's spannend

Alle Gmeiner-Autoren und ihre Krimis auf einen Blick

Pilger des Zorns • Walhalla-Code (2009) • Die Kiliansverschwörung (2008) • Die Pforten der Hölle (2007) **KLEWE, SABINE**: Die schwarzseidene Dame (2009) • Blutsonne (2008) • Wintermärchen (2007) • Kinderspiel (2005) • Schattenriss (2004) **KLÖSEL, MATTHIAS**: Tourneekoller (2008) **KLUGMANN, NORBERT**: Die Adler von Lübeck (2009) • Die Nacht des Narren (2008) • Die Tochter des Salzhändlers (2007) • Kabinettstück (2006) • Schlüsselgewalt (2004) • Rebenblut (2003) **KOHL, ERWIN**: Willenlos (2008) • Flatline (2007) • Grabtanz • Zugzwang (2006) **KÖHLER, MANFRED**: Tiefpunkt • Schreckensgletscher (2007) **KOPPITZ, RAINER C.**: Machtrausch (2005) **KRAMER, VERONIKA**: Todesgeheimnis (2006) • Rachesommer (2005) **KRONENBERG, SUSANNE**: Rheingrund (2009) • Weinrache (2007) • Kultopfer (2006) • Flammenpferd (2005) **KURELLA, FRANK**: Der Kodex des Bösen (2009) • Das Pergament des Todes (2007) **LASCAUX, PAUL**: Feuerwasser (2009) • Wursthimmel • Salztränen (2008) **LEBEK, HANS**: Karteileichen (2006) • Todesschläger (2005) **LEHMKUHL, KURT**: Nürburghölle (2009) • Raffgier (2008) **LEIX, BERND**: Fächertraum (2009) • Waldstadt (2007) • Hackschnitzel (2006) • Zuckerblut • Bucheckern (2005) **LOIBELSBERGER, GERHARD**: Die Naschmarkt-Morde (2009) **MADER, RAIMUND A.**: Glasberg (2008) **MAINKA, MARTINA**: Satanszeichen (2005) **MISKO, MONA**: Winzertochter • Kindsblut (2005) **MORF, ISABEL**: Schrottreif (2009) **MOTHWURF, ONO**: Taubendreck (2009) **OTT, PAUL**: Bodensee-Blues (2007) **PELTE, REINHARD**: Inselkoller (2009) **PUHLFÜRST, CLAUDIA**: Rachegöttin (2007) • Dunkelhaft (2006) • Eiseskälte • Leichenstarre (2005) **PUNDT, HARDY**: Deichbruch (2008) **PUSCHMANN, DOROTHEA**: Zwickmühle (2009) **SCHAEWEN, OLIVER VON**: Schillerhöhe (2009) **SCHMITZ, INGRID**: Mordsdeal (2007) • Sündenfälle (2006) **SCHMÖE, FRIEDERIKE**: Fliehganzleis • Schweigfeinstill (2009) • Spinnefeind • Pfeilgift (2008) • Januskopf • Schockstarre (2007) • Käfersterben • Fratzenmond (2006) • Kirchweihmord • Maskenspiel (2005) **SCHNEIDER, HARALD**: Erfindergeist • Schwarzkittel (2009) • Ernteopfer (2008) **SCHRÖDER, ANGELIKA**: Mordsgier (2006) • Mordswut (2005) • Mordsliebe (2004) **SCHUKER, KLAUS**: Brudernacht (2007) • Wasserpilz (2006) **SCHULZE, GINA**: Sintflut (2007) **SCHÜTZ, ERICH**: Judengold (2009) **SCHWAB, ELKE**: Angstfalle (2006) • Großeinsatz (2005) **SCHWARZ, MAREN**: Zwiespalt (2007) • Maienfrost • Dämonenspiel (2005) • Grabeskälte (2004) **SENF, JOCHEN**: Knochenspiel (2008) • Nichtwisser (2007) **SEYERLE, GUIDO**: Schweinekrieg (2007) **SPATZ, WILLIBALD**: Alpendöner (2009) **STEINHAUER, FRANZISKA**: Wortlos (2009) • Menschenfänger (2008) • Narrenspiel (2007) • Seelenqual • Racheakt (2006) **SZRAMA, BETTINA**: Die Giftmischerin (2009) **THÖMMES, GÜNTHER**: Das Erbe des Bierzauberers (2009) • Der Bierzauberer (2008) **THADEWALDT, ASTRID / BAUER, CARSTEN**: Blutblume (2007) • Kreuzkönig (2006) **VALDORF, LEO**: Großstadtsumpf (2006) **VERTACNIK, HANS-PETER**: Ultimo (2008) • Abfangjäger (2007) **WARK, PETER**: Epizentrum (2006) • Ballonglühen (2003) • Albtraum (2001) **WILKENLOH, WIMMER**: Poppenspäl (2009) • Feuermal (2006) • Hätschelkind (2005) **WYSS, VERENA**: Todesformel (2008) **ZANDER, WOLFGANG**: Hundeleben (2008)